Arena-Taschenbuch
Band 51104

*Harald Parigger,*
geboren 1953, arbeitete als Gymnasiallehrer und Seminarleiter und leitet heute ein Gymnasium bei München. Seit 1994 ist er freier Autor. Neben Theaterstücken, Lyrik und Geschichten für Kinder schreibt er für jugendliche und erwachsene Leser vor allem historische Romane und Krimis, von denen mehrere ausgezeichnet wurden.

Harald Parigger

# Der Dieb von Rom

5. Auflage im Arena-Taschenbuch 2026

Rottendorfer Straße 16, 97074 Würzburg
arena-service@westermanngruppe.de

Umschlaggestaltung: Jenny Köhler unter Verwendung einer Illustration von Dieter Wiesmüller
Umschlagtypografie: KCS GmbH · Verlagsservice & Medienproduktion, Stelle/Hamburg
Gesamtherstellung: Westermann Druck Zwickau GmbH
Gedruckt in Deutschland
ISSN 0518-4002
ISBN 978-3-401-51104-7

Besuche uns unter:
*www.arena-verlag.de*

# Inhalt


1. Die Vertreibung 7
2. Ankunft in Rom 27
3. Saure Wochen 49
4. Die Geschichte des alten Sklaven 70
5. Harte Schule 92
6. Die Probe 119
7. Marius, der Dieb 137
8. Nioba 160
9. Ein kühner Plan 179
10. Den Hals in der Schlinge 195
11. Im Eiskeller des Maecenas 209
12. Verrat! 225
13. Livia 248
14. Die Befreiung 271
15. Aufbruch nach Süden 287

*Worterklärungen* *296*

*Historische Personen* *301*

## 1.
# Die Vertreibung

Am Nachmittag des zweiten Tages war das Maultier so müde, dass es den Karren kaum mehr ziehen konnte. Mitleidig tätschelte ihm Marius die Flanke.

War es ein Wunder, dass die alte Mähre schlappmachte? Zwei Maultiere oder besser noch ein Ochsengespann gehörten vor einen Karren, selbst wenn er nichts enthielt als einige alte Möbel, Hausrat, Matratzen, ein paar Vorräte und einen großen Sack voller Erinnerungen.

Erinnerungen an ein kleines, fest gemauertes Haus, an Rebstöcke und Olivenbäume, an dunkle Zypressen, in deren schmalem Schatten man zur Mittagszeit ruhen konnte, und an Sonnenuntergänge, die das hügelige Land unendlich weit erscheinen ließen.

Aber dorthin gab es keine Wiederkehr, für lange Zeit jedenfalls nicht.

Mit einem unterdrückten Seufzer wischte sich Marius den Schweiß von der Stirn und strich die nasse Handfläche an seinem roten Schopf ab. Wenn ein Lüftchen aufkam, würde ihm das ein wenig Kühlung verschaffen. Er blinzelte in das grelle Blaugrau des Himmels, in dem reglos ein paar weiße Wolkenfetzen hingen. Im Moment sah es nicht danach aus. Die Hitze ließ die Luft flirren und biss in die Augen, dass sie brannten.

Wie schön wäre es, jetzt irgendwo zu liegen und zu dösen, nichts zu hören als das Summen der Bienen und das Schnarren der Zikaden . . .

»Junge, träum nicht!«

Die wütende Stimme seines Vaters schnitt in seine Gedanken.

»Halt an! Merkst du nicht, dass das Mistvieh bockt?«

Ohne dass Marius es gesehen hatte, war das Maultier stehen geblieben. Wie angewurzelt stand es da, den Kopf gesenkt, und ließ demütig die Flut von Schimpfwörtern und Flüchen über sich ergehen, die Marius Procilius Rufus der Ältere hervorstieß.

Er war ein leicht erregbarer Mann, rothaarig und hitzköpfig wie sein Sohn.

»Du verdammter, widerspenstiger Klepper, ich mach dir den Garaus!«, tobte er und hob die Faust, um sie auf den Kopf des unglücklichen Tiers niedersausen zu lassen.

»Halt, Vater! Wer soll uns den Karren nach Rom ziehen? Ich vielleicht? Oder der da?« Marius deutete auf den hageren alten Sklaven, der sich beim Zornesausbruch seines Herrn in sichere Entfernung zurückgezogen hatte. »Verfluch nicht das Maultier, verfluch lieber den, der uns in diese Lage gebracht hat!«

»Halt den Mund, Grünschnabel!«, grollte sein Vater. »Er hat nach dem Gesetz Roms gehandelt, ich hätte es genauso gemacht.«

Marius spürte, wie ihm die Galle hochkam. »Das Gesetz Roms«, stieß er verächtlich hervor. »Was ist das schon für ein Gesetz, das dem Reichen das Recht gibt, dem Armen das wenige zu nehmen, was er hat? Ich pfeif auf das Gesetz!«

Als er den Gesichtsausdruck seines Vaters bemerkte, machte er schnell ein paar Schritte zurück, weg aus der Reichweite der väterlichen Faust.

Marius der Ältere wollte erneut losbrüllen, aber ein Blick in das müde Gesicht Gordianas, seiner Frau, die, ihre Tochter Procilia an sich gedrückt, wie verloren am Straßenrand stand, hielt ihn davon ab.

»Wir schieben«, befahl er mürrisch. »Du links, ich rechts. Alexios führt das Maultier.«

Gehorsam trat der alte Sklave zu dem erschöpften Tier, streichelte ihm die Nüstern und redete mit leiser Stimme auf es ein. Gleich darauf ging es weiter, holperten die eisenbeschlagenen Räder wieder über das staubige Pflaster.

Vater und Sohn liefen hinter dem Karren her, die Handflächen gegen die Rückwand gepresst. Mit gebeugtem Rücken, so dicht nebeneinander, dass sie sich fast berührten, schoben sie, um dem Zugtier seine Last zu erleichtern.

Verstohlen musterte Marius seinen Vater: die hornigen, von unzähligen kleinen Verletzungen vernarbten Hände, die Finger mit den eingerissenen, verwachsenen Nägeln, die grauen Augen, die starr und stur auf die hölzernen Planken gerichtet waren, das sonnenverbrannte Gesicht, von dem die Schweißtropfen herabperlten.

Verständnislos schüttelte er den Kopf. Mochte der Vater auch mit seinem Schicksal hadern, nie würde er dem zürnen, der es heraufbeschworen hatte.

Der reiche Römer, der sie von ihrem Pachtgut hatte vertreiben lassen, hatte das Recht auf seiner Seite, punktum. Das Gesetz war das Gesetz, das hinterfragte man nicht.

Auch dann nicht, wenn man sein Leben in Zukunft als mittelloser Plebejer* verbringen musste, als Ärmster unter den Armen, der nichts mehr besaß als sein jämmerliches Bürgerrecht, der nicht wusste, wie er für Frau und Tochter ein Dach über dem Kopf besorgen und das Brot für den nächsten Tag verdienen sollte.

Marius presste die Finger gegen die Wagenwand, bis das Blut aus ihnen wich. Es war ihr Land! Ihr Land, das sein Vater bebaut hatte, wie sein Großvater und dessen Vater vor ihm, und das er eines Tages hätte übernehmen sollen.

Ihr Land, nicht das eines römischen Geldsacks, der nie eine Furche in den harten Ackerboden gezogen, nie einen Weingarten gehackt und nie einen Ölbaum beschnitten hatte.

Er, Marius, würde sich das Land wiederholen. Nicht morgen, nicht in einem Jahr, vielleicht nicht in zehn Jahren. Aber irgendwann.

Verbissen schob er weiter, hörte nicht auf das Rumpeln und Knirschen der Räder, achtete nicht auf seinen schmerzenden Rücken. Er dachte zurück an den Tag, an dem der Beauftragte des reichen Römers zu ihnen gekommen war, und goss Öl in das Feuer seines Zorns, bis es heißer brannte als die Sonne.

»Du siehst, es hat alles seine Richtigkeit.« Der Freigelassene* deutete mit einem dicken Zeigefinger auf die Buchrolle, die er auf seinem Schoß ausgebreitet hatte. »Das heißt«, fügte er grinsend hinzu, »du siehst es und siehst es doch nicht. Denn du wirst kaum lesen können.«

---

* Siehe Worterklärungen im Anhang.

»Ich nicht«, entgegnete Marius Procilius Rufus mit Würde. »Aber mein Sklave kann es.«

Er winkte Alexios, der sofort an den Tisch eilte, an dem die beiden saßen. »Erlaube, dass er die Rechnung überprüft! Nicht, dass ich an deiner oder deines Herrn Redlichkeit zweifle, aber es kann sich doch ein Fehler eingeschlichen haben ... und er ist Grieche, du verstehst ... er kennt sich aus mit Zahlen ...«

»Nur zu, nur zu«, sagte der Freigelassene mit einem Anflug von Ungeduld in der Stimme und gähnte. »Lass ihn ruhig prüfen. Wenn du die Freundlichkeit hättest, mir den Becher noch einmal zu füllen ...« Wieder grinste er: »Genau genommen ist das ja ohnehin schon der Wein meines Patrons.«

Marius, der in einer Ecke des Zimmers kauerte, hätte dem aufgeblasenen Wichtigtuer die Faust in das feiste Gesicht rammen können. Dieses affektierte Gehabe! Die gespitzten Lippen, der vom Becher abgespreizte kleine Finger, der näselnde Tonfall! Er trug eine Toga*, fleckenlos und weiß, als sei sie gerade aus der Bleiche gekommen, bei der Hitze und an einem normalen Tag eine Albernheit sondergleichen.

Auf den ersten Blick sah man ihm den Emporkömmling an; noch bei seinem letzten Besuch war er ein Sklave gewesen, schon damals wohlgenährt und geleckt, aber noch hübsch bescheiden und zuvorkommend in seinem Auftreten.

Widerwillig holte Marius den Weinkrug – hineinspucken hätte er mögen! – und goss den Männern gewässerten Wein nach. Dabei warf er einen Blick auf den Papyrus*, in den Alexios vertieft war. Zwar konnte auch er, ebenso wie seine jüngere Schwester Procilia, lesen, denn sie hatten in

Alexios einen tüchtigen Lehrer gehabt; aber diese endlosen Aufstellungen und Zahlenreihen waren ihm dennoch ein Buch mit sieben Siegeln.

Er zog sich in seine Ecke zurück und hoffte inständig, dass ein Wunder geschähe und Alexios einen entscheidenden, alles ändernden Fehler fände.

Die Zeit verging. Niemand sprach ein Wort, nur der alte Sklave murmelte gelegentlich etwas Unverständliches vor sich hin.

Endlich hob er den Kopf und nickte bedauernd. »Es ist alles richtig, Herr. Die ausstehende Pacht, das Darlehen, die angefallenen Zinsen und Zinseszinsen machen weit mehr als den Wert des Hauses und aller beweglichen Habe einschließlich der Sklaven aus.«

Marius krampfte sich das Herz zusammen. Es war vorbei. Die letzte, winzige Hoffnung war in nichts zerstoben.

Zwei trockene Sommer und ein kalter Winter hatten genügt, um ihnen die Grundlage ihres Lebens zu rauben. Nach zwei Missernten hatte der Vater beim Eigentümer ihres Pachtguts ein Darlehen aufnehmen und um Stundung der Pacht bitten müssen. Zwei weitere dürftige Ernten, und die Lage war aussichtslos geworden.

Aber warum bestand der Römer so plötzlich auf Rückzahlung? Was bedeuteten ihm die paar Tagwerk Land? Wahrscheinlich kosteten allein die Fliesen seines Bades das Doppelte!

Marius hielt es nicht mehr aus. Mit ein paar hastigen Schritten war er neben dem Freigelassenen und stemmte die Hände in die Seiten. »Warum?«, stieß er hervor. »Warum will dein Herr uns vertreiben? Irgendwann könnten wir schon zurückzahlen!«

Der Dicke hob die Schultern und antwortete geringschätzig: »Das glaubst du doch selbst nicht! Von nichts kommt nichts!« Er kicherte leise. »Im Übrigen kannst du dich trösten. Was euch genommen wird, kommt einem anderen Mittellosen zugute. Mein Herr und Patron[*] Maecenas möchte einen jungen, begabten Dichter mit einem angemessenen Besitz ausstatten, damit er sich ohne Sorgen seiner Kunst widmen kann. Da kommt ihm euer Land gerade recht. Es liegt recht schön, der Boden ist fruchtbar, man kann es mit anderen Ländereien in der Gegend zu einem ordentlichen Gut zusammenfügen. Ach ja, auch das kann euch euer Schicksal leichter tragen helfen: Es gibt etliche, die es teilen.«

»Ein schöner Trost!«, fuhr Marius auf und fügte drohend hinzu: »Wir könnten uns wehren!«

»Marius!« Scharf rief ihn sein Vater zur Ordnung.

Doch der Freigelassene lächelte nur milde. »Lass ihn nur! Es ist das Vorrecht der Jugend, erst zu reden und dann zu denken. Einem Mann allerdings müsste ich sagen, er möge kein dummes Zeug schwätzen . . . Im Übrigen hat mich mein Patron ausdrücklich ermächtigt, großzügig zu sein. Ihr dürft einen Karren mit eurem Hausrat beladen, an Vorräten mitnehmen, was ihr verfügbar habt, auch ein Zugtier überlasse ich euch, ich werde es nachher auswählen. Alles Vieh und alle Werkzeuge müsst ihr dagegen hierlassen. Ebenso die Sklaven natürlich. Das heißt . . .«, er zeigte auf Alexios, »den da behaltet meinetwegen. Zur Feldarbeit ist er ja ohnedies wohl nicht mehr zu gebrauchen, ausgemergelt, wie er ist. Euch aber kann er vielleicht noch nützlich sein.«

»Herzlichen Dank«, murmelte Alexios. »Ich verstehe, dass

du den Wert eines Sklaven nach seinem Gewicht bemisst. Ein Wunder freilich, dass dein Herr eine solche Kostbarkeit wie dich freigelassen hat.«

Der Dicke warf ihm einen giftigen Blick zu und erhob sich. »Damit wäre alles geklärt. Mein Patron Maecenas lässt euch eine Frist von zwei Wochen, um das Gut zu räumen.«

»Ja, aber wohin sollen wir denn gehen?«, fragte Marius' Mutter, die bisher schweigend und niedergeschlagen am Herd gestanden hatte, verzweifelt.

»Wohin?« Der Freigelassene hob erstaunt die Brauen. »Das ist doch keine Frage! Nach Rom natürlich! Dort ist bisher noch keiner verhungert. Maecenas zum Beispiel ist mit Getreidespenden für die Plebejer immer sehr großzügig gewesen . . .«

Maecenas, Maecenas, Maecenas. Im Rhythmus der rumpelnden Räder glaubte Marius fortwährend den verhassten Namen herauszuhören, während er schwitzend neben seinem Vater den Karren schob.

Seine Wut auf den Freigelassenen war verflogen. Gewiss, der hatte seine Rolle genossen, hatte hinter seiner verlogenen, aufgesetzten Freundlichkeit zahllose kleine und große Gemeinheiten verborgen. Den schäbigsten Lastkarren hatte er ihnen herausgesucht, das älteste Maultier. Aber er war doch nur ein Werkzeug seines Herrn. Auf den konzentrierte sich Marius' Hass und die Bilder von Rache und Vergeltung, die in seinem Kopf entstanden, verschafften ihm Erleichterung.

Wir haben unsere Schulden beglichen, Maecenas. Irgendwann wirst du die deinen auch begleichen müssen, Gesetz hin, Gesetz her.

Stunde um Stunde bewegten sie sich im Schneckentempo

vorwärts, bis Marius Procilius schließlich erschöpft stehen blieb. »Halt!«, befahl er, »wir machen Pause.«

Sie dirigierten das Gefährt an den Straßenrand und schirrten das Maultier ab, damit es das spärliche Grün jenseits der Seitenbefestigung fressen konnte. Marius' Mutter rührte aus Mehl und Wasser die Puls[*] an; ungekocht schmeckte der dicke Brei nicht gerade besonders und es gab nichts als ein bisschen Öl und etwas bröckeligen Ziegenkäse dazu. Doch nach dem langen Marsch hatten alle Hunger.

Während sie auf den Randsteinen hockten und aßen, kam plötzlich, wie aus dem Nichts, heftiger, kühler Wind auf. Nach der Hitze des Tages empfanden ihn alle als Wohltat, dennoch blickte Marius' Vater besorgt zum Himmel.

»Seht euch das an«, knurrte er und deutete nach oben. Von Norden her zog eine schwarze Wolkenwand auf, so rasch, dass man sehen konnte, wie sie unaufhaltsam über den Himmel kroch; bald würde sie ihn ganz bedeckt haben. Am Horizont blitzte es auf, leises Donnergrollen folgte.

»Ein schweres Gewitter.« Marius' Vater erhob sich rasch. »In spätestens einer halben Stunde ist es über uns. Habt ihr alles gut abgedeckt?«

Gordiana nickte. »Außer uns wird nichts nass«, sagte sie und lächelte dabei ein wenig, das erste Mal an diesem Tag.

Marius Procilius reagierte nicht auf ihren matten Versuch, einen Scherz zu machen. »Dann weiter«, rief er. »Vielleicht gibt es irgendwo einen Unterstand. Und wenn nicht, ist es immer noch besser, im Regen zu laufen als hier herumzusitzen. So kommen wir wenigstens unserem Ziel näher.«

Was für ein Ziel?, fragte sich Marius bitter, während er Alexios beobachtete, der mit leisem Schnalzen das Maultier lockte, um es wieder ins Geschirr zu spannen. Wer von seinem Land vertrieben worden war, der hatte kein Ziel, der fuhr in eine ungewisse Zukunft.

Das Maultier hatte sich so weit erholt, dass es sich nach einem einzigen Rutenschlag in Bewegung setzte, widerwillig zwar und langsam, aber immerhin, es ging wieder vorwärts, und vorerst musste niemand schieben. Marius streckte erleichtert die schmerzenden Glieder und folgte den anderen.

Gleich darauf setzte der Regen ein, erst mit wenigen, schweren Tropfen, dann brach das Unwetter los. Wahre Sturzbäche gingen auf die Reisenden nieder, heftige Böen peitschten ihnen das Wasser ins Gesicht. Es war düster geworden, unablässig zuckten Blitze über den schwarzen Himmel, rollte der Donner.

Plötzlich schrie Procilia etwas, Marius verstand es zuerst nicht. Sie lachte und deutete aufgeregt nach vorne. Als er sah, was ihre Aufmerksamkeit erregt hatte, konnte auch er sich ein Grinsen nicht verkneifen.

Es war noch jemand unterwegs bei diesem herrlichen Reisewetter: Vielleicht zwei Stadien[*] von ihnen entfernt, kam ihnen, von zwei Reitern geleitet, ein Gefährt entgegen, ein vornehmer Reisewagen, von zwei schwarzen Pferden gezogen. Auf der vorderen Bank hockte der Kutscher. Mit einer Hand umklammerte er die Zügel, während er sich unter dem Rand des Wagendachs zusammenkauerte. Doch das half ihm nicht viel, denn der Regen prasselte erbarmungslos nieder und rann über die Plane auf ihn herab.

Die Pferde waren sichtlich nervös. Sie tänzelten unruhig und warfen alle Augenblicke die Köpfe nach oben. Der Wagen schaukelte und schwankte auf der regennassen Straße. Den Insassen war bestimmt speiübel.

Wenn es Jupiter[*] gefällt, ein Gewitter zu schicken, dachte

Marius befriedigt, geht es den Reichen auch nicht viel besser als den Armen, zumindest auf der Straße nicht.

In diesem Augenblick flammten grelle Blitze auf, tauchten den Himmel für einen Augenblick in gleißendes Licht. Ein ohrenbetäubender Donnerschlag folgte.

Die Pferde bäumten sich auf, in der Stille nach dem Donnerschlag war deutlich ihr erschrockenes Wiehern zu hören. Dann brachen sie aus. Von dem plötzlichen Ruck wurden dem Kutscher die Zügel aus der Hand gerissen. Er klammerte sich hilflos an seinen Sitz, während die verängstigten Tiere wie von Sinnen über das nasse Pflaster galoppierten.

Ehe die zwei Reiter, Leibwächter waren es wohl, begriffen hatten, was da geschah, war ihnen das Gefährt schon ein gutes Stück voraus.

Die Kutsche schlingerte und schleuderte, jeden Moment konnte sie umstürzen. Die Passagiere waren in höchster Gefahr.

»Wir müssen ihnen helfen!«, schrie Marius Procilius und rannte in weiten Sätzen dem heranjagenden Gespann entgegen.

»Halt, Vater! Du kannst doch nicht zwei wild gewordene Gäule aufhalten!« Marius warf einen hastigen Blick auf das Maultier. Seine Sorge war umsonst, es war nach dem Donnerschlag einfach stehen geblieben.

Also lief er seinem Vater nach, gemächlich trabte ihnen Alexios hinterher.

»Seid vorsichtig!«, rief ihnen Gordiana hinterher, doch, den Göttern sei Dank, Marius Procilius musste sich den durchgegangenen Pferden nicht in den Weg stellen und dabei seinen Hals riskieren.

Die Reiter sprengten heran, rechts und links an dem

schlingernden Gefährt vorbei. Jedem gelang es schließlich, eines der Pferde am Zaum zu fassen und es allmählich zu zügeln. Aus dem wilden Galopp wurde ein unruhiger, drängender Trab, dann fielen die Tiere in Schritt.

Doch genau in diesem Moment, als das Unglück schon abgewendet schien, löste sich das rechte Hinterrad der Kutsche, die Nabe schleifte mit misstönendem Kreischen über das Pflaster, der Kutscher flog in hohem Bogen von seinem Sitz. Und als die Tiere schnaubend und mit zitternden Flanken stehen blieben, kippte der Wagen um. Eine Frauenstimme schrie gellend auf.

Während sein Vater sich um den Kutscher kümmerte, der stöhnend in einem Gestrüpp von Rosmarin lag und vorsichtig seine Knochen abtastete, lief Marius zu dem umgestürzten Gefährt.

Die beiden Reiter waren inzwischen abgestiegen, aber anstatt sich um die Reisende zu kümmern, die doch offensichtlich ihrer Hilfe bedurfte, bemühten sie sich vergeblich, den Wagen wieder aufzurichten.

Marius beugte sich über den oben liegenden Einstieg und spähte in das Innere. Die Frau war allein. Sie kauerte zwischen durcheinandergeworfenen Gepäckstücken und massierte sich einen Knöchel. Ihm stockte der Atem. Er hatte noch nie eine solche Schönheit gesehen.

Sie mochte zwischen fünfundzwanzig und dreißig sein, Marius konnte sie nicht recht einschätzen. Seine Mutter, die nur wenig über dreißig Jahre zählte, sah erheblich älter aus als die Fremde. Doch war in ihrem Gesicht etwas, er hätte es nicht näher benennen können, das ihm verriet, dass sie nicht mehr ganz jung war, trotz ihrer wunderbar reinen und zarten Haut.

Ihr schwarzes Haar war kunstvoll gewellt, im Nacken geflochten und zu einem Knoten zusammengeschlungen, den eine goldene Spange zierte.

Sie war weiß geschminkt. Ein wenig Rot färbte ihre Wangen, die Lider über den geschwärzten Wimpern waren grün schattiert. Als sie den Kopf hob und zu ihm aufschaute, sah er, dass ihre großen, mandelförmigen Augen einen ähnlichen Farbton hatten, nur viel tiefer und leuchtender. Sie öffnete ihre Lippen und stieß einen leisen Schmerzenslaut hervor.

Ernsthaft verletzt schien sie aber nicht zu sein; Marius ließ unwillkürlich seinen Blick über ihren Leib wandern.

Sie trug nur eine lange Stola[*] – der Mantel lag zusammengeknüllt neben ihr –, die aus so hauchfeinem Stoff gefertigt war, dass man ihren schlanken Körper hindurchschimmern sah. Sie hatte keine Busenbinde umgebunden, Marius erkannte deutlich die Spitzen ihrer vollen Brüste. Er spürte, wie sein Mund trocken wurde, und mochte die Augen nicht abwenden.

Eine Zeit lang rührte sie sich nicht. Dann, so plötzlich, dass er heftig zusammenfuhr, fauchte sie ihn an: »Was glotzt du so blöde? Hilf mir lieber hier heraus!« Ihre Stimme war nicht so anmutig wie ihr Äußeres, sie klang schrill und rau zugleich.

Marius schlug die Augen nieder wie ein ertappter Sünder und streckte ihr schleunigst die Linke entgegen.

»Na . . . natürlich, sofort«, stotterte er und wurde rot. In dem Bemühen, sein ungebührliches Benehmen wiedergutzumachen, ergriff er sie am Arm und packte mit der rechten Hand ihre Stola oberhalb des Gürtels, um sie aus ihrem Gefängnis herauszuheben. Mit hörbarem Ratschen riss das feine Gewebe und an der Hüfte wurde ein Stück rosige Haut sichtbar.

»Pass doch auf, Drecksack!«, zeterte die Schöne, aber da war schon Alexios zur Stelle.

»Vergib dem Jungen, Herrin«, bat er höflich. »Er ist doch erst sechzehn; woher soll er wissen, wie man eine Dame behandelt?« Er schob Marius beiseite, fasste die Fremde um die Taille und hob sie, mit einer Kraft und Behändigkeit, die ihm niemand zugetraut hätte, aus der Kutsche heraus.

Ihre Füße schwebten schon über dem Einstieg, da stolperte er und taumelte einige Schritte rückwärts. Dabei presste er die Fremde, um sie nur ja nicht fallen zu lassen, einige Augenblicke fest an sich.

»Was fällt dir ein, geiler Bock«, zischte sie ihn an. »Lass mich sofort los!«

Alexios stellte sie behutsam auf die Füße. »Entschuldige«, sagte er und nestelte verlegen an dem Beutel, den er um den Hals trug. »Ich habe das Gleichgewicht verloren.«

»Erzähl keine Märchen«, entgegnete sie und blitzte ihn aus grünen Augen an. »So, wie du aussiehst, bist du ein Grieche. Und alle Griechen sind geil, egal, wie alt sie sind!«

Alexios schwieg; seiner ausdruckslosen Miene war nicht zu entnehmen, ob er geschmeichelt oder beleidigt war.

Der Regen hatte inzwischen an Heftigkeit verloren, aber immer noch rieselte er stetig auf die Reisenden herab. Da er aus der Weite des Himmels kam, kannte er die römischen Standesunterschiede nicht und nässte nicht nur die heimatlosen Plebejer, sondern auch die Dame aus der Kutsche.

Als ihr Kühle und Feuchtigkeit bewusst wurden, war es um ihre Fassung gänzlich geschehen. Mit einem Wutschrei wandte sie sich zu den Leibwächtern, die sich, nachdem sie vergeblich versucht hatten den Wagen aufzurichten, zu ihren Pferden gestellt hatten. »Was steht ihr da herum?«, gellte es ihnen entgegen. »Esel, Trottel, Kacker! Seht ihr denn nicht, dass ich nass werde?«

Marius musste grinsen. Wer bei dieser Herrin Sklave war, den prüften die Götter hart! Obwohl – verstohlen musterte er ihre festen Pobacken, die sich unter der regennassen Stola deutlich abzeichneten – es hatte auch seine Vorteile.

Er fischte den Mantel aus der Kutsche und hielt ihn ihr hin: »Der wird dich schützen, Herrin.«

Wortlos riss sie ihm das Kleidungsstück aus der Hand und warf es sich über Kopf und Schultern.

Da hinkte, von Marius' Vater gestützt, der Kutscher heran. Sie warf ihm einen Blick zu, der ihn zusammenzucken ließ. »Du . . .!« Für den Unglücklichen fiel ihr kein passendes Schimpfwort ein und so begnügte sie sich damit fortzufahren: »Wir sprechen uns noch!«

»Aber ich kann doch nichts dafür«, jammerte er und hielt sich den schmerzenden Kopf. »Ich bin doch selbst . . .«

»Halt deinen Mund und tu endlich was!«

Den vereinten Kräften der fünf Männer gelang es schließlich, die Kutsche aufzurichten. Marius schleppte das Rad herbei. Da die Achse glücklicherweise unversehrt geblieben war, konnte er es auf die Nabe stecken. Mit einem eisernen Nagel wurde es gesichert und die Dame konnte die schützende Kabine wieder besteigen. Sie tat es ohne ein Wort des Abschieds oder des Danks.

Die angebrochene Deichsel wurde mit ledernen Bändern und Stricken notdürftig repariert, der Kutscher kletterte auf seinen Sitz, ergriff die Zügel und die Kutsche rollte langsam wieder an.

»Ihr habt es nicht leicht«, sagte Marius mitfühlend zu den Leibwächtern, während sie ihre Pferde bestiegen. »Wer ist sie?«

»Niemand, der deine Bekanntschaft suchen würde«, knurrte einer der beiden unfreundlich, ließ sich dann aber doch zu einer Auskunft herab. »Die Frau des Prokonsuls[*] Antonius Terentius Varro.«

Die Männer drückten ihren Tieren die Stiefel in die Weichen und trabten der Kutsche nach.

»Ihr habt etwas vergessen«, murmelte Alexios. »*Vielen Dank für die Hilfe*. Man ist ja geradezu gezwungen, sich selbst zu belohnen . . .«

Langsam ging er, gefolgt von Marius und seinem Vater, zum Karren zurück.

»Bei allen Göttern, war sie schön! Und diese Stola!« Procilia blickte verträumt in den wolkenverhangenen Himmel. »Einmal so etwas tragen dürfen . . .«

»Die wahre Schönheit kommt von innen«, bemerkte Gordiana tadelnd. »Und wer das große Glück hat, äußere Schönheit zu besitzen, sollte sie nicht so frivol zur Schau stellen.«

»Du hast recht«, sagte Marius Procilius angewidert. »Du hättest sie sehen sollen! Keine Busenbinde! Zur Zeit unserer Väter wäre sie von ihrem Ehemann ausgepeitscht worden für eine solche Schamlosigkeit. Genug davon! Wir ziehen weiter.«

Einige Zeit später erreichten sie ein Rasthaus, ein schäbiges einstöckiges Gebäude. Ein großes Schild vor dem Eingang verkündete: »Hier sorgt Septumanus für köstliche Speisen und ein bequemes Lager. Wer bei ihm ausruht, der wird sich wohlfühlen.«

Die Reisenden, durchnässt, hungrig und durstig, waren unwillkürlich stehen geblieben.

Zögernd fasste Marius Procilius nach seiner Börse: Nur eine Handvoll Kupfermünzen hatte ihnen Maecenas' Verwalter gelassen. Da bemerkte er den flehentlichen Gesichtsausdruck seiner Frau. »Also gut. Wir bleiben über Nacht.«

Erleichtert betraten die Reisenden die Schankstube und ließen sich auf den hölzernen Bänken nieder. Es tat gut, nach dem vielstündigen Marsch auszuruhen. Marius Procilius bekam seine Puls, warm diesmal, die anderen bevorzugten Brot. Auch Kohl und gedämpfte Zwiebeln gab es und einen großen Krug gewässerten Wein dazu.

Marius brachte Alexios, der draußen das Maultier versorgen und über Nacht ihr verbliebenes Eigentum bewachen musste, seinen Anteil.

Der alte Sklave hatte es sich, so gut es ging, neben dem Karren auf einer Strohmatratze bequem gemacht und grinste ihm zahnlückig entgegen.

»Na, tust du endlich etwas für meine ausgetrocknete Kehle? Hoffentlich hältst du es nicht mit Hesiod[*], der einen Teil Wein mit drei Teilen Wasser verdünnt.«

»Ich weiß nicht«, Marius zuckte die Achseln. »Der Wirt hat ihn gemischt. Wer ist Hesiod?«

»Ach, nur so ein alter Grieche wie ich«, sagte Alexios. »Nun gib schon her, dein aromatisiertes Wasser!« Er nahm einen langen, durstigen Zug. »Brrr! Nicht nur dünn, auch noch sauer wie ein unreifer Apfel! Aber was soll man von einem Halsabschneider von Kneipenwirt schon anderes erwarten.«

»Unsereins hat von niemandem was zu erwarten«, entgegnete Marius. Und er fügte finster hinzu: »Wenn unsereins was will, muss er es sich selbst verschaffen.«

»So, meinst du?« Der Alte musterte ihn nachdenklich. »Vielleicht hast du gar nicht so unrecht.« Dann glitt ein Lächeln über sein Gesicht. »Aber du solltest die Zukunft nicht so schwarzsehen. Vielleicht ist uns Fortuna* bald wieder gewogen. Manchmal, weißt du, sind die Götter auch mit den Armen.«

Marius mochte es nicht recht glauben. Und als er am nächsten Morgen auf seinem muffigen Matratzenlager erwachte, den ganzen Körper übersät von roten, heftig juckenden Flohbissen, zweifelte er mehr denn je daran.

Den anderen war es nicht besser ergangen, nur Alexios, dessen Nachtquartier dafür freilich kühl und feucht gewesen war, zeigte schadenfroh seine unbefleckten Arme. »Hab ich es nicht gesagt?«, grinste er. »Die Götter sind gelegentlich auch den Elenden gewogen.«

Doch Marius war an diesem Morgen nicht für Späße zu haben. Rom! Heute würden sie die Stadt erreichen, die er schon hasste, bevor er sie jemals gesehen hatte.

Mit gesenktem Kopf stapfte er hinter dem Karren her, als sie ihre holperige Fahrt auf der Straße wieder aufgenommen hatten.

Die Wolken hatten sich verzogen, auf Gräsern und Sträuchern glitzerten die Tropfen in der Sonne. Bald würde es so heiß sein wie gestern. Schon jetzt begann er zu schwitzen. Die Quaddeln unter seiner Tunika* juckten wie verrückt, aber er widerstand der Versuchung, sich zu kratzen. Das hatte ihm sein Vater schon eingeschärft, als er noch ein kleiner Junge gewesen war: Ein Mann beherrschte sich und gab seinen Schwächen nicht nach, schon gar nicht, wenn er ein Römer war.

Marius spuckte in den Staub. Der Freigelassene und sein

Patron Maecenas – waren das Männer, die sich beherrschten und ihren Schwächen nicht nachgaben? Der ehemalige Sklave war aufgedunsen von den Leckereien, die er tagtäglich in sich hineinstopfte, und rannte wahrscheinlich zum Doktor, wenn ihm ein Wind in zwei Böen abging statt in einer. Und sein Herr lag bestimmt den größten Teil des Tages im Speisezimmer und tat nichts, als die frische Luft einzuatmen, die ihm eine Sklavin zufächelte, und aus dem Becher zu schlürfen, den ihm eine andere an die Lippen hielt.

Wenn der einen Flohbiss hatte, würde man ihm eine honigduftende Salbe draufschmieren und ihm einen Tag Bettruhe verordnen.

Marius krallte die Nägel in die Handfläche. Nein, er würde sich nicht kratzen!

Nicht, weil sein Vater fand, dass ein wahrer Römer sich zu beherrschen und alle Widrigkeiten klaglos zu ertragen hatte, sondern weil er stark sein musste, stärker als Männer wie Maecenas, deren Macht auf ihrem Reichtum beruhte. Wenn er einst zu ihnen gehörte, dann konnte er sich kratzen nach Lust und Laune . . .

Er dachte an die Rundungen der Schönen von gestern; auch sonst würde es sich lohnen, stark zu bleiben und nicht aufzugeben.

Er hob den Kopf und sah die anderen vor sich: den Vater, der vor sich hin stapfte, die Augen stur geradeaus, als marschierte er in einer Kohorte, die Mutter und Procilia, müde und mit hängenden Schultern, vorneweg Alexios, der das Maultier führte und leise vor sich hin pfiff.

In diesem Augenblick verachtete er sie alle, weil sie sich abzufinden schienen mit dem, was auf sie zukam. Vertrauten sie wirklich auf die Hilfe der Götter? In Rom hatten sie vielleicht nicht einmal die Mittel, um die vorgeschriebenen Opfer zu bringen. Die Götter konnten nicht auf der Seite der Armen sein!

Plötzlich stieß Gordiana einen Schrei aus und bückte sich. »Da, schaut euch an, was ich gefunden habe!« Sie hielt ihre Hand empor, etwas blinkte darin.

Alexios hielt das Maultier an. »Drei Silberdenare*!«, staunte er. »Das nenne ich Glück!« Er zwinkerte Marius zu, als wollte er sagen: ›Hab ich nicht recht gehabt?‹

Marius Procilius nickte zufrieden. »Das reicht, mit dem, was ich noch habe, für mindestens eine Woche zum Leben. Von dem, was wir für das Maultier und den Karren erlösen, können wir ein Zimmer mieten . . . Kein schlechter Anfang. Weiter, weiter! Ich glaube, unsere Fahrt steht unter glücklichen Vorzeichen!«

Ohne Pause rollte der Wagen jetzt über das Pflaster der Via Appia*, durch ein Landstädtchen hindurch, an einem glitzernden See vorbei. Unerbittlich brannte die Sonne vom Himmel, unerbittlich trieb Marius Procilius die Reisenden an, als könne er nicht schnell genug nach Rom kommen.

Einmal, als Marius vorsichtig fragte, was sie denn zu solcher Eile zwänge, gab sein Vater knapp zurück: »Mein Wille!«

Der Junge wollte aufbegehren, aber ein warnender Blick des alten Sklaven brachte ihn zum Schweigen.

Also zogen sie weiter, durch die sengende Hitze, schwitzend und mit müden Beinen, auf die Stadt der Städte zu, die ihre neue Heimat werden sollte.

## 2.
# Ankunft in Rom

Je näher sie ihrem Ziel kamen, umso dichter wurde der Verkehr und umso langsamer ging es voran. Immer mehr Fuhrwerke bogen in die Hauptstraße ein. Keiner der Kutscher kümmerte sich darum, ob er einen anderen zum Anhalten zwang, und so kam der endlose Zug immer wieder ins Stocken.

Marius blieb in der Straßenmitte stehen und ließ die Wagen an sich vorüberziehen.

Bei den Göttern, was für eine unglaubliche Menge von Menschen musste das sein, die all diese Güter verbrauchte! Gefährt um Gefährt holperte an ihm vorbei, mit Kohlköpfen und anderem Gemüse beladen, mit turmhohen Holzstapeln, die bei jeder Unebenheit bedrohlich schwankten, mit Säcken voller Getreide, mit riesigen Strohballen, mit großen Krügen, in denen Wein oder Öl schwappten.

Eines trug ein hölzernes Gerüst, auf dem Hühner und Pfauen hockten, stumm und mit ängstlich ruckenden Köpfen. Als er neugierig näher trat, begannen die Vögel wie auf Kommando, laut zu schreien, zu gackern und Flügel schlagend an den Schnüren zu zerren, die ihre Beine umschlangen.

Ihr habt vor dem Falschen Angst, dachte er und trat zurück, als der Besitzer des Federviehs ihn wütend anknurrte, in meinem Topf landet ihr bestimmt nicht!

Ein Karren rollte an ihm vorüber, der dem seines Vaters aufs Haar glich: von einem klapperdürren Maultier gezogen, mit einer zerrissenen Plane bedeckt, unter der ein paar armselige Möbel sichtbar waren. Neben ihm schlurften drei Männer und eine Frau mit verdrossenen Gesichtern, eine Horde halb nackter Kinder hüpfte vergnügt um sie herum.

Marius lächelte ihnen zu und vergaß einen Moment lang seinen Ärger und die juckenden Flohbisse. Die machten es richtig! Die lebten für den Augenblick und verschwendeten keinen Gedanken an das armselige Leben, das vor ihnen lag.

Für den Augenblick . . . ein fliegender Händler mit einem Handwägelchen schob sich durch das Gedränge und verkaufte mit Fleisch und Gemüse gefüllte Brotfladen.

Marius' Magen knurrte und die Flohbisse juckten wieder. Ob er seinen Vater um ein paar Asse* bitten sollte? Lieber nicht, er konnte sich die Antwort vorstellen: »Selbstbeherrschung, mein Sohn, ist die vornehmste Tugend des Römers!«

Pah, wer nichts hatte, der musste wenigstens die Tugend hochhalten!

»He da, Bursche, mach Platz für den Senator* Quintus Caecilius Metellus!« Eine barsche Stimme durchdrang seine Gedanken. Er sprang erschrocken zur Seite und konnte gerade noch einem heranrumpelnden Karren ausweichen. Aufgebracht fuhr er herum.

Ein stämmiger Mann, mit Pugio* und Caestus* bewaffnet,

machte eine verächtliche Geste, als er seine zornigen Blicke bemerkte. Hinter ihm, hoch zu Ross, trabte ein junger Römer in eleganter, purpurgesäumter Toga, die dunklen Locken sorgsam gekräuselt, den Blick versonnen in die Ferne gerichtet, als ob die Menschen, die Wagen, das Gedränge überhaupt nicht existierten.

»Platz für den Senator Quintus Caecilius Metellus«, wiederholte der Sklave, und wer im Weg stand, beeilte sich, seiner Aufforderung nachzukommen.

Sehnsüchtig sah Marius dem eleganten Reiter nach und das »Aufgeblasener Depp«, das er vor sich hin brummte, klang eher bewundernd als verärgert.

Er fuhr sich mit beiden Händen durch den roten Schopf und sah an seiner schäbigen Tunika herunter, die seine Beine gerade bis zu den Knien bedeckte. In der großen Stadt gab es sicher Spezialisten, die strähnige rote Haare in glänzende schwarze Locken verwandeln konnten, Schneider, die Togen anboten, so weiß wie Lilienblüten, auf denen die Sonne glitzerte, mit einem Streifen, rot wie frisches Blut.

»Depp, Depp, Depp«, wiederholte er und flüchtig kam ihm der Gedanke, ob er damit nicht sich selbst meinte.

»Ich befürchte, dass sich dein Vater nicht mit einem Schimpfwort begnügen wird, wenn du noch lang hier herumstehst«, erklang da eine vertraute Stimme neben ihm.

»Ach, Alexios«, seufzte Marius, »wenn er mir eine runterhaut, das kann ich einstecken, der Schmerz vergeht schnell. Aber das, was vor uns liegt, das sind Schmerzen, die lange dauern. Armut und Erniedrigung, die Angst, ob man am nächsten Tag genug zu essen hat . . . warum bin ich nicht einer wie der da!« Er deutete dem davontrabenden Reiter hinterher. »Der muss sich keine Sorgen machen. Der kann sein Leben lang den Kopf hoch tragen. Der hat schon in Windeln gepinkelt, die aus dem gleichen Stoff gemacht sind wie seine Toga. Und eines Tages wird sogar seine Leiche in feinstes Tuch gehüllt sein.«

»Da hat er grade was davon!« Der Alte wies auf die marmornen Grabmäler, die zu beiden Seiten die Straße säumten. »Lauter reiche und berühmte Leute. Und doch nur lauter Aschehäufchen, nicht mehr und nicht weniger, als du eines fernen und ich eines nahen Tages sein werden.«

»Aber sie sind noch da, wenigstens als steinerne Bilder. Man vergisst sie nicht, bewahrt ihr Andenken, preist ihre Tugend . . .«

»Und? Können sie's sehen? Können sie's hören? Im Übrigen . . . irgendwann haben auch die Vorfahren des Senators da, den du so beneidest, nichts anderes gemacht als mit krummem Buckel Furchen in den harten Boden gezogen und Weizenkörner hineingelegt und gezittert, ob die Saat aufgeht, ob genug Regen fällt, ob mit der Ernte alle Mäuler gestopft werden können. Bis eines Tages einer gesagt hat: Ich bin nicht mehr zufrieden damit, jeden Tag von Sonnenaufgang bis Sonnenuntergang im Dreck zu wühlen, ich will, dass meine Puls von Honig trieft, ich will den besten Wein und eine Tunika, die weich wie Seide auf meiner Haut liegt. Diesen Willen, verstehst du, den musste einer gehabt haben. Und dann, wenn eine günstige Gelegenheit kam, dann hat er gehandelt.«

»So einfach ist das also«, spottete Marius. »Wenn du recht hast, frage ich mich, warum du genauso lausig daherkommst wie ich, nein, noch lausiger, du bist ja noch nicht einmal Herr über dich selbst!«

»Ich habe nicht gesagt, dass es klappen muss«, erwiderte

der alte Sklave gelassen. »Aber wenn man den Willen nicht hat, sich aus dem Dreck zu erheben, und die günstige Gelegenheit nicht zu nutzen weiß, dann kann es nicht klappen.«

»Den Willen hab ich«, sagte Marius verdrossen. »Ich denke den ganzen Tag an nichts anderes. Aber wo ist die günstige Gelegenheit? Da müsste einem das Schicksal freundlich gesonnen sein. Und davon hab ich bei mir noch nichts gemerkt.«

Der Alte lächelte nur milde. »Lerne erst, es richtig zu deuten, bevor du es verdammst.«

Als er das Unverständnis im Gesicht des Jungen sah, tätschelte er ihm die Wange. »Wart's einfach ab, Marius. In Rom, glaube ich, ist alles möglich. Und jetzt sollten wir machen, dass wir zu den anderen kommen, sonst fängst du dir wirklich ein paar Maulschellen ein. Schmerzen, mein Freund, auch wenn's vorübergehende sind, sollte man freiwillig nur auf sich nehmen, wenn sich's lohnt.«

Als sie den Karren erreichten, war Marius Procilius' Miene so düster, dass sie sich hüteten, in seine Reichweite zu gelangen. Nur wenige Stadien hatte sich die Wagenkolonne inzwischen vorwärtsbewegt und man sah ihm an, dass die Zockelei an seinen Nerven zerrte.

»Bleib jetzt hier, Junge«, befahl er barsch. »Pass auf, dass nichts gestohlen wird!«

Marius nickte gehorsam. Zwar konnte er sich beim besten Willen nicht vorstellen, dass jemand den Trödel, den sie noch besaßen, begehrenswert fand, aber seinen Vater reizte man besser nicht durch Widerspruch, in guten Zeiten nicht und in schlechten schon gar nicht.

Inzwischen krochen sie nur noch vorwärts, alle Augenblicke stockte der Zug und plötzlich ging es überhaupt nicht mehr weiter, obwohl viele Wagen auf die verdorrten Wiesen neben der Straße ausgewichen waren. Marius spähte nach vorn. Vielleicht zwei Stadien vor ihnen wuchs eine Mauer aus mächtigen Quadern empor, überragt von einem haushohen Torbogen, der rechts und links von zwei kleineren Bögen flankiert wurde.

Sie waren am Ziel! Marius merkte, wie sich sein Herzschlag beschleunigte. Ein seltsames Gefühl, halb Angst, halb Erwartung, ergriff von ihm Besitz.

»Was ist da los? Warum geht es nicht weiter?«, fragte er einen alten Bauern neben sich, auf dessen Karren Körbe mit prallen, reifen Feigen standen.

Der alte Mann sah ihn erstaunt an, dann glitt sein Blick über den Lastkarren mit dem aufgetürmten Hausrat und er nickte verständnisvoll. »Du bist das erste Mal in Rom, wie?«

Er wartete die Antwort nicht ab, sondern fuhr fort: »Hab Geduld, junger Mann. Solange es hell ist, darf kein Wagen in die Stadt.«

»Wir müssen aber hinein! Wie sollen wir uns nachts zurechtfinden? Eine Wohnung suchen?«

Der Bauer zuckte die Achseln. »So ist es nun mal. Ich muss warten, alle hier müssen warten, und du auch.«

»Das ist eine Frechheit«, erwiderte Marius hitzig. »Reine Schikane! Wir sollten einfach . . .«

»Du hast gehört, was du wissen wolltest, also richte dich danach und füge dich«, unterbrach ihn sein Vater scharf.

Marius schluckte und schwieg.

Der alte Bauer lächelte ihm freundlich zu. »Am Tag gehört die Stadt den Fußgängern«, sagte er. »Dagegen ist nichts zu machen. Schau her, das wird dir die Wartezeit versüßen.«

Er langte in einen der Körbe und hielt Marius eine Anzahl der matten, dunkelblauen Früchte entgegen.

»Ich danke dir, du bist sehr freundlich.«

Sechs Stück waren es, groß und weich und warm von der Sonne. Nach kurzem Zögern gab Marius sie bis auf eine an seinen Vater weiter, der den beiden Frauen und Alexios je eine reichte und zwei für sich selbst behielt.

Wie es ihm zukommt, dachte Marius erbittert und biss in seine Frucht, die süß wie Honig war und sogar ein wenig Saft besaß. Die zarten Kerne knackten leise zwischen seinen Zähnen. Viel zu schnell war der Genuss vorüber; es blieb nur ein Nachgeschmack, der in ihm das Verlangen nach mehr weckte.

Er schaute seinem Vater zu, der seine zweite Feige verzehrte. Sollte er doch! Eine Feige, zwei Feigen – wo war da der Unterschied? Sich einen ganzen Teller voll kommen lassen zu können, wann immer man wollte, und dann, ganz nach Lust und Laune, zwei zu essen und zu sagen: Nimm die süßen Dinger endlich weg, ich habe genug davon! – oder ein ganzes Dutzend in sich hineinzustopfen, das war der Unterschied zwischen einem armen Hund und einem reichen Herrn wie dem Senator Quintus Caecilius Metellus.

Er schluckte und saugte mit der Zunge die letzte Süße aus dem Gaumen. Trotzdem – eine zweite Feige wäre nicht schlecht!

Unendlich langsam verrann die Zeit, kaum merklich sank die Sonne dem Horizont entgegen und die Hitze ließ nicht nach.

Dennoch nahmen fast alle die Wartezeit gelassen hin, kauerten schläfrig auf dem Boden, fingen ein Schwätzchen an oder kauften einem der Wasserhändler, die sich, vorsichtig ihre Krüge balancierend, einen Weg durch das Gedränge bahnten, einen Trunk ab.

Marius, der eine Weile vor sich hin gedöst hatte, sah sich nach dem Bauern um, um sich mit ihm zu unterhalten, mehr aus Langeweile als aus Neugierde. Aber der Alte war nicht bei seinem Karren, sondern stand neben dem Geflügelhändler, eifrig auf ihn einredend.

Nicht weit vor Marius lockten die Körbe mit den reifen Feigen. Er trat näher hinzu und schaute sich verstohlen um. Niemand achtete auf ihn. Seine Mutter und seine Schwester saßen auf dem Karren, die Kopftücher als Sonnenschutz vors Gesicht gezogen, sein Vater kauerte am Straßenrand, an ein Grabmal gelehnt, und schnarchte leise. Der alte Bauer war in sein Gespräch vertieft, Alexios war nicht zu sehen.

Ehe er recht wusste, was er tat, hatte Marius schon zugegriffen, einmal, zweimal, und ließ die Früchte in seine Tunika gleiten. Sie rutschten hinunter bis zum Gürtel und lagen warm und weich an seinem nackten Bauch.

Dann erst wurde ihm klar, was er getan hatte. Er war ein Dieb, ein besonders übler dazu, denn er hatte einen freundlichen und großzügigen Mann bestohlen. Sein Vater würde ihn die Peitsche kosten lassen, wenn er je davon erfuhr! Er atmete schwer und wartete, dass sein rasender Herzschlag sich beruhigte.

Da hörte er leises Lachen neben sich.

»Nicht schlecht und nicht gut«, sagte Alexios, der lautlos wie eine Katze hinter ihn getreten war. »Nicht schlecht, weil du eine günstige Gelegenheit beim Schopf ergriffen hast. Nicht gut, weil du die Folgen nicht bedacht hast. Was willst du mit den Feigen machen?«

Marius war feuerrot geworden. »Na, essen will ich sie!«, gab er halb trotzig, halb schuldbewusst zurück.

»Hier, unter den Augen deines Vaters? Ein ziemliches Risiko! Wenn er aufwacht und dich kauen sieht? Er wird dich fragen, woher du sie hast.«

»Ich sage ihm, dass ich noch welche geschenkt bekommen habe.«

»Eine ungeschickte Lüge, die leicht aufkommen kann. Und außerdem, warum hast du sie nicht abgeliefert, wie es deine Pflicht wäre?«

»Ich gehe ein Stück zurück, wo er mich nicht sehen kann.«

»Er hat dir verboten, dich zu entfernen.«

»Dann ... dann lasse ich sie, wo sie jetzt sind. Irgendwann gibt es schon eine Gelegenheit ... spätestens, wenn es dunkel ist.«

»An deinem Bauch werden sie matschig und unansehnlich. Und wenn ihr Saft Flecken auf deiner Tunika hinterlässt, wird man dir Fragen stellen ...«

»Ich weiß ja, ich hätt's nicht machen sollen«, rief Marius so laut, dass sein Vater einen Moment die Augen öffnete und ihm einen tadelnden Blick zuwarf.

Sofort dämpfte er die Stimme. »Stell dich vor mich, dann stopfe ich sie mir schnell in den Mund.«

Der alte Sklave schüttelte den Kopf. »So bringst du dich um den Genuss. Ich weiß was Besseres.«

Er ging zu dem alten Bauern, wechselte ein paar Worte mit ihm und drückte ihm etwas in die Hand. Anschließend schürzte er seine Tunika, füllte sie mit den süßen Früchten, trat auf Marius' Vater zu und stieß ihn sanft mit dem Fuß an.

»Ein Geschenk deines Sklaven«, sagte er ehrerbietig. »Zur Feier deiner Ankunft in Rom.«

Marius Procilius schlug die Augen auf und leckte sich die Lippen.

»Wo hast du das Geld her?«, fragte er trotzdem misstrauisch.

»Was soll das, Herr? Eine freundliche Gabe hier, ein kleines Geschenk dort«, gab Alexios beleidigt zurück. »Willst du deinem treuen Sklaven übel nehmen, dass er sich im Lauf der Zeit ein paar Asse zurückgelegt hat?«

Marius Procilius murmelte etwas Unverständliches, die Augen verlangend auf die Feigen gerichtet.

»Sie sind alle für dich und die Frauen bestimmt«, fuhr Alexios fort. »Dein Sohn hat seinen Anteil schon bekommen.« Er legte die Früchte seinem Herrn vorsichtig zu Füßen und kehrte zu Marius zurück.

»Ein schlechtes Geschäft, mein Junge«, knurrte er verhalten. »Der Einsatz war beträchtlich größer als der Gewinn. Jetzt iss, aber mit Bedacht!«

Marius gehorchte nur zu gern. »Willst du auch eine?«, fragte er kauend.

»Danke, ich habe selbst welche.« Wie durch Zauberei hatte der Alte plötzlich ein paar Feigen in der Hand und schob sich eine in den Mund.

»Wo kommen die her?«, fragte Marius verblüfft.

Alexios breitete die Arme aus. »Ich weiß nicht. Sie waren einfach da.« Dann grinste er. »Ich bin eben besser als du.«

Marius schüttelte den Kopf. Der Alte war wirklich für manche Überraschung gut.

Eine Zeit lang aßen sie schweigend.

»Was will der denn?«, fragte Alexios auf einmal und deutete auf einen jungen Mann in blütenweißer Tunika, der auf Marius' Vater zusteuerte.

Marius spitzte die Ohren, als der Fremde sich höflich verneigte und sagte: »Verzeih, Bürger, dass ich dich störe. Wie ich vermute, willst du dich mit deiner Familie in Rom niederlassen?«

»Ja, und?«, erwiderte Marius Procilius unwirsch. »Was kümmert dich das?«

Der junge Mann ließ sich nicht entmutigen. »Ich heiße Sinistrus. Mein Herr Gnaeus Alleius Nigidius schickt mich zu dir und zu den anderen . . .«, ein Ausdruck von Geringschätzung flog über sein glattes Gesicht, ». . . Neuankömmlingen. Er hat euch ein, scheint mir, recht attraktives Angebot zu machen.«

»Und das wäre?« Noch immer war Marius der Ältere nicht besonders freundlich, aber seine Miene verriet verhaltenes Interesse.

»Nun«, erklärte Sinistrus, »mein Herr hat es sich zur Aufgabe gemacht, Bürgern wie dir den Anfang zu erleichtern. Selbstlos kümmert er sich um die, die schon so viel verloren haben, wahrt ihre Interessen, räumt ihnen Schwierigkeiten aus dem Weg, ganz ohne seinen eigenen Vorteil zu bedenken . . .«

»Ich kann nicht gerade behaupten, dass du mir wertvolle Zeit stiehlst«, wurde er barsch unterbrochen, »aber könntest du trotzdem endlich zur Sache kommen?«

»Ich bin ja schon dabei, Bürger. Wie gesagt, Gnaeus Alleius bietet dir seine Hilfe an. Er ist bereit, dir eine ordentliche Wohnung zu einem sehr günstigen Preis zu verschaffen und, mehr noch, dir dein wackliges Gefährt samt dem klapprigen Maultier abzunehmen. Beide wären in der Stadt nur eine Last für dich.«

Marius' Vater nickte mürrisch. »Dein Herr möchte also mein Gespann kaufen und mir eine Wohnung vermieten. Sehe ich das richtig?«

»Wenn du es so ausdrücken willst«, entgegnete Sinistrus

freundlich. »Ich würde eher sagen, er will dir in einer sehr schwierigen Lage beistehen. Glaubst du, es ist so einfach, eine passende Behausung zu finden? Womit bezahlst du sie? Woher soll das Futter für das Maultier kommen? Wohin mit dem Karren?«

»Ich habe schon verstanden«, entgegnete Marius Procilius müde. »Also, was kostet die Wohnung?«

»Oh, du wirst überrascht sein, wie wenig«, sagte Sinistrus schnell. »Sie ist recht geräumig, liegt hoch und luftig, eine wirkliche Gelegenheit . . .«

»Wie viel?«

»Nur hundert Denare[*] im halben Jahr.«

»Und was bietet dein Herr für das Gespann?«

Sinistrus ließ seine Blicke abschätzend über den Wagen und das magere Maultier gleiten. »Er ist, wie ich dir bereits versichert habe, äußerst großzügig. Andererseits – die Mähre wird nur noch von ihrem Fell zusammengehalten, der Karren, mmh, schau ihn dir an . . . trotzdem: Gnaeus Alleius bietet 110 Denare.«

Marius stockte der Atem. Ein Maultier allein kostete mindestens 130 Denare. Gut, das hier war nicht mehr das jüngste und stärkste, aber trotzdem hieß das, dass der Wucherer den Wagen praktisch umsonst bekam. Eine Frechheit war dieses Angebot!

Sein Vater dachte wohl ähnlich, denn er erwiderte scharf: »Das ist lächerlich! Allein der Wagen ist 150 wert, das Maultier noch einmal 100. Gib mir . . . sagen wir 220 Denare und wir sind uns einig.«

Sinistrus' Tonfall blieb unverändert liebenswürdig. »Ich glaube, du verkennst den Ernst deiner Lage, Bürger. Aber wenn du nicht willst . . .« Er wandte sich zum Gehen.

»Halt, warte noch!«

»Hast du es dir überlegt?«

»Gib wenigstens 200! Oder 180!«

Das klang flehentlich; Marius wusste nur zu gut, was seinen Vater das an Überwindung kostete.

»110 lautet das Angebot. Gnaeus Alleius ist ein Wohltäter, aber ruinieren will er sich nicht. Er hat mir nicht erlaubt zu handeln. Leb wohl, Bürger, und einen guten Anfang in Rom!« Diesmal drehte sich Sinistrus wirklich um und machte ein paar Schritte.

Marius Procilius wusste, wann er verloren hatte. »Ich bin einverstanden!«

Sofort kam Sinistrus zurück. »Ich wusste, dass du die Großzügigkeit meines Herrn schätzen würdest«, sagte er strahlend. »Hab noch ein wenig Geduld, nach Einbruch der Dämmerung komme ich euch holen.«

Sinistrus winkte leutselig und schlenderte davon, auf den Wagen der Familie mit den kleinen Kindern zu.

Dort würde er dasselbe miese Spiel spielen, dachte Marius erbittert. Er starrte auf das weiß behemdete Hinterteil des Sklaven und malte sich aus, wie er seinen schmutzverkrusteten Fuß hineinrammen würde, mit der Wucht eines heranstürmenden Stiers . . .

»Er ist nur ein Sklave«, murmelte Alexios. Konnte der Alte Gedanken lesen? Aber er hatte recht. Sinistrus handelte nur im Auftrag seines Herrn. Gnaeus Alleius Nigidius laute-te der Name, der auf die Liste gehörte, auf der schon ein an-derer stand: Maecenas. Irgendwann würde der Tag der Ab-rechnung kommen . . .

Verstohlen sah er zu seinem Vater hinüber, der leise auf seine Mutter einsprach. Beiden stand die Bestürzung ins

Gesicht geschrieben, was kein Wunder war: die Miete für ein halbes Jahr, es blieben ganze zehn Denare, dazu das, was die Mutter auf der Straße gefunden hatte, und ein paar Kupfermünzen. Wie lange würde das zum Leben reichen? Zehn Tage? Fünfzehn Tage?

Ach was, es hatte keinen Sinn, darüber nachzugrübeln! Marius ließ sich am Wagen nieder und lehnte sich gegen das warme Holz. Genieße den Augenblick, befahl er sich. Du musst nicht arbeiten, die Sonne scheint und Feigen hast du auch. Was willst du mehr?

Er schloss die Augen und nickte ein.

Irgendwann neigte sich der Tag dem Ende zu. Aus dem gleißenden Licht wurde ein milder rötlicher Schein, der allmählich verblasste, grau und fahl senkte sich die Dämmerung über die Stadt.

Bewegung kam in die Reisenden. Zugtiere wurden eingespannt, Feuersteine blitzten, Laternen blinkten auf. Wagen um Wagen rollte gemächlich auf den Torbogen zu.

Marius hatte sich erhoben und streckte die steifen Glieder. »Wo bleibt denn der Kerl, der dir dein Gespann abkaufen will?«, fragte er seinen Vater und gähnte.

»Ich weiß es genauso wenig wie du«, lautete die mürrische Antwort. »Er wird schon kommen.«

Also warteten sie weiter, zu müde und zu wenig erwartungsvoll, um allzu ungeduldig zu werden.

Langsam leerte sich die Straße, die letzten Wagen passierten das Tor, das Rumpeln der Räder verklang. Es war stockfinster inzwischen, der Himmel musste sich bedeckt haben.

Alexios hatte eine Laterne entzündet, die einzige, die sie

besaßen. Ihr Schein reichte kaum aus, die Umrisse des Lastkarrens zu erhellen.

Ein Stück vor ihnen schimmerte eine weitere; das musste die andere Familie sein – sie hatten wohl auch den Handel mit Sinistrus abgeschlossen. Natürlich, was war ihnen anderes übrig geblieben.

Marius dachte an die kleinen Kinder; ob sie Hunger hatten nach der langen Warterei? Er erwog einen Augenblick, hinüberzulaufen und ihnen seine restlichen Feigen zu schenken. Aber er tat es nicht. Freigiebigkeit machte nicht satt. Mochten die spendabel sein, die im Überfluss lebten!

Endlich flackerten Lichter vor ihnen, und gleich darauf erscholl Sinistrus' fröhliche Stimme: »Guten Abend, meine Freunde! Ich hoffe, ihr habt nicht die Geduld verloren. Aber ich habe gewartet, bis der Weg frei ist. So kommen wir viel schneller voran.«

Der junge Sklave wurde von einem vierschrötigen, kräftigen Kerl begleitet, der wie er eine qualmende Fackel in der einen, eine Laterne in der anderen Hand trug.

»Schließt auf zu den Leuten da vorn!«, befahl Sinistrus und wies auf das blinkende Lichtchen vor ihnen.

Langsam setzte sich das Gefährt in Bewegung, bis Alexios es neben dem anderen zum Stehen brachte. Stumm nickten die Männer einander zu, die Frauen lächelten schüchtern und senkten die Köpfe.

Marius hielt nach den Kindern Ausschau. Sie lagen selig schlafend auf einer Matratze im Wagen und wieder beneidete er sie, weil sie weder Wut noch Sorgen kannten.

»Das hier ist Samius«, stellte Sinistrus seinen Begleiter vor und grinste. »Ein wichtiger Mann, ihr solltet euch gut mit ihm stellen. Er ist der Hausmeister eurer Insula*.«

Samius knurrte etwas, das vielleicht eine Begrüßung war, und bevor Marius sich erkundigen konnte, wie es, bei allen Göttern, mitten in einer Stadt eine Insel geben könne, schwenkte Sinistrus die Fackel, und der Zug setzte sich in Bewegung.

Kurz bevor sie das Tor erreichten, streifte etwas Marius' Gesicht. Er griff danach und fühlte die weichen Nadeln einer Pinie. Als er ein Zweiglein abriss und es an die Nase hielt, roch er den Duft, den er so gut kannte.

Wenn man an heißen Tagen auf die Hügel hinter dem Hof stieg, war die Luft erfüllt von diesem Duft. Würzig und süß hing er über dem Land, verband sich mit dem Schnarren der Zikaden und dem Summen der Insekten zu einem weichen, schützenden Vlies, das einen geborgen und gelassen in die Weite blicken ließ . . .

Mit einem Fluch schleuderte er das Zweiglein fort und eilte den anderen nach. Die Hügel waren weit und der Duft weckte eine Sehnsucht, die diese Stadt niemals stillen konnte.

Anfangs kamen sie gut voran, nur noch wenige Fuhrwerke waren unterwegs. Aber als eine Straße die ihre kreuzte, wurden es mehr, und als sie ein weiteres Tor passiert hatten, wimmelte es von Menschen und Fahrzeugen. Unzählige Lichter funkelten, Kutscher fluchten, Sänftenträger brüllten: »Macht Platz für den . . . Mach Platz für die . . .«, Straßenhändler boten Wein und Suppe, Kuchen und gefüllte Fladenbrote, rechts und links wuchsen die schwarzen Umrisse von Gebäuden aus dem Boden, manche von schier unglaublicher Größe.

Und es roch. Nicht nach etwas Bestimmtem, wie die heimatlichen Hügel mit ihrem Duft nach Sonne und Harz. Es war, als ginge man durch ein Labyrinth der Gerüche, das die

Nase immer wieder in die Irre führte, einen mal anlockte, mal abstieß, mal in widersprüchlicher Vielfalt die Sinne verwirrte. Der Gestank nach Verwesung und Ausscheidungen von Mensch und Tier mischte sich mit dem Duft von gebratenem Fleisch und Zwiebeln; aus einem Tempel wehte ein Hauch von Weihrauch und Myrrhe herüber, saurer Schweißgeruch dampfte aus den Tuniken der Sänftenträger und wurde überdeckt von einer Wolke von Blütenduft, wenn eine Dame den Vorhang ihres Traggefährts beiseiteschob und in den nächtlichen Tumult spähte.

Marius war angeekelt und fasziniert zugleich vom Geruch der Stadt. Elend und Luxus, Überfluss und Not waren darin, ganz dicht beieinander.

Bestimmt weit länger als eine Stunde waren sie hinter ihren Führern hergelaufen, als sie die Hauptstraße verließen und in eine Gasse einbogen.

Gleich darauf schwenkte Sinistrus seine Fackel. »Wir sind da.«

Sie standen vor einem großen Gebäude. Das Erdgeschoss war hell erleuchtet; hinter den offenen Bogenfenstern saßen Männer an niedrigen Tischen, aßen und tranken, würfelten und lärmten.

Der Rest des Hauses lag im Dunkeln, die schwarzen Schatten der Mauern und hier und da ein matter Lichtschein ließen Marius ahnen, dass es hoch war, unglaublich hoch, vielleicht höher als fünfzig, sechzig Fuß.

»Das ist eure Insula«, erklärte Sinistrus. »Ihr könnt jetzt mit dem Abladen beginnen. Samius wird euch vorangehen. Wenn ihr fertig seid, kommt zu mir, damit wir unseren kleinen Handel perfekt machen können. Ich sitze in der Schänke.«

Wortlos beluden sich die Neuankömmlinge mit Hausrat, so viel jeder zu tragen vermochte. Die fremde Frau hob zwei ihrer Kinder auf die Arme und lächelte dankbar, als Procilia das dritte übernahm.

Der Hausmeister winkte ungeduldig. »Beeilt euch! Ich will nicht die ganze Nacht mit euch zubringen.« Er schritt voran, an der Vorderfront vorbei, durch einen Seiteneingang in einen engen Hof.

»Das da ist der Brunnen«, sagte er mürrisch. »Ich hoffe, ihr wisst das zu schätzen: einfach die Treppe runter, und schon ist frisches Wasser da. Passt jetzt auf, dass ihr die Wände nicht beschädigt.«

Durch eine schmale Tür folgten ihm die anderen ins Innere des Hauses. Im Licht der Fackel wurde eine steile Treppe sichtbar. Ächzend unter ihrem Gepäck und bald schweißgebadet machten sich die Ankömmlinge an den Aufstieg. Die nachlässig verputzten Wände waren fleckig und mit Kritzeleien übersät, es stank abscheulich nach Urin.

Nach zweiundzwanzig Stufen – Marius zählte sie, um sich von dem schmerzhaften Druck abzulenken, den die schweren Seitenteile eines Bettgestells auf seine Schultern ausübten – erreichten sie einen Korridor.

Erleichtert wollte Marius seine Last absetzen, aber Samius stapfte weiter um die Ecke, und wieder ging es aufwärts, bis zum nächsten Korridor und zum nächsten und zum nächsten.

Dann endlich, im fünften Stockwerk, blieb Samius stehen und wartete, bis alle, auch die fremde Frau und Procilia mit den Kindern auf dem Arm, außer Atem nachgekommen waren. Als das Gepäck abgestellt war, hatten sie kaum noch Platz in dem engen Gang.

»Ihr habt die Wahl«, sagte der Hausmeister und deutete auf zwei Türen, die eigentlich nur roh zusammengenagelte Bretter waren. Zum ersten Mal erschien der Anflug eines Grinsens auf seinem Gesicht. »Aber ihr braucht euch nicht zu streiten. Eine Wohnung ist so schön wie die andere.« Er stieß eine der Türen auf und leuchtete ins Dunkel. Alle drängten sich heran.

»Hier, die Vorhalle oder der Salon oder das Speisezimmer, ganz nach Geschmack. Und hier . . .«, er betrat den Raum und hielt die Fackel tief, sodass man einen niedrigen Durchlass und dahinter einen winzigen Verschlag erkennen konnte, »hier ist das Schlafgemach.«

Sprachlos starrten die Ankömmlinge in das kahle, schmutzige Loch, das ihr neues Zuhause sein sollte.

»Und die andere Wohnung ist genauso?«, fragte Marius' Mutter nach einer Weile und man hörte, dass sie den Tränen nahe war.

»Ganz genauso«, bestätigte Samius.

»Aber . . . wo ist der Herd? Und die Latrine?«

»Herd! Latrine! Was wollt ihr noch für die paar Sesterzen[*]?«, knurrte Samius unwirsch. »Herd gibt es keinen, weil Feuermachen und Kochen hier strengstens verboten ist! Wegen der Brandgefahr, verstanden? Ein kleines tragbares Öfchen zum Warmhalten ist erlaubt, mehr nicht. Haltet euch daran, sonst fliegt ihr hochkant hinaus! Was die Latrine betrifft: Wenn ihr pinkeln müsst, tut es eine alte Amphore auch. Ihr könnt sie in die Bottiche leeren, die unter jedem Treppenabsatz stehen. Und wenn ihr was Größeres zu erledigen habt, so gibt es genügend öffentliche Latrinen. Die nächste ist kein halbes Stadion entfernt. Lasst euch ja nicht einfallen, das Zeug aus dem Fenster zu kippen.«

Jetzt grinste er breit. »Wenn ihr jemanden trefft, der macht nicht viel Federlesens mit euch. Ihr seid hier in der Subura[*], das ist eine raue Gegend. So, und jetzt holt euren restlichen Krempel! Unten gebe ich euch die Fackel, dann werdet ihr ja wohl allein fertig.«

Marius stolperte tastend die steile Treppe hinunter. Oben wachte eines der Kinder auf und begann zu plärren, von der Straße klang das Rumpeln und Poltern der vorüberrollenden Karren herauf, irgendwo in der Tiefe des Riesenhauses brüllte ein Mann und schrie eine Frau und überall waberte der scharfe Geruch nach Pisse.

Das war also eine Insula.

Marius trat ins Freie. Von einem Augenblick zum anderen brach das Gerüst aus Zorn und Widerstand, das ihn die ganze Zeit gestützt hatte, zusammen. Die Tränen stürzten ihm in die Augen, sosehr er auch dagegen ankämpfte. Er lehnte sich gegen die Hauswand, legte das Gesicht an den rauen Stein und wünschte sich weit weg, ohnmächtig wie ein Krüppel, der versuchte, mit seinen Gedanken seine Beine beweglich zu machen, weil ihm die Kraft dazu fehlte.

Eine ganze Zeit stand er so da, als er eine Hand leicht auf seiner Schulter spürte.

»Wenn du ich wärst«, flüsterte der alte Sklave, »würde ich dir sagen: Weine nicht, du hast schon Schlimmeres erduldet! Aber du bist nicht ich, dies ist dein erster großer Schmerz und ich weiß zu gut, wie dir zumute ist.«

Er änderte seinen Tonfall und fuhr fröhlich fort: »Viele Wege führen nach Rom, mein Freund, aber viele führen auch wieder hinaus. Arm und unglücklich bist du in die Stadt gekommen, vielleicht verlässt du sie eines Tages wieder – reich und glücklich. So, und nun hilf mir, das restliche

Zeug in das elende Loch da oben hinaufzutragen. Meine alten Knochen schaffen die schweren Lasten nicht mehr, auch wenn es Sklavenknochen sind.«

Sklavenknochen . . . Zum ersten Mal kam Marius der Gedanke, dass auch Alexios einmal ein freier Mann gewesen sein musste. Irgendwie half ihm das für den Moment, sein eigenes Elend zu vergessen. Der Alte hatte vielleicht noch mehr verloren als nur einen Bauernhof. Fast zärtlich fuhr er ihm über den grauen Krauskopf.

»Also gut, machen wir weiter.«

Samius' Fackel war inzwischen fast heruntergebrannt, aber er überließ ihnen großzügig seine Laterne. Auf die Idee, mit anzupacken, kam er freilich nicht, sondern verzog sich zu seinem Freund Sinistrus in die Taverne[*].

Geraume Zeit später hatten sie es geschafft. Marius Vater, ihm graute wohl davor, in der unwirtlichen Behausung vorerst mehr Zeit zu verbringen, als unbedingt nötig war, bestimmte, dass sie das Abendessen in der Schänke einnehmen würden.

Während er vor Sinistrus' wachsamen Augen die Wachstafel mit dem Mietvertrag unterzeichnete und die restlichen zehn Denare in Empfang nahm, aßen Gordiana, Procilia, Marius und Alexios dicke Erbsensuppe und in Öl getunktes Fladenbrot und tranken einen Becher billigen verdünnten Wein dazu.

Dann verabschiedete sich Sinistrus gut gelaunt. »Rom steht euch offen, meine Freunde! Und wenn ihr euer Glück gemacht habt, vergesst nicht euren Wohltäter Gnaeus Alleius Nigidius und seinen getreuen Sklaven Sinistrus!«

Er verbeugte sich mit spöttischer Ehrerbietung und verließ mit Samius die Taverne. Durch das Fenster sah Marius, wie die beiden die Gespanne wegführten, die dem Wohltäter Gnaeus Alleius wenigstens das Doppelte einbringen würden von dem, was er für sie bezahlt hatte.

»Und an der Miete verdient er auch noch«, murmelte Marius. Er sah seine Mutter fragend an: »Wo ist die andere Familie?«

»Sie wollten nicht herunterkommen. Wegen der Kinder. Vielleicht haben sie auch noch weniger als wir – bei mehr hungrigen Mäulern, die gestopft werden müssen.« Sie lächelte matt. »Wir sollten jetzt auch nach oben gehen. Morgen gibt es viel zu tun.«

Wenig später lag Marius auf seiner Strohmatratze – die Bettgestelle hatten sie noch nicht aufgebaut, ohnehin war für alle nicht genug Platz. Er lauschte in die Dunkelheit. Ob die anderen wohl auch wach waren wie er und grübelten, was morgen wäre? Zumindest Alexios schlief; Marius hörte sein leises Röcheln. Fast hätte ihn Ärger auf den Alten und seine stoische Ruhe gepackt und er hätte ihn wachgerüttelt. Aber er ließ es und schämte sich für seinen Zorn. Wer weiß, was dem alten Mann schon widerfahren war, bis er gelernt hatte, das, was das Schicksal für ihn bereithielt, so ruhig hinzunehmen.

Während Marius in die undurchdringliche Finsternis starrte, wünschte er sich sehnlich, er hätte den Pinienzweig doch mitgenommen und könnte mit seinem würzigen Duft den Uringestank vertreiben, den er noch immer in der Nase zu haben glaubte. »Rom, die Stadt der Pisser«, murmelte er unhörbar vor sich hin, bevor er langsam in den Schlaf hinüberdämmerte. In seinen Träumen stieg er unendlich viele Treppen empor und jede endete auf einem Hügel, der mit einer mächtigen Pinie gekrönt war und von dem aus man einen weiten Blick über das Land hatte.

## 3.
# Saure Wochen

Der Anfang war schwer, noch viel schwerer, als Marius es sich vorgestellt hatte.

Am schlimmsten war das Erwachen. Sie waren es gewohnt, frühmorgens, wenn der erste Hahnenschrei sie geweckt hatte, ins Freie zu gehen. Während sich das Tageslicht langsam über die östliche Hügelkette schob und allmählich den ganzen Himmel eroberte, hatten sie mit der Arbeit begonnen: ohne Hast und nach einem Plan, den die Jahreszeiten ihnen vorgaben.

Hier erwachten sie vom Lärm der Straße, vom Poltern auf den Stiegen, von Kindergeschrei, von tausend anderen Geräuschen des großen Hauses. Die Luft war dumpf, es roch nach Moder und Schweiß und in dem Verschlag, in dem die Geschwister mit Alexios schliefen, herrschte fast völlige Finsternis.

Noch nach Wochen erwachte Marius nicht allmählich, sondern schreckte plötzlich hoch und starrte Augenblicke lang in die Dunkelheit, bis ihm endlich bewusst wurde, wo er war.

Die ersten Tage vergingen damit, dass sie sich einrichteten, so gut es ging. Das bisschen Hausrat, die wenigen Möbel, die sie mitgebracht hatten, waren kaum unterzubringen, so eng war die neue Behausung.

Aus zwei Bettgestellen, für die der Platz fehlte, zimmerte der findige Alexios Regale. Er war es auch, der irgendwoher ein paar Bahnen bunten Stoff besorgte, die vor die stockfleckigen, immer feuchten Wände gespannt wurden.

Überhaupt schien der Alte der Erste zu sein, der sich in Rom vollkommen zu Hause fühlte. Schon nach wenigen Tagen wusste er, wo es das beste Brot gab, welche Imbissbude die würzigste Erbsensuppe anbot, wer einen brauchbaren Wein zu einem vernünftigen Preis verkaufte. Er fand jemanden, der ihm für ein paar Asse einen Riesenkrug Olivenöl überließ, das zwar fürchterlich schmeckte, aber als Brennstoff für ihre Funzeln und den kleinen tragbaren Herd, den er organisiert hatte, vorzügliche Dienste leistete.

Am dritten oder vierten Tag kam er mittags aus der Stadt und verkündete: »Wisst ihr, dass wir unserem hochherzigen Hausbesitzer, die Götter mögen ihn schützen, nicht nur ein Vermögen für diesen luftigen Stadtpalast hier bezahlen, sondern auch mit dem, was wir von uns geben, noch zu seinem Wohlstand beitragen?«

»Wieso? Was soll das heißen, alter Schwätzer?«, fragte Marius Procilius mürrisch.

»Was meinst du, Herr, was mit all dem Nektar passiert, den wir ablassen und dann in die Bottiche unter der Treppe kippen? Alle paar Tage kommen zwei Burschen, die für einen Bleicher und einen Gerber arbeiten, und holen den duftenden Saft ab – gegen entsprechende Bezahlung, versteht sich. Ja, glaubst du im Ernst, Gnaeus Alleius schenkt her, was in seiner Insula gesammelt wird?«

Marius der Jüngere staunte. So widerwärtig ihm der unbekannte Hausherr auch war, er konnte ihm doch seine Bewunderung nicht versagen. Sogar aus Pisse machte der noch Geld!

»Wir können ihm aber ein Schnippchen schlagen«, grinste Alexios, als ob er seine Gedanken erraten hätte. »Warum die Zwischenlagerung? Wir gehen einfach in eine Wäscherei oder zu einem Gerber, erledigen dort, was zu erledigen ist, und kassieren den Lohn dafür selbst. Immerhin einen Quadrans* gibt es für eine ordentliche Portion. Viermal Wasser lassen und du kannst dir eine Maß Wein kaufen. Das ist kein schlechter Tausch!«

»Ich weiß nicht recht«, murmelte Marius der Ältere, »immerhin wohnen wir in Gnaeus Alleius' Haus . . .«

»Vater«, protestierte Marius, »es gibt kein Gesetz, wonach man nur im Haus seines Vermieters pinkeln darf!«

Die väterliche Hand zuckte und Marius duckte sich. Doch es blieb diesmal bei einem unwirschen »Rede nur, wenn du gefragt wirst, sonst . . .«.

Schließlich nickte der Vater. »Ich glaube, man kann nichts dagegen einwenden. Das Geld . . .«, er rang erkennbar mit sich, »kann jeder behalten.«

»Wie großzügig, Herr«, säuselte Alexios. »Wenn ich schon ein Sklave bin, so genießt doch wenigstens mein Urin volles Bürgerrecht . . .« Ein drohender Blick aus den Augen seines Herrn brachte ihn rasch zum Verstummen.

Ab sofort minderten die drei, wann immer es die Umstände erlaubten, des Gnaeus Alleius Einkünfte, indem sie zum Wasserlassen eine Gerberei oder Bleicherei aufsuchten. Aber zum Leben reichten die paar kleinen Münzen natürlich längst nicht. Deshalb machten sich die Männer an jedem Morgen auf, um irgendeine Beschäftigung als Tagelöhner zu finden.

Einmal, am Anfang der zweiten Woche, ließ sich Marius wie gewohnt vom Strom der je nach Stand geschäftig eilenden oder müßig schlendernden Menschen treiben und hielt nach jemandem Ausschau, der ihm etwas zu verdienen geben könnte.

An einem Früchtestand sah er eine vornehme Dame, die mit kritischer Miene und energischem Zeigefinger Obst auswählte, Äpfel, Pfirsiche und Feigen in beachtlichen Mengen.

Marius näherte sich ihr, um sie zu fragen, ob er ihr die Ware nach Haus tragen dürfe. Als er neben ihr stand, roch er den zarten Duft, der von ihr ausging, und erinnerte sich an die Schöne in der umgestürzten Reisekutsche. Der Mund wurde ihm trocken und er fühlte, wie ihm das Blut ins Gesicht stieg. Nie würde er sich trauen, sie anzusprechen.

Plötzlich bemerkte sie ihn und wohl auch seine Verlegenheit, denn sie lächelte spöttisch und musterte ihn mit einem Blick, abfällig und herausfordernd zugleich. Sie erriet, was er wollte.

»Ich brauche niemanden, der mir tragen hilft, mein Bester«, sagte sie herablassend und deutete über ihre Schulter. »Wofür gibt es Sklaven?«

Sie winkte und zwei kräftige Kerle stürzten herbei und luden die erstandene Ware in Körbe.

»Da, nimm!« Sie drückte Marius zwei Kupfermünzen in die Hand. »Wenn du dich badest und eine gewaschene Tunika anziehst, bist du bestimmt ein ganz ansehnlicher Bursche.« Sie kicherte, ließ ein gepflegtes weißes Händchen wie unabsichtlich über seine Brust gleiten und schwebte davon, gefolgt von ihren schwer bepackten Sklaven.

Marius starrte auf die Münzen, voller Wut über die Herablassung der Schönen. Dass er ein heftiges, beileibe nicht unangenehmes Kribbeln in seinen Lenden spürte, verstärkte seinen Zorn noch. Mach dir keine Hoffnungen, Dummkopf! Für die bist du weniger als einer ihrer Sklaven, die sind wenigstens ordentlich angezogen. Die wird dir keinen zweiten Blick gönnen. Noch nicht!

Er wollte die Münzen in den Straßenstaub schleudern, doch er besann sich und steckte sie ein. Zwei Asse, das war so viel wie achtmal eine Wäscherei aufsuchen. Stolz konnte er sich dann leisten, wenn er auf Kleingeld nicht mehr angewiesen war.

Stunden später war er doppelt froh, das Geld nicht fortgeworfen zu haben. Kein Quadrans war dazugekommen, obwohl er sich stundenlang die Fersen abgelaufen hatte.

Auf einer Baustelle hatte er den Aufseher angesprochen: »Hast du nicht Arbeit für mich?«

Der Mann hatte nur gegrinst und mit dem Daumen auf die Arbeiter gewiesen, die geschäftig wie Ameisen herumliefen und Körbe mit Mörtel schleppten, Ziegel aufeinandermauerten, Holz zuschnitten. »Warum dich bezahlen, wenn mein Herr genug Sklaven hat, die die Arbeit ohne zusätzliche Kosten machen?«

An einer Brandruine war er vorbeigekommen, die geschwärzten Mauerreste und verkohlten Balken schwelten noch. Ein Heer von Helfern hatte mit Hacken die rauchenden Trümmer zerschlagen, sie auseinandergezogen und die letzten Reste der Gut erstickt.

»Kann ich helfen?«, hatte Marius einen Mann gefragt, der

Zahlenreihen und Aufrisse in eine Wachstafel ritzte. »Für ein, zwei Sesterzen . . .«

»Das sind ein, zwei Sesterzen zu viel«, hatte die grobe Antwort gelautet.

Marius hatte verstanden. Sklaven, Sklaven, Sklaven waren es, die in dieser Stadt alle Arbeiten erledigten. Pünktlicher, zuverlässiger und billiger als jeder Tagelöhner, denn wenn sie das nicht taten, verloren sie das Einzige, was sie besaßen: ihre körperliche Unversehrtheit oder ihr Leben – und Ersatz war jederzeit zu haben.

Der Bäcker, der Schankwirt, der lausigste Straßenkoch, jeder besaß wenigstens einen Sklaven, und wenn nicht, war er zu arm, um Lohn zu bezahlen.

Ihn, Marius, brauchte anscheinend niemand in dieser Stadt. Er war nutzloser als ein Sklave. Verbittert und enttäuscht kam er gegen Abend zurück und schleppte sich die Treppen hoch, mit jedem Stockwerk langsamer, weil ihm der Geruch nach Moder und Pisse in die Nase stieg und sein Widerwillen, die erbärmliche Behausung zu betreten, so groß war, dass er sich zu jedem Schritt zwingen musste.

Als er die Brettertür aufstieß, hockten seine Eltern und Procilia auf dem einzigen Bettgestell, das sie in dem engen Raum hatten aufstellen können, der Vater, ungewohnt nah bei der Mutter, hatte einen Arm um ihre Schultern gelegt. Erwartungsvoll sah er seinem Sohn entgegen. »Und?«

Marius schüttelte den Kopf und hielt dem Vater die zwei Bronzemünzen entgegen. »Nichts. Das ist ein Almosen, kein Lohn. Alexios ist noch nicht zurück. Vielleicht hat er . . .«

Er glaubte selbst nicht daran. Alexios sah aus wie ein Grieche und sprach Latein mit griechischem Akzent. Obwohl er kein Zeichen trug, das ihn als Sklaven auswies, kein Brandmal und keinen geschmiedeten Ring um den Hals, würde ihn jeder als Sklaven erkennen und ihm keine Arbeit geben.

Schweigend setzte sich Marius zu Füßen der anderen, schweigend starrten sie vor sich hin. Draußen warfen die Häuser schon lange Schatten und drinnen wurde es düster, als der Alte endlich die Wohnung betrat.

Er schürzte die Lippen und bleckte dann die wenigen braunen Zahnstummel, die ihm geblieben waren. »So ausgelassen, wie ihr seid, habt ihr sicher großen Erfolg gehabt«, stichelte er. »Also, wo sind sie, die Sesterz und Denar? Ist das Festmahl schon bereitet?«

»Irgendwann wirst du dein freches griechisches Maul zu voll nehmen«, knurrte Marius Procilius, »und dann werde ich dir den Hals umdrehen, bis dir die Sprüche darin stecken bleiben.«

Der Alte wurde ernst. »Also habt ihr keine Arbeit gefunden? Das habe ich mir schon gedacht, dass es schwer wird. Es wimmelt hier von Sklaven. Und, verzeih mir, Herr, von Männern wie dir, die nichts haben als breite Schultern und kräftige Hände. Viele Tausende sind es und niemand hat Arbeit für sie.«

Er lächelte schon wieder. »So gleichen sie wenigstens in einer Hinsicht den reichen Römern: Sie können den ganzen Tag herumsitzen oder in den Circus gehen oder sich auf dem Forum* herumtreiben …«

»Sehr komisch«, brauste Marius auf. »Wie kann man das tun, wenn man sich Sorgen machen muss, wo das Geld für die Puls am nächsten Tag herkommt?«

Der Alte breitete die Arme aus. »Was hilft's, wenn man sich Sorgen macht? Purzeln einem dann die Sesterz in den Schoß? Lebe für den Augenblick, Marius! Und was die Puls betrifft, so habe ich etwas Nützliches herausgefunden.«

Er berichtete, dass es für die Ärmsten der Stadt, und dazu zählten sie ja wohl, wie er hinzufügte, wenn man von dem äußerst wertvollen Sklaven, den sie besäßen, einmal absähe, kostenloses Getreide gebe. Man müsse sich nur in die entsprechenden Listen eintragen lassen.

»Die Zahl der Empfänger ist auf 200 000 beschränkt«, schloss er, »aber ich habe mir sagen lassen, dass sie im Moment um einiges darunterliegt. Wenn du also morgen gleich gehst, Herr … Es gibt fünf Modii* im Monat, soviel ich weiß.«

Marius Procilius nickte befriedigt. »Es ist so, wie ich es mir gedacht habe. Der römische Staat sorgt für seine Bürger.«

»Jawohl«, bestätigte Marius. »Der römische Staat schenkt seinem Bürger Marius Procilius einen Sesterz. Allerdings erst, nachdem er ihm zuvor tausend Denar genommen hat.«

Er zuckte zusammen, als ihn sein Vater heftig auf die Wange schlug, und fuhr trotzig fort: »Haben wir nicht früher alles im Überfluss gehabt? Getreide, Oliven, Honig und Wein? Was war das wohl wert über all die Jahre? Wir haben verloren, was uns gehörte, weil das römische Schuldrecht für die Reichen gut und für die Armen schlecht ist. Und was bekommen wir jetzt? Fünf Modii Getreide im Monat. Wisst ihr, wie viel das für jeden Tag ist? Davon werde nicht mal ich allein satt!«

Unwillkürlich duckte er sich, denn er sah die väterliche Hand sich schon wieder heben. Aber Gordiana strich ihrem

Mann besänftigend über den Arm. »Lass ihn«, bat sie. »Es stimmt doch, was er sagt. Das reicht niemals für uns alle.«

»Der Rest wird sich finden«, grollte Marius Procilius. »Noch haben wir genug.«

»Nicht mehr lange, Herr, wenn du erlaubst«, mischte sich Alexios ein. »Doch ich habe eine Idee, wie du unsere Lage weiter verbessern kannst.«

Der Alte hatte herausgefunden, dass jeder Römer, wenn er nicht selbst zu den Spitzen der römischen Gesellschaft gehörte, sich unter den Schutz eines anderen begab, der mehr Einfluss, Macht und Geld besaß als er selbst.

»Fast jeder römische Bürger springt frühmorgens aus dem Bett«, erzählte er, »und zwar nicht, um in die Taverne oder ins Bad zu gehen, sondern um seinen Patron aufzusuchen. Er zieht sein bestes Gewand an, wünscht ihm einen guten Morgen, bestätigt ihm, was er, der Patron, für ein vorzüglicher Mann sei, und erhält dafür erst mal ein ordentliches Frühstück – jedenfalls, wenn der Patron kein mieser Geizhals ist. Und wenn man Glück hat, gibt's auch noch ein Geschenk: ein bisschen Geld, einen Kuchen, ein Tuch für die Gattin, einen Krug Öl oder Wein . . .«

»Umsonst gibt's einen Dolch zwischen die Rippen in dieser Stadt«, unterbrach Marius bissig. »Was will der Patron dafür?«

»Nun ja«, erwiderte Alexios, »soweit ich das bisher in Erfahrung bringen konnte, steigt das Ansehen eines Patrons, je mehr Anhänger, man nennt sie Klienten*, er hat. Er gewährt ihnen materielle Wohltaten, vertritt sie auch vor Gericht, und dafür erwartet er, dass sie in unruhigen Zeiten Leibwächter für ihn spielen, dass sie überall die Vortrefflichkeit seines Wesens und die Unbestechlichkeit seines

Charakters rühmen und natürlich, wenn er Beamter werden will, dass sie ihn wählen. Die Vorteile liegen also auf beiden Seiten und deshalb, Marius Procilius, solltest du dir auch einen Patron suchen.«

»Das hört sich vernünftig an«, sagte Marius der Ältere. »Ich werde mich morgen darum kümmern.«

»Gestatte mir, dass ich dich begleite, Herr«, bat Alexios. »Vielleicht kann ich dir nützlich sein.«

So machten sich die beiden Männer am nächsten Morgen schon vor Sonnenaufgang auf den Weg. Stunden später kamen sie wieder, beladen mit Esswaren, Krügen mit Öl und Wein und einem Kleiderbündel, das Marius Procilius seiner Frau mit sichtlicher Genugtuung in den Schoß legte. »Die Kleidung der römischen Bürger«, sagte er. »Eine Stola für dich und Procilia, eine Toga für meinen Sohn und mich.«

Er schien tatsächlich stolz darauf zu sein, dass er in dieser Stadt und in diesem Mauseloch leben darf, dachte Marius verwundert. Hat er denn schon vergessen, wer wir früher waren? Wie gut es uns ging?

Er schloss die Augen und glaubte, den Pinienduft zu riechen und zu spüren, wie die weiche Morgenbrise seine Stirn kühlte, wenn er die Schafe auf den Hügel hinter dem Haus trieb.

»Ich habe euch etwas mitzuteilen.« Die Stimme seines Vaters holte ihn zurück in die muffige, enge Wirklichkeit. »Wir sind ab sofort in die Klientel eines Patrons aufgenommen, der sich bereits sehr großzügig und freigiebig gezeigt hat. Wir sind ihm Dank und Respekt schuldig. Sein Bestreben, das Amt eines Quästors* zu erlangen, werden wir nach Kräften unterstützen. Es handelt sich um den ehrenwerten Ritter Gnaeus Alleius Ni. . .«

»Nein!« Marius unterbrach seinen Vater nicht nur, er schrie ihn an, ohne zu bedenken, welche Ungeheuerlichkeit er damit beging.

»Nein! Das kannst du nicht tun! Nicht diesen . . . diesen schäbigen Geizkragen, diesen betrügerischen Krämer, der den Armen das Letzte nimmt! Was bist du nur für ein Speichelleck. . .«

Erschrocken hielt er inne und presste die Hand auf den Mund.

Sein Vater stand plötzlich ganz dicht vor ihm. »So, mein Sohn. Du zweifelst also die Richtigkeit meiner Entscheidung an«, sagte er leise. »Du wagst es, deinen Vater zu beschimpfen. Du vergehst dich gegen die heiligsten Grundsätze des Staates.«

Dann kamen die Schläge. Beim ersten zuckte er zusammen, die anderen steckte er ein, ohne sich zu regen, den Blick starr auf einen Rußfleck an der Wand gerichtet. Er fühlte, wie seine Unterlippe aufplatzte; warm rann ihm das Blut aus der Nase, sein Kopf dröhnte. Aus den Augenwinkeln bemerkte er die entsetzten Gesichter seiner Mutter und Procilias und registrierte beiläufig Alexios' kummervolles Kopfschütteln. Gleichgültig hörte er seinen Wangenknochen knacken; vielleicht waren es auch die Knöchel der Faust, die dagegenschlug.

Immer noch prasselten die Hiebe auf ihn nieder, immer noch rührte er sich nicht, immer noch blickten seine Augen starr und tränenleer.

»Herr, du solltest diesen vorzüglichen Honig probieren! Er ist noch besser als der, den wir selbst gemacht haben, glaube ich.« Eine Stimme, schmeichelnd und spöttisch zugleich – Alexios.

»Halt's Maul, Alter, oder du beziehst auch noch Prügel.« Schwer atmend ließ der Vater die Fäuste sinken. »Wir wollen die Vorräte einräumen«, befahl er dann, als ob nichts gewesen wäre. »Du hilfst mir, Alter, die Frauen legen die Gewänder zusammen.«

Schweigend ging jeder seiner Arbeit nach, schob sich trotz der Enge des Raums an Marius vorbei, niemand sprach mit ihm oder sah ihn an.

Nach einer Weile tappte er steifbeinig zur Tür, ging die Stiegen hinunter in den Hof, trat an das Brunnenbecken. Er tauchte die Hände in den Zulauf und schüttete sich das kühle Wasser ins Gesicht, wieder und wieder. Allmählich wich seine Erstarrung, sein wundes Gesicht und sein Kopf begannen, heftig zu schmerzen. Schlimmer aber noch waren Schmerz und Wut in seinem Inneren. Er wusste wohl, dass sein Vater ihn zu Recht geschlagen hatte. Selbst wenn er ihn halb tot geprügelt hätte, wäre er immer noch im Recht gewesen. Es gab kaum ein schlimmeres Vergehen für einen Römer, als sich gegen den Vater aufzulehnen.

So hatten die Schläge Marius zwar gedemütigt und weh taten sie auch, aber er nahm sie seinem Vater nicht weiter übel. Was er ihm nicht verzieh, was ihn sich so elend fühlen ließ, dass er den Brechreiz kaum unterdrücken konnte, war etwas anderes. In seinen Augen hatte sich sein Vater erniedrigt, grenzenlos erniedrigt. Gnaeus Alleius Nigidius hatte er zum Patron gewählt, ausgerechnet den Mann, der ihre üble Lage ausgenutzt und noch das Letzte aus ihnen herausgepresst hatte. Wie konnte man dem, der einen getreten hatte, noch die Füße küssen – für ein bisschen Öl, Wein, Getreide und ein paar Fetzen Stoff!

Marius merkte, dass er begann, seinen Vater zu verachten, und das schmerzte ihn mehr als die blauen Flecken und Beulen, die er ihm zugefügt hatte.

Seine Nase hatte zu bluten aufgehört, das Hämmern und Bohren in seinem Kopf ließ allmählich nach. Behutsam tastete er nach einer Schwellung über seinem linken Auge. Die würde ein paar Tage wehtun.

Er richtete sich auf und überlegte unschlüssig, was er jetzt anstellen sollte. Hinaus in die dumpfe Kammer gehen und seinem Vater gegenübertreten, das wollte er jedenfalls nicht. Da sah er den alten Alexios aus dem Haus treten und auf sich zukommen.

»Was willst du?«, herrschte er ihn an. »Mir sagen, dass ich es an Gehorsam und Ehrerbietung habe fehlen lassen? Das weiß ich selber!«

Der Alte schüttelte müde den Kopf. »Ach, wenn doch dein Herz nicht immer deinen Verstand überwältigen würde! Ich selbst habe Marius Procilius geraten, Gnaeus Alleius zum Patron zu wählen. Ja, mehr noch, ich habe Sinistrus bestochen, damit er uns rasch eine Audienz ermöglicht.«

»Du bist ein Sklave«, sagte Marius bitter. »Du hast die Seele eines Sklaven und die Moral eines Sklaven . . .«

»Möglich«, unterbrach ihn der Alte, »aber das Gehirn des Sklaven scheint dem deinen weit überlegen zu sein. Begreifst du nicht, dass es das Klügste war, was dein Vater tun konnte? Einen Klienten wird man nicht aus der Wohnung werfen, bei einem Klienten wird man es sich dreimal überlegen, ehe man ihm den Mietpreis erhöht. Sollte die Insula einem Brand zum Opfer fallen, bekommt ein Klient als Erster Ersatz. Dein Vater hat richtig gehandelt und ich habe ihn richtig beraten. Er hat für uns alle Sorge zu tragen. Du musst ihn verstehen.«

»Ihn verstehen – ja«, sagte Marius und spuckte in den Sand.

Alexios murmelte etwas von »Torheit der Jugend«, aber seine Worte wurden vom Plätschern des Brunnens übertönt.

So vergingen die ersten Wochen in Rom. Marius Procilius besuchte allmorgendlich seinen Patron, von dem er ab und zu auch einen kleinen Auftrag zugeschanzt bekam, der ein paar Sesterzen einbrachte. Ansonsten trieb er sich auf dem Forum herum oder besuchte eines der billigen Volksbäder. Wer ihn so sah, hätte meinen können, er habe sein Leben lang in Rom gewohnt.

Gordiana und Procilia hielten die Wohnung in Ordnung, was angesichts ihrer Größe und der kargen Einrichtung nur wenig Arbeit machte. Oft hockten sie mit der Nachbarsfrau zusammen und beklagten ihr Los. Sie waren es gewohnt, von morgens bis abends zu arbeiten, den Hof zu versorgen, Brot zu backen und Vorräte anzulegen. Der Müßiggang, zu dem sie gezwungen waren, machte sie trübsinnig.

Gelegentlich gingen sie aus. Einer der Männer musste sie dann begleiten, so erforderten es die Sitten. Aber sie taten es nur, um sich die Beine zu vertreten oder der muffigen Enge der Insula zu entkommen. Denn es machte wenig Freude, durch die Straßen zu gehen und die Fülle zu bestaunen, wenn nur die Augen auf ihre Kosten kamen, aber nicht der Wunsch zu besitzen.

Marius der Jüngere verließ morgens schweigsam und

mürrisch die Wohnung und kehrte abends schweigsam und mürrisch zurück. Oft kam er mit leeren Händen, manchmal brachte er ein paar Kupfermünzen, wenn es ihm gelungen war, sich als Wasserträger zu verdingen.

Am Abend saßen sie dann stumm auf ihren hölzernen Hockern, mampften ihre lauwarme Puls, ein Stück Käse, Oliven und Datteln und brüteten vor sich hin, bis der Vater aufsprang und die Wohnung verließ, um erst Stunden später, nach billigem, saurem Wein stinkend, zurückzukommen.

Der Einzige, der unerschütterlich seine gute Laune behielt und weder durch die Enge noch durch die karge Kost seinen Frohsinn einbüßte, war Alexios. Seltsamerweise glückte es ihm am häufigsten, irgendeine Beschäftigung zu finden, obwohl es doch eigentlich ein ungeschriebenes Gesetz war, eines anderen Mannes Sklaven nicht für sich arbeiten zu lassen.

Fast immer brachte er etwas mit, ein bisschen Geld, ein paar knusprige Fladenbrote, mit Fleisch und Zwiebeln gefüllt, duftende Gewürzkuchen, einen Krug Wein oder gar ein gebratenes Huhn.

Er erzählte von einer alten Matrone*, die gestürzt war und der er aufgeholfen hatte, von einem Sänftenträger, der zusammengebrochen war und den er ersetzt, von einem Advokaten, der dringend eine Übersetzung aus dem Griechischen benötigt hatte.

Die anderen nahmen es hin, ohne viel zu fragen, sogar Marius Procilius, wenn er den Alten auch jedes Mal argwöhnisch beäugte.

Sie hatten ihr Auskommen, gerade eben, Tag reihte sich an Tag in grauem Ebenmaß und ihr neues Leben schien eine endlose Folge solcher Tage zu sein, sinnlos und ereignislos einer wie der andere.

Dann wurde Procilia krank. Sie bekam hohes Fieber und heftigen Husten, der tief aus ihrer Brust kam und ihr das Atmen schwer machte.

Ihre Mutter, die sich auskannte und früher auf dem Hof Mensch und Vieh kuriert hatte, wusste Bescheid. »Die feuchte, unreine Luft ist schuld«, sagte sie. »Ich kenne wirksame Mittel dagegen – aber woher soll ich sie hier bekommen!«

Zusammen mit Marius suchte sie eine Anzahl von Ärzten auf und kehrte zurück – mit leeren Händen. »Was ich zu Hause auf der Wiese gepflückt habe, dafür soll ich hier ein Vermögen bezahlen«, sagte sie aufgebracht. »Bei den Göttern, die römischen Ärzte sind Wucherer und Halsabschneider!«

Ihre Sorge um Procilia wurde so groß, dass sie ihre sonstige Zurückhaltung aufgab und sich vor ihren Mann stellte, als er zu seinem abendlichen Tavernenbesuch aufbrechen wollte. »Marius Procilius, deine Tochter ist krank!«

»Das ist ja wohl nicht zu überhören«, brummte er verdrießlich und deutete auf Procilia, die schniefend und mit rasselndem Atem auf dem Bett lag. »Man kann ja kaum schlafen bei der Husterei! Aber jetzt lass mich gehen, damit ich sie wenigstens ein paar Stunden nicht hören muss!«

Er wollte seine Frau beiseiteschieben, aber sie widersetzte sich. »Gib mir Geld, ich muss ihr Arznei kaufen und sie zur Ader lassen.«

»Geld? Wie viel?«

»Wenigstens zehn Sesterze.«

»Wenigstens zehn Sesterze«, äffte er sie höhnisch nach.

»Kannst du mir sagen, woher ich zehn Sesterze nehmen soll? Frag doch Alexios, der ist doch so geschickt im Geldbeschaffen. Für zehn Sesterze allerdings müsste er sich schon selbst anbieten. Und auch das nur, wenn der Käufer blind ist. Ich jedenfalls besitze noch drei Asse. Eins davon brauche ich, um gleich meinen Wein zu bezahlen, die anderen zwei kannst du haben.«

Er warf einen kurzen Blick auf seine Tochter. »Sie soll die Zähne zusammenbeißen. Selbstbeherrschung ist immer noch die beste Art, mit einer Krankheit fertigzuwerden. Und viel Wasser soll sie trinken, das löst den Husten.« Damit verließ er die Wohnung und man hörte ihn die Stiegen hinunterpoltern.

»Zehn Sesterze soll ich wert sein«, meinte Alexios bekümmert. »Das ist wirklich nicht viel.« Er grinste. »Aber der Herr hat vergessen, meinen Verstand mitzurechnen. Der ist nahezu unbezahlbar. Ich will sehen, ob ich morgen eine Medizin für dich auftreiben kann, Procilia.«

Bei Tagesanbruch, bald nachdem sich Marius Procilius zum alltäglichen Besuch seines Patrons aufgemacht hatte, verließ auch Alexios das Haus. Marius fragte sich neugierig, wie er das wohl anstellen würde, die teuren Arzneimittel aufzutreiben – denn bezahlen würde er sie ja wohl kaum können.

Kurz entschlossen winkte er den beiden Frauen einen Abschiedsgruß zu und lief dem Alten hinterher. Als er aus dem Eingang des Hauses trat, sah er ihn, wie er bedächtig in Richtung Zentrum ging. Marius wollte ihm hinterherrufen, aber plötzlich fand er es viel aufregender, ihm heimlich nachzuschleichen. Vorsichtig, jeden Mauervorsprung, jeden Torbogen als Deckung nutzend, folgte er Alexios durch die Gassen der Subura; als sie auf eine breitere, belebte Straße kamen, wurde es leichter.

Kurz vor der Basilica Aemilia* bog der Alte in eine Nebenstraße ab und machte vor einem stattlichen Haus Halt, in dessen Front ein prächtiger Aesculap*-Altar eingelassen war. Er läutete, gleich darauf erschien ein Türhüter und ließ ihn ein.

Neugierig trat Marius näher und entzifferte die Buchstaben, die in eine Marmortafel neben dem Eingang eingemeißelt waren: *Medizinische Praxis. Thessalos von Larisa.*

Im ersten Augenblick war er enttäuscht. Natürlich, wenn man Medikamente brauchte, ging man am ehesten zu einem Arzt. Dennoch hatte er gehofft, der Alte hätte etwas anderes, Aufregenderes unternommen, wäre zum Beispiel zu einer der Kräuterfrauen gegangen, die, obwohl sie ständig von den Ädilen* davongejagt wurden, doch immer wieder in der Stadt auftauchten und denen man nachsagte, samt und sonders auch Giftmischerinnen zu sein.

Aber nein, er suchte einen gewöhnlichen Arzt auf . . . Marius stutzte. Ein Arzt kostete Geld, viel Geld, davon hatte er sich gestern selbst überzeugen können. Woher hatte der Alte so viel Geld?

Bald verließ Alexios das Haus wieder, in der Hand ein großes Päckchen.

»Sei gegrüßt, mein Lieber!« Marius baute sich vor ihm auf. Wenn er allerdings geglaubt hatte, der Alte wäre überrascht, so hatte er sich getäuscht.

»Wer so einen roten Schopf hat wie du, muss ihn bedecken, wenn er jemandem unbemerkt folgen will.« Der Alte kniff ein Auge zu. »Zumindest, wenn es sich bei diesem Jemand um einen mit allen Wassern gewaschenen alten Griechen handelt.«

Marius grinste schief. »Ich werde es mir merken. Ich war neugierig, wie du die Arzneimittel auftreiben würdest. Sag mal . . . wie hast du die eigentlich bezahlt?«

Einen winzigen Augenblick lang zögerte der Alte. »Bezahlt? Wie meinst du . . . ach so! Nein, nein, nicht mit Geld. Die Medizin hat mich nichts gekostet. Thessalos war mir noch einen Gefallen schuldig. Ich war ihm gelegentlich beim Anmischen seiner Tränke behilflich. Ich kenne mich damit ein bisschen aus.«

»Manchmal frage ich mich, womit du dich eigentlich nicht auskennst«, meinte Marius nachdenklich. Er machte plötzlich einen Schritt zur Seite, um einer Sänfte auszuweichen. Dabei stolperte er über seine eigenen Füße, verlor das Gleichgewicht und fiel gegen den Alten. Der taumelte; das Paket wäre ihm entglitten, hätte er nicht blitzschnell nachgefasst. Dabei rutschte ihm etwas aus der Hand und klirrte leise zu Boden.

Marius bückte sich und legte es sich auf die Hand. Hell glänzte es im Morgenlicht. »Ein Aureus*«, sagte er ehrfürchtig. »Das heißt, ich vermute, es ist einer. Denn gesehen habe ich noch keinen . . . Woher hast du denn den?«

Der Alte musterte ihn prüfend, dann nickte er entschlossen.

»Beim Hermes*, was passiert ist, ist passiert. Und wenn ich dir jetzt erzähle, dass ich ein paar Goldstücke gefunden habe, die da rein zufällig auf der Straße herumlagen, würdest du mir das sowieso nicht abnehmen. Also kann ich dir genauso gut die Wahrheit sagen. Gestohlen hab ich ihn natürlich. Ihn und andere. Direkt unter deinen Augen.«

Marius ließ seine Gedanken die letzten Wochen durchstreifen. Ein Tag wie der andere. Aber davor: die Via Appia. Der Wind peitschte den Regen über das Pflaster. Donner grollte, Blitze zuckten. Dann die umgestürzte Kutsche, die Dame, die Alexios aus dem Wagen gehoben und an sich gepresst hatte . . .

»Die Frau des Prokonsuls!«, rief er. »Während du ihr geholfen hast, hast du ihr die Börse gestohlen!«

»Nicht die ganze Börse«, erwiderte Alexios gelassen und ohne jede Verlegenheit. »Das wäre eine Dummheit gewesen. Sie hätte sie bald vermisst und wir alle wären verdächtig gewesen. Ich habe nur einen Teil des Inhalts entnommen. Eine Frau, die so viel Gold- und Silberstücke mit sich herumträgt, merkt vielleicht gar nicht, dass ihr etwas fehlt, und wenn doch, wird sie kaum an einen Diebstahl denken, denn ein Dieb hätte doch wohl alles genommen.«

»So, so«, meinte Marius versonnen. »Daher kamen also die Denare, du hast sie Mutter finden lassen. Und später, die Kupferstücke, deinen angeblichen Lohn, hast du eingewechselt, denn ich nehme nicht an, dass du dich damit abgibst, Kleingeld zu stehlen.«

»Selbstverständlich nicht«, bestätigte Alexios würdevoll.

Marius schüttelte den Kopf. »Ich kann es nicht glauben. Einer Frau, die fast nichts am Leib hat, den Geldbeutel entwenden, einen Teil des Inhalts herausnehmen, ihr den Beutel wieder zustecken, und das alles in wenigen Augenblicken. Ein Meisterstück! Du musst wahrhaftig der König unter den Dieben sein!«

»Ach, es war gar nicht so schwer«, gab der Alte mit gespielter Bescheidenheit zurück. »Ich habe nur ihre Eitelkeit genutzt. Sie hielt es für ausgeschlossen, dass sich jemand zu einem anderen Zweck an sie pressen könnte, als um ihren vollen Busen und ihre runden Hüften zu spüren. Verstehst du: Sie hat einfach nicht damit gerechnet. So hatte ich leichtes Spiel.«

»Ja«, sagte Marius, »ich verstehe sehr gut.« Er schwieg eine Weile, dann stieß er den Alten an. »Findest du nicht, dass du mir eine Erklärung schuldig bist? Dafür, wie es kommt, dass du diese seltsame Kunst gar so vollkommen beherrschst?«

Der Alte zögerte erst, dann gab er seufzend nach. »Hermes, der Gott der Diebe, hat mich offenbar endgültig verlassen. Also gut, du sollst hören, wie es dazu gekommen ist. Aber lass uns dazu eine Kneipe aufsuchen, denn es wird eine Weile dauern.«

Als sie jeder einen Krug mit gewässertem Wein und ein Schälchen mit Oliven vor sich hatten, erzählte Alexios seine Geschichte.

## 4.
## Die Geschichte des alten Sklaven

Mein Vater«, begann er, »war ein gescheiter Kopf, ein Gelehrter, dessen Fähigkeit, schöpferisch zu denken, nur noch von seinem Drang, neues Wissen zu erwerben, übertroffen wurde. Er stammte aus Athen, der Stadt, die einst die größten Philosophen in ihren Mauern versammelt hatte, aber schon zu seiner Zeit nur noch ein Provinznest war.

Eines Tages hielt es ihn nicht mehr länger dort, er siedelte mit seiner Frau und seinen beiden Söhnen, von denen ich der ältere bin, nach Alexandria über. Dort, in der Metropole des Geistes, wollte er im Zentrum der Wissenschaften, dem Museion, lehren, was er schon wusste, und lernen, was ihm noch fremd war. Außerdem hoffte er, dass die Stadt seinen Söhnen genügend Anreiz böte, ihm auf dem Weg in die allumfassende Gelehrsamkeit zu folgen.

Bei meinem Bruder ging diese Rechnung auch auf. Er lernte und lernte mit einer Begierde, die womöglich noch größer war als die unseres Vaters. Ich dagegen ...

Zwar fiel es mir leicht, mathematische Probleme zu erfassen, fremde Sprachen wie dein hässliches Latein flogen mir förmlich zu. Aber die Vollkommenheit eines erstklassigen Weins entzückte mich weitaus mehr als die einer geometrischen Figur und fremde Sprachen reizten mich vor allem dann, wenn sie mir halfen, eine von den exotischen Schönheiten kennenzulernen, von denen es in Alexandria viele gab.

Mein Vater, wirklich ein weiser Mann, erkannte bald, dass er aus mir keinen großen Philosophen machen konnte, und schickte mich zu einem Handelsherrn in die Lehre. Damit begann das Unglück, das mich schließlich zum Sklaven eines römischen Barbaren aus Tibur machte, deines Vaters nämlich, du wirst mir die Formulierung verzeihen.

Mein Lehrherr, ein Mann im fortgeschrittenen Alter, hatte eine Frau, die kaum halb so viele Jahre zählte wie er. Sie war die Tochter eines Nubiers und einer Ägypterin, schlank und groß gewachsen. Ihre Haut hatte die Farbe junger Maronen, ihre Lippen waren zart wie persische Seide, ihre Augen glänzten wie frisch geschleuderter Honig . . .«

»Komm zur Sache, Alexios«, mahnte Marius.

»Ich bin bei der Sache, mein Junge«, sagte der Alte und seufzte bei der Erinnerung. »Diese Frau war es, die mich zum Dieb werden ließ. Verstehst du, sie war schön, so schön, dazu leidenschaftlich und kalt zugleich. Sie beherrschte jene gefährliche Mischung von Lockung und Abweisung, die einen Mann zum willenlosen Werkzeug machen kann.

Ich war jung, dumm und heißblütig und umwarb sie mit allen Mitteln, bis ich ein Verhältnis mit ihr hatte. Oh, wie ich sie anbetete – sie konnte von mir haben, was immer sie wollte.

Sie war reich, denn sie hatte eine üppige Mitgift in die Ehe gebracht, außerdem überschüttete sie ihr Gatte mit Kostbarkeiten. Damals fragte ich mich oft, warum sie Geld und immer wieder Geld von mir verlangte. Heute glaube ich, die Antwort zu wissen. Sie wollte sich und mir beweisen, wie viel Macht sie über mich besaß, indem sie mich zu immer neuen Kühnheiten und Übeltaten verleitete, die mich in immer größere Gefahr brachten.

Um Geld zu beschaffen, begann ich mit kleinen Betrügereien, indem ich die Rechnungen meines Brötchengebers so veränderte, dass ein bisschen für mich – nein, für sie! – übrig blieb. Dann wurden ihre Forderungen höher und ich begann zu spielen.

Nun lass dir eines sagen: Beim Spiel kann man auf die Dauer nicht gewinnen, es sei denn, man hilft Fortuna ein wenig auf die Sprünge. Bald gab es keinen mehr, der die Würfel raffinierter zinkte oder geschickter vertauschte als ich.

Schließlich aber langte auch das Spielgeld nicht mehr. Ich brach nächtens in die Lager anderer Kaufleute ein, bald so geschickt, dass ich keine Spuren hinterließ, und verkaufte anderntags am Hafen, was ich gestohlen hatte.

Irgendwann wird auch der gutgläubigste Gatte einmal misstrauisch und so wusste irgendwann auch mein Brotherr die schmachtenden Blicke, die verstohlenen Zuflüsterungen, die beziehungsreichen Gesten richtig zu deuten und warf mich hinaus – den Göttern sei Dank, ohne die Tiefe unserer Beziehung allzu genau zu ergründen, sonst hätte mein Leben wohl ein frühes, schimpfliches Ende genommen.« Alexios machte eine Pause.

»Und dann?«, fragte Marius gespannt. »Wie ging es weiter mit eurer Liebesgeschichte?«

Der Alte schüttelte trübsinnig den Kopf. »Ich muss dich enttäuschen, mein Junge. Es ging gar nicht mehr weiter.

Der Reiz, ihren Mann mit seinem Untergebenen unter seinem Dach zu betrügen, das Verbotene, in jedem Augenblick Gefährliche, das war es, was ihr heißes Blut in Wallung gebracht hatte. Als ich das Haus ihres Mannes verlassen hatte, verlor sie von einem Tag auf den anderen jedes Interesse an mir. Ich schickte ihr Boten mit Briefen und Geschenken, ich folgte ihr und sprach sie an, wenn sie auf den Straßen einkaufte, doch sie weigerte sich, mich auch nur zur Kenntnis zu nehmen.

Anfangs glaubte ich zu sterben vor Sehnsucht und Verlangen nach ihr, aber irgendwann, damit ich nicht zu ausführlich werde, erkaltete auch meine Leidenschaft.« Der Alte schwieg und sah wehmütig vor sich hin.

»War das die ganze Geschichte?«, fragte Marius, fast ein wenig enttäuscht.

Alexios nahm einen langen Zug aus dem Becher. »Nein, eigentlich beginnt sie jetzt erst richtig. Hör nur zu. Ich stand also auf der Straße, mit dem wenigen, was ich vor der Begehrlichkeit meiner Geliebten gerettet hatte. Was sollte ich tun? Zurück zur gelehrten Langeweile im Haus meines Vaters? Das war noch immer nichts für mich.

Außerdem hatte ich mich verändert: Ich hatte begonnen, die Gefahr zu lieben, das Spiel mit dem Feuer, das Risiko, ja, plötzlich begriff ich: Ich wollte bleiben, was ich durch meine teure Geliebte geworden war – ein Dieb, und weil ich mich mit Halbheiten nie zufriedengegeben habe, einer, der sein Handwerk wirklich verstand und allen Herausforderungen gewachsen war.

Ich ging also anderntags zu einem Gladiatorenmeister[*], um mich eine Zeit lang für seine Kampfschule zu verpflichten . . .«

»Was, du?«, unterbrach ihn Marius ungläubig und ließ seine Blicke abschätzig über den ausgemergelten Leib des Alten gleiten.

»Ganz recht, ich«, gab der Alte zurück, »auch wenn man es mir heut nicht mehr ansieht. Ich übte mich in allen gängigen Kampfarten, und wenn ich es auch nirgends zu höchster Meisterschaft brachte, wurde ich doch gut genug, um mich meiner Haut nachdrücklich wehren zu können, wenn es erforderlich wurde.

Doch darum ging es mir gar nicht an erster Stelle. Was ich erstrebte, war die Beherrschung meines Körpers. Geschmeidigkeit, Kraft, Gewandtheit, Schnelligkeit, das sind die Fähigkeiten, über die ein Dieb verfügen muss, wenn er überall hin- und vor allem auch wieder wegkommen will . . .«

»Die Gelenkigkeit deiner Finger hast du vergessen«, warf Marius ein.

»In dieser Beziehung war ich bereits ein Meister – seit der Zeit, als ich gelernt hatte, die Knöchel und Würfel zu vertauschen. Aber andere, ebenso wichtige Dinge musste ich noch lernen . . . Unerhört, so was!«

Entrüstet deutete Alexios nach rechts. »Schau dir den alten Lüstling an, wie er der Kellnerin den Hintern tätschelt!«

»Wo denn?«

»Na, da drüben an dem Tisch! Wirklich geschmacklos!«

»Wo? Ich sehe nichts!«

»Kannst du auch nicht.« Der Alte grinste. »Fass hinter deine Gürtelschnalle!«

Marius gehorchte und zog einen blanken Denar hervor. »Unglaublich«, staunte er.

»Das ist so etwas, das ich lernen musste: die Leute abzulenken. Wie du siehst, habe ich es gelernt. Und noch eine Kunst, habe ich bald begriffen, galt es zu beherrschen. Man muss sich in einen Menschen, den man zu bestehlen gedenkt, hineinversetzen, sein Verhalten und seine Reaktionen einschätzen, ihm gleichsam in seine Seele blicken. Ist ein Mann eitel? Schaut er ständig den Frauen hinterher? So einen kannst du leicht bestehlen. Ist er ein Knicker, ein Pedant, der seine Mitmenschen misstrauisch belauert? Von dem lässt du am besten die Finger. Macht eine wohlgekleidete Frau einen Großeinkauf auf dem Markt? Dann hat sie abends vielleicht ein Gastmahl, das sich bis in die späte Nacht hinzieht, und du kannst in aller Ruhe in die Schlafgemächer des Hauses gelangen. Ich sage dir, wer seinen Körper beherrscht und die Menschen kennt, der hat das Zeug, ein Meisterdieb zu werden.« Der Alte hatte sich in Eifer geredet, jetzt hielt er inne.

»Aber ich langweile dich gewiss mit solchen theoretischen Erwägungen.«

»Nein, ganz im Gegenteil«, widersprach Marius. Seine Augen glänzten. »Ich möchte alles ganz genau hören, jede Einzelheit.«

»Na gut«, fuhr Alexios fort. »Nach einigen Monaten verließ ich die Gladiatorenschule, mietete mich in einer lausigen Kammer ein, ganz ähnlich der, in der wir jetzt hausen, und fristete meinen Unterhalt als – Dieb.

Ich begann auf den Märkten, wo ich Lebensmittel stahl oder wohlhabenden Bürgern den Geldbeutel vom Hals oder vom Gürtel schnitt. Bald wurde ich dreister und stieg nachts in Häuser ein, nachdem ich ausgekundschaftet hatte, wo die Bewohner ihr Geld und ihre Wertsachen aufbewahrten und ob das Vorhandene die Mühe lohnte.

Mein Wohlstand stieg. Bald hatte ich eine ordentliche Wohnung und lebte recht komfortabel. Dennoch, sosehr ich die Behaglichkeit einer- und den Nervenkitzel meiner nächtlichen Abenteuer andererseits liebte, kam ich mir doch bald vor wie ein schäbiger kleiner Gauner. Was war das schon, anderen Leuten ihre bewegliche Habe zu klauen, ziellos und nur, um die eigenen Bedürfnisse zu befriedigen. Ich wollte mehr, wollte Bedeutendes leisten, wollte gleichsam der Caesar der Diebe sein.

Ich wollte Ruhm erwerben, Narr, der ich war, in einer Kunst, in der man doch höchstens seine Ehre verlieren konnte. Ich schmiedete alle möglichen Pläne, die ich, den Göttern sei Dank, nie zu verwirklichen suchte, weil mich mein Verstand davon abhielt.

Eines Tages aber kam mir Fortuna zu Hilfe. Ich hatte mir ein Haus für einen nächtlichen Beutezug ausgesucht, in dessen Atrium* eine Aphrodite*-Statuette stand, ein entzückendes Stück und mehrere Hundert Jahre alt.

Ich kannte einen reichen Emporkömmling, der sie mir zu jedem Preis abkaufen würde, aber eigentlich wollte ich sie für mich selbst behalten.

Ich kam also, als es dunkel geworden und im Haus jedes Geräusch verstummt war, über das Dach, ließ mich in den Innenhof hinunter und wandte mich nach dahin, wo die Statuette in einer kleinen Nische stand.«

»Wieso kanntest du dich so genau aus?«, wollte Marius wissen.

»Ganz einfach. Einige Tage vorher hatte ich – mit etwas verändertem Äußeren – ein paar Amphoren* besten Weins, eine angebliche Bestellung des Hausherrn, der um diese Zeit im Bad war, abgeliefert. Du verstehst, man muss immer etwas investieren, wenn man etwas gewinnen will. Auf diese Weise war ich mit dem Pförtner ins Gespräch gekommen und von ihm zu einem kleinen Imbiss geladen worden. Ich wusste also genau, wo sich die Statuette und eine ansehnliche Geldtruhe befanden.

Doch zurück zu jener Nacht. Ich hatte bereits meine Hand um Aphrodites schlanken Leib gelegt und dachte gerade darüber nach, ob ich nicht auch noch einen Griff in die Geldtruhe tun sollte, da hämmerte plötzlich jemand gegen die Eingangstür. Im Nu wurde das Haus lebendig, der Türsteher sprang aus dem Bett, jemand polterte die Stiegen hinunter. Gerade noch rechtzeitig verbarg ich mich hinter einer mannshohen Statue des Saturn, die auf einem breiten Sockel stand, da flackerten mehrere Öllampen auf.

›Welcher unverschämte Lümmel wagt es, um diese Zeit zu stören? Prügelt ihn, bis er keinen heilen Knochen mehr im Leib hat!‹, tönte eine Stimme, wohl die des Hausherrn, von oben herunter.

Das Gehämmere an der Tür ging weiter, jemand rief etwas. ›Was ist denn jetzt?‹, brüllte der Herr, der inzwischen heruntergekommen war, ›wollt ihr mir den Kerl wohl vom Hals schaffen? Wer ist das überhaupt?‹

›Ein gewisser Hipparchos‹, gab der Türsteher Auskunft. ›Er behauptet, er müsse dich dringend sprechen, Herr. Ich werde ihm einen kleinen Gruß von dir schicken.‹

Er hob einen dicken Knüppel und machte Anstalten, die Tür zu öffnen. Doch plötzlich hatte sich der Hausherr anders besonnen.

›Lass ihn herein und dann verschwinde!‹, befahl er unwirsch.

›Aber, Herr . . .‹

›Tu, was ich dir sage!‹

Gleich darauf betrat der nächtliche Störenfried, ein fetter Glatzkopf mittleren Alters, das Atrium und baute sich vor dem Hausherrn auf.

›Ich bin gekommen, um dir zu sagen . . .‹

›Warte!‹, befahl ihm sein Gegenüber.

Als der Türsteher und die anderen Sklaven verschwunden waren, fuhr ihn der Hausherr an: ›Also, was willst du? Aber sprich leise, man könnte dich hören.‹

Der andere lachte. ›Ja, das käme dir ziemlich ungelegen, nicht wahr?‹

Er sprach mit schwerfälliger Zunge, noch nicht betrunken, sondern in jenem Stadium, in dem der Wein auch den Zögerer rasche Entschlüsse fassen und den Feigling zum Draufgänger werden lässt.

›Ich möchte dich vor den Folgen bewahren, die du tragen müsstest, wenn ein gewisses Schriftstück an die Öffentlichkeit gelangte . . .‹

›Dafür zahle ich dir doch auch jeden Monat eine ordentliche Summe.‹

›Seit heute ist der Preis gestiegen.‹

›Um wie viel?‹ Die Besorgnis in der Stimme des Hausherrn war nicht zu überhören.

›Um 250 Denare – pro Monat.‹

›Du bist wahnsinnig! Dafür bekommt man zwei erstklassige Maultiere!‹

›Ich liebe Maultiere! Also, was ist?‹

›Niemals!‹

›Wie du willst.‹ Der Fette wandte sich zum Gehen.

›Halt, bleib noch!‹ So viel Verzweiflung klang aus diesen

drei Worten heraus, dass ich Mitleid mit dem Hausherrn bekam.

›Zahlst du also?‹, fragte der Erpresser knapp.

›Ja oder nein, ich mache dir ein Angebot: Ich zahle dir das 40-Fache – und du händigst mir dafür das Schriftstück aus!‹

Der nächtliche Besucher tippte sich an die Stirn. ›Das wäre eine Dummheit. Ich gebe dir für lächerliche 10 000 Denar eine schier unbezahlbare Kostbarkeit und du lachst dich ins Fäustchen. Bedenke, dass du noch viele Jahre vor dir hast und dass das Leben ständig teurer wird!‹

Der Hausherr sank förmlich in sich zusammen. Ohne ein weiteres Wort ging er zur Geldtruhe, öffnete sie und zog einen Beutel daraus hervor. ›Hier‹, sagte er und drückte Hipparchos eine Anzahl Münzen in die Hand. ›Und nun geh!‹

›Oh, du zahlst in Gold, Herr! Das ist mir sehr recht, da habe ich weniger zu tragen. Den neuen Gesamtbetrag für die nächste Rate lässt du mir bitte wie gewohnt überbringen!‹

›Geh jetzt, Hipparchos! Und denke daran: Wer den Bogen überspannt, zerbricht ihn.‹

Hipparchos lächelte. ›Du musst wissen, was dir Leben und Ehre wert sind.‹

Damit verschwand er.

Der Hausherr, er war Angehöriger einer der ersten römischen Familien und ein hoher Beamter des damaligen Statthalters in Alexandria, ließ sich schwer auf eine Marmorbank fallen und barg das Gesicht in den Händen.

In diesem Augenblick kam mir eine Idee, die mein Leben veränderte. Nenn es Leichtsinn oder gar Verrücktheit, aber ich schlüpfte aus meinem Versteck und trat geräuschlos vor den Mann hin.

›Erschrick nicht‹, sagte ich leise. ›Ich habe nicht die Absicht, deinem Unglück ein weiteres hinzuzufügen.‹

Rasch hob er den Kopf. ›Du hast gehört, was hier eben gesprochen wurde?‹

›Das habe ich, aber mach dir keine Sorgen, ich werde es nicht gegen dich verwenden. Wenn ich es darauf angelegt hätte, wäre ich schon längst über alle Berge, da kannst du sicher sein.‹

Sei es, dass er von meiner Ungefährlichkeit überzeugt war oder dass er glaubte, schlimmer könne es ohnehin nicht mehr kommen, jedenfalls fragte er: ›Wer bist du – und was willst du?‹

›Ich bin ein Dieb‹, entgegnete ich wahrheitsgemäß, ›und ich will dir helfen.‹

Er lachte auf. ›Was du nicht sagst! Du kommst, um mich zu bestehlen, und plötzlich willst du mir helfen? Welch wundersamer Wandel in Absicht und Moral!‹

›Und doch ist es so‹, bestätigte ich. ›Jener fette Glatzkopf besitzt ein Schriftstück, das dich um Kopf und Kragen bringen kann, wenn es an die Öffentlichkeit gelangt, und damit erpresst er dich. Ich werde es ihm stehlen – und du bist deine Sorgen los.‹

›Natürlich‹, höhnte er. ›Von dem einen Schurken werde ich befreit, um in die Fänge eines anderen, noch skrupelloseren zu fallen. Ich weiß wirklich nicht, was mich davon abhält, meine Sklaven zu rufen und dich totschlagen zu lassen.‹

›Deine Vernunft ist es, die dich davon abhält‹, erklärte ich. ›Die Götter meinen es gut mit dir. Sie haben dir einen Weg aus deiner Not gewiesen. Nutze ihn, du kannst mir vertrauen. Im Übrigen will ich es ja nicht umsonst tun.‹

Er sah mich an, ein leiser Hoffnungsschimmer erhellte seinen Blick. ›Was verlangst du?‹

›Das, was du diesem Abschaum in einem Monat zahlst – und die Statuette dort.‹

›Beim Jupiter, ein Gauner mit Geschmack‹, murmelte er und versank in nachdenkliches Schweigen.

›Einverstanden‹, sagte er schließlich. ›Du bringst mir das Schriftstück, einen umfangreichen Papyrus, leicht zu erkennen an meinem Siegel, das ich in unbegreiflicher Dummheit aufgebracht habe. Dann – und nur dann! – bekommst du, was du verlangt hast.‹

›So machen wir es‹, bekräftigte ich. ›Kein Erfolg, kein Lohn. Und noch etwas: Ich schwöre dir, dass ich den Papyrus nicht lesen werde.‹

›Nun sag nur, du hast nicht nur Geschmack, sondern bist auch noch ein Ehrenmann!‹ Zum ersten Mal glitt der Anflug eines Lächelns über sein Gesicht.

›Du kannst dich darauf verlassen. Ach, eine Kleinigkeit habe ich noch vergessen.‹

Seine Miene verfinsterte sich. ›Und die wäre?‹

›Wenn die Sache gelingt, empfiehlst du mich weiter – ich glaube, der Bedarf an einem Fachmann meines Schlags ist groß.‹

Er versprach mir auch das und beschrieb mir sein Siegel in allen Einzelheiten. Wir vereinbarten, dass ich mich binnen eines Monats bei ihm melden würde. Dann schieden wir, wenn schon nicht als Freunde, so doch in bestem Einvernehmen.«

»Und, hast du den Auftrag erfüllt?«, fragte Marius gespannt.

»Oh weh, die Ungeduld der Jugend«, seufzte der Alte, »so lass mich doch fertig erzählen!

Selbstverständlich habe ich meinen Auftrag erfüllt. Es war ein Kinderspiel. Ich stahl dem Erpresser nicht nur das Schriftstück, sondern auch noch einen ordentlichen Batzen Geld, den ich, wie du ahnen wirst, für mich selbst behielt. Nach zwei Wochen suchte ich meinen Auftraggeber auf, durch die Tür diesmal und zu angemessener Zeit, und überreichte ihm den Papyrus, den ich in ein Tuch gehüllt hatte, damit ja niemand das Siegel erkennen könnte.

Er packte ihn aus und starrte darauf, als ob er seinem Glück noch nicht recht trauen dürfe, dann schritt er zu einem Kohlebecken und hielt die Rolle in die Glut, bis die Flammen an ihr emporzüngelten und sie verzehrten.

Als sie zu Asche zerfallen war, wandte er sich mir zu. In seinen Augen standen Tränen. ›Du hast mir mehr als das Leben gerettet, mein Freund‹, sagte er, ›du hast mir die allgegenwärtige Angst genommen und meine Ehre bewahrt.‹ Er machte keinen Versuch zu feilschen, zahlte mir die vereinbarte Summe aus und ließ mir die Statuette aushändigen, mit einem Zertifikat versehen, dass sie in seinem Eigentum gewesen und rechtmäßig in das meine übergegangen sei.

Nachdem er mich umarmt hatte, entließ er mich. Auch die dritte unserer Abmachungen hielt er getreulich ein. Er entstammte, wie schon gesagt, einer der führenden Familien Roms und kannte jeden, der in Alexandria Macht und Einfluss besaß.

Du wirst es nicht glauben, mein Junge, wie oft in solchen Kreisen ein Dieb benötigt wird. Je weiter einer nach oben gelangt in der Politik, desto mehr Dreck hat er am Stecken und desto dringlicher ist es oft, die Spuren seiner unrühmlichen Vergangenheit zu tilgen. Und je reicher einer ist, umso wichtiger ist es ihm offenbar, Dinge in seinen Besitz zu bringen, die ihm nicht gehören und die er nicht so ohne Weiteres kaufen kann.

Mein neuer Freund vermittelte mich bald an einen neuen Auftraggeber, dieser an einen weiteren, immer, versteht sich, mit größter Diskretion, und so wurde ich vom gewöhnlichen Dieb zum hoch bezahlten Spezialisten für heikle Angelegenheiten.

Ich stahl geheime Dokumente, Kunstwerke, Schmuckstücke, Siegelringe, kostbare Buchrollen. Ich rettete auf diese Weise hohe Beamte mit nicht ganz sauberer Weste vor einer Anklage, Ehefrauen vor ihren eifersüchtigen Männern, verhalf Kunstliebhabern zum ersehnten Stück und Anwälten zum Einblick in die Absichten des Prozessgegners.

Ich erledigte meine Aufträge stets erfolgreich, diskret und ohne Spuren zu hinterlassen und führte ein ziemlich luxuriöses Leben, bis . . .«

Der Alte unterbrach sich und schlürfte nachdenklich seinen Wein.

»Bis . . .?«, echote Marius.

»Bis ich eines Tages statt mit dem Kopf mit den Lenden dachte. Das solltest du dir merken, mein Lieber: Wenn du dich von dem Teil deines Körpers leiten lässt, mit dem der Eber die Sau und der Stier die Kuh erfreut, dann unterscheidest du dich kaum mehr von diesen Tieren, und entsprechend übel wird es dir auch ergehen.

Ich verliebte mich in die Gattin eines Auftraggebers, eine Griechin von wildem, ungezügeltem Temperament. Ihr Mann war eifersüchtig wie Vulcanus*, aber wesentlich erfolgreicher als dieser, wenn es galt, seine schöne Frau von anderen Männern fernzuhalten. Er hatte ihr nämlich unmissverständlich zu verstehen gegeben, dass er im Fall des

Ehebruchs sofort von seinem Recht Gebrauch machen würde, sie ohne Gerichtsverfahren mit dem Tod zu bestrafen. Wer ihn kannte, zweifelte keinen Augenblick daran, dass er seine Drohung wahr machen würde.

So lebte die Ärmste hin und her gerissen zwischen ihrer Leidenschaft für attraktive junge Männer – wie mich damals, wenn du erlaubst – und der Angst vor ihrem strengen Gatten.

Eines Tages bat sie mich – sie kannte mein Gewerbe und hatte natürlich längst bemerkt, dass ich ihrem Charme und ihrer Schönheit hoffnungslos verfallen war – zu einem vertraulichen Gespräch. Um nicht in den Verdacht der Unkeuschheit zu geraten, hatte sie einige Sklaven herbeizitiert, in unserer Nähe, aber doch weit genug weg, damit sie uns nicht zuhören konnten.

Sie kam gleich zur Sache. ›Ich weiß, mein Freund, dass ich dir vertrauen kann‹, sagte sie und schenkte mir ein Lächeln, das meine Sinne verwirrte.

›Verfüge über mich, Herrin‹, antwortete ich feurig.

›Etwas Entsetzliches ist geschehen. Ich habe meinen Mann betrogen.‹

Wie Säure fraß sich die Eifersucht in mir empor. Sie hatte ihren Mann betrogen. Aber nicht mit mir! Das Feuer in meiner Stimme wich darum eisiger Kälte, als ich entgegnete: ›Erlaube mir zwei Fragen. Die erste: Was ist Entsetzliches daran, du hast es doch sicher zu deinem Vergnügen getan? Die zweite: Was habe ich damit zu schaffen?‹

›Es ist schon eine Weile her‹, sagte sie, scheinbar zusammenhanglos, und fügte rasch hinzu: ›Es war, bevor du den ersten Auftrag für meinen Mann erledigt hast.‹

Selbstverständlich hatte sie meine Empfindungen erraten

und wollte mir einreden, dass ich folglich keinen Grund zur Eifersucht hätte. Heute ist mir das klar, damals aber glaubte ich ihr und schluckte ihren Köder nur zu bereitwillig. Die Kälte war bereits wieder aus meiner Stimme gewichen, als ich wiederholte: ›Was habe ich damit zu tun, Herrin?‹

›Ich bitte dich um deine Hilfe. Zwar ist die Sache längst vorbei, aber es gibt einen Beweis. Amor* hatte meinen Verstand verwirrt und mich zu einer bodenlosen Torheit verleitet: Ich habe meinem . . .‹, sie stockte und dämpfte ihre Stimme, ›. . . meinem ehemaligen Liebhaber ein Vitelliustäfelchen* geschrieben . . .‹

Ich schnaubte verächtlich. ›Ein Wachstäfelchen mit ein paar albernen Liebesschwüren? Na und? Was soll das beweisen? Jeder könnte das geschrieben haben.‹

›Wenn es nur so wäre‹, jammerte sie. ›Aber ich habe dummerweise etwas darauf geschrieben . . . mich über etwas lustig gemacht . . . eine anatomische Besonderheit meines Gatten, die man nicht einmal im Bad sieht, sondern nur . . . du verstehst . . .‹

Das war etwas anderes. Nur sie konnte es geschrieben haben. Ich sah sie an. ›Das Täfelchen gibt es doch schon länger, wie du mir erklärt hast. Wieso ist es plötzlich eine Bedrohung für dich?‹

Sie war nahe dran, in Tränen auszubrechen. ›Er will einen Kredit von meinem Mann, einen Kredit, den er niemals bekommen wird, weil er keine Sicherheit bieten kann. Ich soll ihm dazu verhelfen oder mein Mann erfährt von dem Liebesbrief.‹

Eine üble Klemme war das, in der sie steckte, allerdings nicht übler als so manche, aus der ich meinen Auftraggebern in den letzten Jahren herausgeholfen hatte.

Ich sah sie an. Die schwarzen Locken, die ungebändigt das blasse, fein geschnittene Gesicht umringelten. Die vollen Lippen, zwischen denen nervös die Zunge spielte. Die dunklen Augen, die verzweifelt wie die eines gehetzten Tiers blickten.

Fast hätte ich hervorgestoßen: Verlang, was du willst, Herrin, ich tu es!

Ein Rest von Vernunft aber ließ mich sagen: ›Du willst, dass ich den Brief stehle. Du weißt, dass ich vom Stehlen lebe. Was bekomme ich dafür?‹

Sie neigte den schönen Kopf. Die Verzweiflung wich aus den Augen, sie füllten sich mit Tränen, die langsam über ihre Wangen rollten. ›Alles, was ich dir geben kann, ohne dass mein Mann es merkt‹, versprach sie leise. ›Geld, Schmuck, alles, was du willst . . .‹

Sie schaute sich nach den Sklaven um, abermals änderte sich der Ausdruck in ihren Augen. Zuneigung und Sehnsucht strahlten mir entgegen. Sie griff nach meiner Hand und presste sie einen kurzen Moment lang gegen ihre linke Brust, sodass ich ihr Herz schlagen fühlte.

›Hab nur Geduld‹, hauchte sie. ›Wenn die Sache hier aus der Welt ist, wenn Gras über all das gewachsen ist, dann, wie auch immer, gibt es eine Zukunft für uns, vielleicht . . .‹

Das letzte Restchen Vernunft wurde hinweggefegt vom Sturm meiner Leidenschaft. Dieses ›vielleicht‹ kostete mich alles: Wohlstand, Freiheit und Gesundheit.«

Wieder nippte der Alte an seinem Wein.

»Weiter, weiter«, drängte Marius.

»Ich bin fast am Ende meiner Geschichte angelangt. Die Sache sei äußerst eilig, sagte die Schöne, und drängte mich, so schnell wie möglich zu handeln. Wie gesagt, mein Verstand war außer Kraft gesetzt, also handelte ich sofort und nahm mir nicht wie sonst die Zeit für gründliche Nachforschungen. Ich fand zwar durch die Bestechung eines Haussklaven heraus, dass der Ex-Liebhaber alles, was von Wert war, in einem Kästchen neben seinem Bett aufbewahrte. Was ich allerdings nicht erfuhr und worauf ich vor lauter Eifer, die Geliebte von der tödlichen Bedrohung zu befreien, auch nicht gefasst war, war der hauchfeine Draht, der sich vom Deckel des Kästchens zum Bett spannte. Ins Schlafzimmer zu gelangen und das Deckelschloss zu öffnen, war für mich eine Kleinigkeit. Doch als ich den Deckel hob, schlug eine Glocke an, misstönend und hell, direkt über dem Kopf des Schläfers.

Selbst jetzt hätte ich mich noch retten können, aber anstatt schleunigst die Beine in die Hand zu nehmen, suchte ich fieberhaft nach dem Wachstäfelchen. Kostbare Zeit verging, dann hatte ich es gefunden, zu Boden geworfen und zu tausend Splittern zertreten. Mein Auftrag war erfüllt.

Doch im gleichen Augenblick war ich von Sklaven umringt, wurde niedergerungen und schließlich in Ketten abgeführt.

Du siehst, meine Karriere als Dieb endete aus demselben Grund, aus dem sie begonnen hatte: aus Leidenschaft für eine schöne Frau.«

Der Alte schwieg und legte die Hände um seinen Becher.

»Ein schlechter Anfang und ein schlechtes Ende«, sagte Marius. »Du hättest, was du tatest, für dich tun sollen, dann hätte dich die Vernunft nicht verlassen.«

»Das sagst du so«, seufzte Alexios, »und du hast natürlich recht. Aber es gibt Empfindungen, die sind stärker als alle

Vernunft. Und in manchen Situationen denkt man an nichts weniger als an das eigene Wohlbefinden.«

Marius, dessen Magen ewig knurrte und der stets den Geruch der Insula nach Armut und Urin in der Nase hatte, schüttelte zweifelnd den Kopf.

»Deine Geschichte ist aber noch nicht ganz zu Ende«, sagte er. »Was wurde aus dir? Half dir deine schöne Auftraggeberin wenigstens?«

Alexios zuckte die Achseln. »Ich weiß es nicht. Aber irgendwer half mir, so viel ist sicher. Denn ich wurde nicht hingerichtet. Stattdessen schaffte man mich nach Rhodos, wo ich auf dem großen internationalen Sklavenmarkt verkauft wurde. Ein Bergwerksbesitzer aus Latium* erwarb mich. Für ihn schuftete ich zehn Jahre und wurde der, den du heute vor dir siehst. Dann machte er bankrott und dein Vater kaufte mich für eine Handvoll Denare. Nun ja, für die Landarbeit war ich immerhin noch tauglich, das habe ich in den zwölf Jahren, die ich jetzt bei euch bin, wohl bewiesen. Jetzt weißt du alles.«

Lange schaute Marius den alten Sklaven an, mit ganz anderen Augen jetzt. Nein, er wusste durchaus nicht alles, konnte es nur ahnen. Zehn Jahre in den Minen. Zehn Jahre Staub, Dreck, Hitze, Finsternis und schlechte Luft, endlose Schinderei, Hunger und Durst. Was hatte der Alte hinter sich gebracht!

Und wie kam es, dass ein gebildeter und mit den Händen so geschickter Mann in den Minen arbeiten musste? Hatte ihm wirklich jemand geholfen? Oder wollte ihn jemand nur endgültig aus dem Weg haben, ohne unmittelbar an seinem Tod schuldig zu sein?

Marius beschloss, diese Fragen nicht zu stellen. Dem Alten waren sie bestimmt oft genug durch den Sinn gegangen.

Vom Wohlstand zu bitterster Armut, vom freien Bürger zum niedrigsten Sklaven – Alexios hatte allerhand durchgemacht und sich trotzdem seinen Gleichmut oder sogar eine Art Freude an seinem armseligen Leben bewahrt. Musste man ihn dafür bewundern oder verachten? Für ihn, Marius, kam jedenfalls, so hatten es die Götter vorbestimmt, nur der umgekehrte Weg in Frage: von unten nach oben . . .

Ein Gedanke blitzte in ihm auf, erst kaum greifbar, dann immer konkreter, immer unglaublicher, ein kühner Gedanke, der in Windeseile von ihm Besitz ergriff und ihm einen Weg wies, heraus aus dem Elend der Insula, in eine aufregende Zukunft.

Fast hätte er laut herausgelacht vor Begeisterung.

»Was mache ich jetzt mit dir?«, erkundigte er sich stattdessen. »Wenn ich meinem Vater erzähle, dass du die Dame in der Kutsche bestohlen hast, peitscht er dir das Fleisch von den Knochen und verkauft dich dahin, wo du schon einmal warst.«

»Und, hast du das vor?«, fragte Alexios ruhig.

Marius kniff ein Auge zu und tat, als ob er überlegen müsste.

»Nein, ich werde es nicht tun«, erklärte er schließlich feierlich. »Unter einer Bedingung.«

»Und die wäre?«

»Du bringst mir alles bei, was du kannst, bis ich ein genauso geschickter Dieb bin wie du.«

»Niemals!«, begehrte der Alte auf.

»Und warum nicht?«

»Du hast doch gerade gehört, wie es mir ergangen ist.«

»Dir ist es so ergangen, weil du vermeidbare Fehler gemacht hast!«

»Wer mit so hohem Risiko spielt, muss zwangsläufig Fehler machen und schließlich verlieren!«

»Nicht, wenn er sich richtig vorbereitet und absichert!«

»Du kannst noch nicht mal deine Wut bezähmen, wie willst du die Selbstbeherrschung aufbringen, die dieses Handwerk erfordert?«

»Du wirst sie mich lehren!«

»Ich werde dich gar nichts lehren, verstanden?«

»Na gut.« Marius sprang auf. Er merkte, dass die anderen Gäste der Schenke aufmerksam wurden, also dämpfte er seine Stimme. »Dann schwöre ich dir, wenn du mir nicht hilfst, ein erstklassiger Dieb zu werden, dann werde ich von heute an in meine eigene Schule gehen. Du bringst mich jedenfalls nicht davon ab.«

Die Miene des Alten war ernst geworden. Finster brütete er eine Weile vor sich hin. Schließlich gewann aber das gewohnte Lächeln wieder die Oberhand.

»Den Schwur«, sagte er, »nehme ich dir ab, denn ich weiß, dass du sturer bist als der Maulesel, den uns Sinistrus abgeluchst hat.«

Seine Stimme verebbte zu einem kaum hörbaren Murmeln. »Vielleicht, wer weiß, entspricht dein Wunsch dem Willen der Götter und vielleicht stillt er meine Sehnsucht nach einem Sohn.«

Er sprach wieder lauter.

»Ich werde dir also beibringen, was ich weiß und kann. Aber die Schule wird hart sein und du wirst mich mehr als einmal verfluchen, das darfst du mir glauben. Und wenn dein Vater uns erwischt, dann peitscht er uns beiden das Fleisch von den Knochen.«

»Er wird uns nicht erwischen«, erwiderte Marius mit allem Nachdruck, dessen er fähig war. Doch insgeheim musste er sich eingestehen, dass sich in seine überschäumende Freude ein wenig Furcht mischte vor dem Weg, den er nun beschreiten würde.

## 5.
# Harte Schule

»Pass doch auf, wo du hintrittst, rücksichtsloser Lümmel!«

Wütend, aber ohnmächtig schimpfte der Keramikhändler dem jungen Mann mit dem roten Haarschopf hinterher, der soeben an seinem Stand vorbeigerannt war und dabei ein Öllämpchen zertreten hatte.

Der Gescholtene machte sich nicht die Mühe zu antworten; er hob lediglich eine Hand und ließ den ausgestreckten Mittelfinger sehen.

»Dreckskerl!«, knurrte der Händler erbost, »wenn ich laufen könnte wie du!«

»Nimm es ihm nicht übel«, ließ sich da ein alter Mann vernehmen, »so sind die jungen Leute nun mal. Sie wissen nicht, wie schnell die Zeit kommt, da sie selbst der Rücksichtnahme bedürfen. Der da ist besonders ungestüm. Ich weiß das, weil ich sein Lehrer bin. Erlaube mir, dir deinen Schaden zu ersetzen.«

Er drückte ihm eine kleine Münze in die Hand, verabschiedete sich höflich und ließ den Händler halbwegs besänftigt zurück.

In gemächlichem Tempo und vor sich hin sinnend ging er weiter. Er war so in Gedanken versunken, dass er mit zwei

Senatoren in knielangen, mit breiten Purpurstreifen gezierten Tuniken zusammenstieß, die eilig dem Forum* zustrebten.

Er stolperte und hielt sich, um nicht zu stürzen, an einem der beiden fest. Wie erschrocken über seine Dreistigkeit ließ er ihn jedoch sofort wieder los und rang um Verzeihung bittend die Hände.

Als der Angerempelte ihm ein ärgerliches »aus dem Weg, klumpfüßiger Sklaventrottel« entgegenraunzte, stammelte er verlegen eine Entschuldigung nach der anderen und verbeugte sich noch, als die Senatoren ihren Marsch schon längst wieder aufgenommen hatten. Dann durchschritt er die Porta Fontinalis* und gelangte so auf die Via Flaminia*.

Wie üblich um diese Tageszeit war sie durch Fuhrwerke, Reisewagen und dazwischen lagernde Menschen völlig verstopft. Der Alte bahnte sich mühsam einen Weg hindurch und bog dann auf das Marsfeld* ab. Hinter dem Pompeius-Theater* machte er halt.

»Wo steckt der Bursche?«, murmelte er vor sich hin. »Will er sich vor dem Lauf drücken? Das könnte ihm so passen!«

»Der Bursche ist schon da«, tönte es da über ihm und der junge Mann mit dem roten Schopf turnte behände wie eine Katze an einer Säule zu ihm herab.

»Nicht schlecht, Marius«, nickte der Alte anerkennend. »Aber vorhin, dein Benehmen gegenüber dem Straßenhändler, das war falsch. Nur ein Esel verdirbt es sich mit den kleinen Leuten . . .«

»Aber ich wollte meinen Lauf nicht unterbrechen«, verteidigte sich der Junge.

»So hättest du ihm wenigstens über die Schulter ein ›Verzeih!‹ zurufen müssen. Stattdessen deine unverschämte Geste! Du warst doch im Unrecht, nicht er.«

»Ich werde es mir merken, Alexios«, beteuerte Marius reumütig. »Was ist, machen wir weiter? Bis zum Tiberbogen und zurück?«

Der Alte nickte und hob den Arm. Als er ihn sinken ließ, rannte Marius los.

Alexios schloss beide Hände zur Faust. Im Abstand seines regelmäßigen Ein- und Ausatmens ließ er einen Finger daraus hervorschnellen; waren beide Hände offen, zeichnete er mit der Schuhsohle einen Strich in den sandigen Boden, und das Ganze begann von vorn.

Nach einiger Zeit hatte er sich an den Rhythmus gewöhnt und musste sich nicht mehr darauf konzentrieren. Während er weiterzählte, wanderten seine Gedanken zurück zu dem Tag, an dem Marius beschlossen hatte, ein Dieb zu werden.

Er, Alexios, war verrückt gewesen, sich darauf einzulassen. Wie konnte er dem Jungen, den er doch liebte, dabei helfen, ein Verbrecher zu werden? Einer, der mit einiger Wahrscheinlichkeit am Kreuz oder unter den Pranken der Raubtiere im Amphitheater[*] enden würde? Mehr als einmal hatte er sich bittere Vorwürfe gemacht und gegrübelt, wie er den Jungen von seinem Vorhaben abbringen könnte.

Wirklich etwas unternommen aber hatte er nie. Denn Marius war tatsächlich stur wie ein Maulesel, hätte seine Absicht niemals aufgegeben und wäre – ohne fachkundige Hilfe – sehr schnell in sein Verderben gerannt.

Außerdem fühlte sich Alexios seltsam verjüngt, seitdem er seinen Schützling ausbildete. Plötzlich war ihm die Zeit wieder gegenwärtig, als er selbst durch das nächtliche Alexandria gestreift war, um für einen seiner Auftraggeber eine Kostbarkeit oder ein wichtiges Dokument zu stehlen. In Marius würden seine Geschicklichkeit und sein Wissen weiterleben. Immer mehr sah er sich als den wahren Vater des Jungen und er wusste, dass Marius sich wie sein Sohn fühlte.

Das tat dem Alten gut, denn wenn er auch über ein halbes Menschenalter hinweg ein Einzelgänger gewesen war, die Liebe und die Achtung eines Sohnes hatte er sich immer gewünscht. Ja, Marius war sein Sohn und, bei den Göttern, er war stolz auf die Fortschritte, die der Junge gemacht hatte.

Gut vier Wochen war es jetzt her, seit Marius seinen tollkühnen Entschluss gefasst hatte. Als sie in ihr schäbiges Quartier zurückgekehrt waren, hatten sie sofort begonnen, ihn in die Tat umzusetzen.

Triumphierend hatte Marius von einer einträglichen Arbeit erzählt, die er endlich gefunden habe, in einem Schreibbüro am anderen Ende der Stadt, jenseits des Circus Maximus, auf dem Aventin* (damit ja sein Vater nicht auf die Idee käme, dort vorbeizuschauen). Und, was das Beste sei, auch für Alexios gebe es dort Beschäftigung, der Besitzer habe seine Mitarbeit sogar zur Bedingung gemacht, weil so viel aus dem Griechischen zu übersetzen sei. Und es gebe jede Menge zu tun, auch Eilaufträge, die dann abends oder gar nachts zu erledigen seien.

Als Beweis hatte Marius einige Denare präsentiert – eine »Lohnvorauszahlung«, die natürlich aus Alexios' Beute stammte – und das teure Hustenmittel für Procilia, für das er einen Teil des Vorschusses aufgewendet habe.

Marius der Ältere war zwar erbost, dass sein Sohn so viel Geld ohne seine Zustimmung ausgegeben hatte. Aber die

Dankbarkeit Gordianas und Procilias hatte ihm den Wind aus den Segeln genommen und angesichts der Silberstücke hatte er auch sonst nicht weiter nachgefragt. Seitdem hatten Alexios und Marius den Tag zur freien Verfügung – und bei Bedarf auch die Nacht.

Jeden Morgen gingen sie zum Marsfeld, einem riesigen, nur wenig bebauten und spärlich bewachsenen Freigelände im Nordwesten der Stadt, auf dem zur Zeit der Wahlen die Volksversammlungen abgehalten wurden. Dort trainierten viele junge Männer, wenn auch nicht jeder ein so anstrengendes Programm absolvierte wie Marius.

Er musste laufen bis zur Erschöpfung, im Tiber gegen den Strom schwimmen, bis ihm Arme und Beine zu versagen drohten, auf Bäume klettern und sich nur mit der Kraft seiner Arme von Ast zu Ast nach oben hangeln oder nachts, wenn sie unbeobachtet waren, die Säulen des Pompeiustheaters erklimmen.

In der glühenden Mittagshitze musste er wie erstarrt stehen, durfte den Schweiß nicht abwischen, der ihm über das Gesicht rann, die Mücken nicht verscheuchen, die ihn umschwirrten.

Wenn die Dunkelheit hereingebrochen war, unternahmen sie endlose Streifzüge durch das nächtliche Rom. Marius lernte, sich im Gewirr der Gassen zu orientieren und einen Verfolger abzuschütteln.

Der Alte schmunzelte zufrieden, als er sah, dass sein Schützling mit Riesensätzen auf ihn zujagte. Ja, der Junge hatte enorme Fortschritte gemacht. Dennoch gab es gewaltig viel, was er noch lernen musste. Davon würde er sich morgen schmerzhaft überzeugen dürfen!

Alexios zog einen letzten Strich in den Sand. »Gar nicht

schlecht«, lobte er, als Marius vor ihm stand und, die Hände auf die Knie gestützt, keuchend nach Luft schnappte.

»Das sind . . .«, er zählte zusammen, »270 Fingerschläge für eine Meile, das sind acht weniger als gestern . . .«

»Ich will aber 250 schaffen«, keuchte Marius.

»Nur Geduld, nur Geduld! Angefangen hast du mit mehr als 350! Jetzt mach erst mal Pause!«

Später, als sein Atem sich wieder beruhigt und er sich aus dem Brunnen hinter dem Pompeiustheater ein paar Becher Wasser geschöpft hatte, fragte Marius: »Sag mal, wie lange reicht eigentlich das Geld noch, das du der Schönen auf der Via Appia abgenommen hast?«

Alexios setzte sein gewohntes Grinsen auf. »Nicht mehr lange. Um genau zu sein – es ist alle.«

»Was?«, rief Marius bestürzt. »Heißt das, dass wir aufhören müssen? Dann werde ich . . .«

Der Alte unterbrach ihn tadelnd. »Marius, Marius, wann wirst du endlich lernen, abzuwarten und deiner Ungeduld Herr zu werden? Gerade wollte ich dir erklären, dass zur Besorgnis kein Grund besteht. Zufällig sind mir heute Morgen, gleich nachdem du dich mit dem Keramikhändler angelegt hast, zwei ehrwürdige Senatoren begegnet. Unglücklicher- oder glücklicherweise, nenn es, wie du willst, bin ich mit einem von ihnen zusammengestoßen. Dabei ist mir, Hermes allein weiß, wie seine Geldbörse in die Hände geraten . . . ehe ich es bemerkt habe und ihm das Ding zurückgeben konnte, war er schon weg.«

Der Alte zog ein kleines, mit einem Band verschlossenes Ledersäckchen hervor. Er öffnete es und ließ eine stattliche Anzahl Silberdenare und vier Aurei in seine Hand gleiten.

Marius machte große Augen. »Du bist wirklich der Meister«, sagte er ehrfürchtig. »Aber das Risiko! Was ist, wenn der Senator dir irgendwann wieder begegnet und dich erkennt?«

Alexios winkte ab. »Sei ohne Sorge. Rom ist eine sehr große Stadt. Und außerdem: Solche Herren schauen unsereins nicht weiter an. Der hat meine Tunika gesehen, vielleicht noch mein griechisches Riechorgan. Damit war der Zusammenprall nichts anderes, als ob er in einen Haufen Hundekacke getreten wäre. Und meinst du, dass er sich an die äußere Erscheinung dieses Haufens erinnern würde?«

Marius' Miene hatte sich verdüstert. »Genauso ist es. Genauso sind sie, die feinen Herren. Und deshalb, auch wenn es dir diesmal von Nutzen war, sollen sie verdammt sein!«

Er zwang sich zu einem Lächeln. »Jedenfalls so lange, bis ich zu ihnen gehöre. Was steht für heute noch auf dem Programm?«

»Nicht mehr viel«, erwiderte Alexios. »Ein paar kleine Übungen noch, dann lade ich dich in die beste Garküche weit und breit ein. Auf Senatskosten, zur Feier des Tages. Denn morgen beginnt ein neuer Teil deiner Ausbildung.«

»Was denn?«, erkundigte sich Marius neugierig.

Doch der Alte wollte nichts verraten.

Am nächsten Morgen trabte Marius wie gewohnt auf das Marsfeld. Alexios hatte ihm Schwimmen im Tiber verordnet; er selbst müsse noch etwas erledigen und käme später nach.

Marius schwamm also, bis ihm die Lunge zu bersten drohte. Als er japsend und alle viere von sich streckend am Ufer lag und sich von der Sonne trocknen ließ, kam Alexios und brachte ihm einen Imbiss.

Hungrig verschlang der Junge ein großes Stück Käse und

eine Handvoll Oliven. »Was ist denn jetzt neu?«, wollte er dann wissen und biss genussvoll in einen Pfirsich.

Der Alte schüttelte abweisend den Kopf. »Warte es ab, es ist noch nicht so weit.« Er nahm einen Stock und zeichnete, wie schon Dutzende Male zuvor, den Grundriss eines Hauses in den Sand, das Erdgeschoss und den ersten Stock nebeneinander, mit allen Räumlichkeiten, die das Stadthaus eines wohlhabenden Römers umfasste. »Präge es dir gut ein!«

Alexios verwischte seine Zeichnung und strich den Sand glatt. »Jetzt zeichne es nach und sage mir, wie du am besten an die Geldtruhe im Atrium kommst!«

Marius schloss einen Moment die Augen und konzentrierte sich. Dann glitt die Stockspitze durch den Sand, bis der Grundriss wieder sichtbar wurde.

»Mmh, einigermaßen«, murmelte der Alte, »aber nicht perfekt. Wie kommst du hinein?«

Marius zögerte. »Ich benutze . . . am besten den Regenabfluss . . .«

»Schon falsch«, unterbrach Alexios. »Du hast dir den Riss nicht genau genug eingeprägt. Einen Abfluss hatte ich gar nicht eingezeichnet. Erinnere dich an die markierten Punkte an den Ecken des Dachs . . .«

»Wasserspeier«, rief Marius.

»Stimmt. Ein Abflussrohr gibt es also nicht, das du benutzen kannst. Was sonst? Denk nach!«

Marius ging im Geist die Zeichnung des Alten durch. »Einen Baum! Du hast einen Baum gezeichnet!«

»Na, also! Und weiter?«

»Wenn ich auf den Baum klettere, kann ich direkt das Dach erreichen, dann gehe ich gebückt die Schräge hinunter und lasse mich in den Innenhof hinab . . .«

»Woran?«

»An einem Seil natürlich.«

»Wo befestigst du es?«

»An einem nach außen weisenden Wasserspeier zum Beispiel . . . oder, wenn es lang genug ist, an dem Baum.«

Jetzt war der Alte zufrieden. Eine Weile ließ er Marius noch seine Fingerfertigkeit üben: einen komplizierten Knoten mit einer Hand schlingen und wieder auflösen, in die Luft geworfene Münzen auffangen und so schnell verschwinden lassen, dass niemandes Augen ihnen folgen konnten. Die zunehmende Ungeduld seines Schülers schien er überhaupt nicht wahrzunehmen.

Endlich sagte er: »Genug für heute. Ich habe dir angekündigt, dass heute ein neuer Teil deiner Ausbildung beginnt. Da kommt dein Lehrer!«

Marius ließ erleichtert die Hände sinken, mit denen er, ohne hinzusehen, Alexios den Geldbeutel des Senators vom Gürtel los- und wieder angebunden hatte, und schaute dem Ankömmling gespannt entgegen.

Es war ein junger Mann, gerade zwanzig vielleicht, der da auf sie zustapfte, ein ganzes Stück kleiner als Marius, aber breit wie ein Fass. Eine zerlöcherte graublaue Tunika spannte sich über seinem Leib, mit dunklen Schweißflecken auf der Brust und unter den Armen, sein langes, lockiges Haar war staubig und verschwitzt.

Er blieb vor Marius stehen, auf kurzen Beinen, die aus den Säulen eines Tempels herausgesägt zu sein schienen, stemmte die mit gewaltigen Muskelbergen gewappneten Arme in die Seiten und fragte anstelle eines Grußes: »Isser dass?«

Seine Stimme war hell und piepsig, dazu lispelte er heftig, was beides nicht so recht zu seinem eindrucksvollen Körperbau passen wollte.

»Das ist er«, bestätigte Alexios und fügte, zu Marius gewandt, hinzu: »Marcellus Massilius Ficula, dein neuer Lehrer.«

Marius ließ seine Blicke über den Fremden gleiten, die kurzen, stämmigen Beine, den Oberkörper mit den ausladenden Schultern, den Kopf mit den wirren Locken, und machte sich nicht die Mühe, sein Grinsen zu verbergen.

Masssellusss Masssiliusss mit mindessstensss ssswölf sss. Und dann noch Ficula. Das konnte zweierlei heißen: kleine Feige oder kleiner Arsch. Wie auch immer, der Beiname war gut gewählt.

»Worin soll er mich denn unterrichten?«, fragte er spöttisch. »In feiner Lebensart? In Rhetorik?«

»Zeig es ihm«, befahl Alexios.

Mit einer raschen Bewegung löste Marcellus Massilius den Gürtel, mit einer zweiten streifte er die Tunika über den Kopf. Nur mit einem Lendenschurz bekleidet stand er nun da, Schweiß glänzte auf der Haut, die unter dem Druck der mächtigen Muskeln schier zu platzen schien.

»Komm, greif mich an«, forderte er mit seiner seltsam piepsigen Stimme.

Marius sah ihm ins Gesicht und bemerkte, dass der Muskelprotz riesige, glänzende braune Augen hatte, die ihm freundlich zuzwinkerten.

»Na los, Kleiner, greif mich an!«

Obwohl ihn der gönnerhafte Ton und die Anrede »Kleiner« wütend machte, rührte sich Marius noch nicht. Unvermutet losschlagen, das schien ihm angesichts der Stärke des anderen das Sinnvollste. Er, Marius, hatte längere Arme und Beine, war sicherlich auch schneller. Das musste er nutzen: ihn mit den Armen auf Distanz halten, mit den Beinen aus dem Tritt bringen, an sich ziehen und über die Hüfte in den Dreck werfen. So müsste es gehen.

»Greif endlich an, sonst tu ich's . . .«

Marius sprang ihn an, während er noch sprach. Seine Linke schoss vor, auf den Hals des Gegners zu, seine Rechte packte ein Handgelenk, sein rechter Fuß trat gegen ein Schienbein . . . Ihm war, als wäre er gegen eine Marmorstatue geprallt.

Dann, ehe er begriff, wie ihm geschah, bohrte sich etwas Hartes schmerzhaft in seine Seite, er wurde hochgehoben, um seine eigene Achse gewirbelt und landete mit hörbarem Krachen auf dem Boden.

Er schnappte nach Luft und, bevor ihm die Sinne schwanden, durchdrang noch ein Gedanke sein Bewusstsein: Bei den Göttern, der Kerl stank ja fürchterlich!

Eine Hand strich ihm über die Stirn, kühles Wasser spritzte über sein Gesicht. Allmählich kehrten seine Sinne zurück, aber er wagte nicht, sich zu rühren, um seine misshandelten Glieder nicht noch mehr zu beschädigen.

»Du hättest ihn nicht gleich so hart anfassen dürfen«, hörte er Alexios mit leisem Vorwurf sagen. »Er ist es nicht gewöhnt, sich zu prügeln, schon gar nicht mit einem Athleten wie dir, der statt Fleisch Bronzeguss auf den Knochen hat!«

»Du hass gesagt, ich soll ihn nich schonen«, verteidigte sich Marcellus Massilius lispelnd. »Außerdem isser gar nich so ohne, der Kleine, ganz schön angriffslustig und schnell.«

Das war zu viel! Marius' Wut war größer als die Angst vor dem Schmerz. Er rappelte sich ächzend auf und schrie:

»Was bildet ihr euch ein, ihr räudigen, verlausten Hunde? Was ist los mit dir, Alexios, dass du mir dieses stinkende Monstrum auf den Hals hetzt?«

»Ich stinke nich«, sagte Marcellus Massilius beleidigt. »Und ich hab schon ein paar Stunden in der Hitze im Circus Maximus trainiert, da schwitzt man eben ein bisschen.«

»Ha, ein bisschen!« Höhnisch ahmte Marius das Lispeln seines Gegners nach, bis ihm bewusst wurde, dass er damit nur seine eigene Niederlage zu bemänteln suchte. Wieso hatte er sich so leicht niederwerfen lassen!

»Wie hast du das gemacht?«, fragte er. »Zeig es mir!«

»Du bist wirklich zäh«, lobte Alexios. »Marcellus Massilius Ficula soll aus dir das machen, was der Gladiatorenmeister in Alexandria damals aus mir gemacht hat: einen wehrhaften Gegner – für alle Fälle.«

»Na, wenn das so ist, Massilius: Sei gegrüßt, und auf gute Zusammenarbeit!«

Wie um die Bedeutung des Augenblicks zu unterstreichen, streckte Marius dem Kämpfer die Rechte entgegen. Gleichzeitig stieß er ihm tückisch die Linke gegen den Bauch. Doch wirkungslos prallte sie an den eisenhart gespannten Muskeln ab.

Marcellus lachte. »Mann, ich kann an deinen Augen sehen, dass du was vorhast. Guck einfach normal vor dich hin . . . so ungefähr . . .«

Marius nahm die Bewegung nicht einmal richtig wahr, da lag er schon wieder im Sand. Sofort sprang er auf und wollte sich auf den anderen stürzen, da gebot Alexios ihm energisch Einhalt.

»Was soll das, du Dummkopf? Willst du etwas lernen oder dich wie ein trotziges Kind benehmen?«

Verlegen klopfte sich Marius den Staub aus seiner Tunika. »Schon gut, Alexios. Fangen wir an!«

Es folgten die zwei anstrengendsten und schmerzhaftesten Stunden, die Marius je erlebt hatte. Der Kleine war ein unglaublich guter Kämpfer. Zu seiner enormen Körperkraft gesellten sich Schnelligkeit und Wendigkeit. Außerdem erklärte er mit großer Geduld und gab sich immer wieder Blößen, in die hinein er Marius angreifen ließ. Aber nicht einmal kam er zu Fall, sondern stand unerschütterlich auf seinen kurzen Beinen, während Marius immer wieder hilflos strampelnd im Staub landete, bis ihm schließlich jede Muskelfaser wehtat.

Danach, als sie in einer Imbissbude hockten und ein Fladenbrot mit Fleisch, Gemüse und Garum* verschlangen, fragte Alexios mit einer Mischung aus Mitleid und Spott: »Na, Marius, wie fühlst du dich?«

»Schlechter, als du dich jemals in deiner Mine gefühlt haben kannst«, stöhnte Marius. »Kauen und schlucken kann ich, den Göttern sei Dank, noch ohne Schmerzen. Aber sonst . . . ich fühle mich, als wäre ich unter einen Lastkarren geraten.«

»Mann, das war gar nich so übel fürs erste Mal«, lispelte Marcellus Massilius mit vollem Mund. »Du hast aber 'n großen Fehler: Du gehst immer gleich an die Decke. Bleib ruhig, Junge, immer kühlen Kopf bewahren, sonst haste keine Chance bei 'nem starken Gegner.«

»Du hast auch einen Fehler«, begann Marius, aber Marcellus unterbrach ihn. »Weiß schon. Ich stinke. Wenn's aber so schlimm wär, wie du sagst, wär's 'n Vorteil. Weil's den Gegner richtig fertigmacht. Aber wütend werden is immer 'n Nachteil: macht dir die Deckung kaputt.«

Plötzlich musste Marius lachen. Er ergriff Marcellus' Hand und drückte sie.

»Nimm mir nicht krumm, was ich gesagt habe«, bat er. »Ich mach dir einen Vorschlag: Wenn wir gegessen haben, gehen wir ins Bad, das ist für uns beide gut. Ich werde meinen Muskelkater los und du riechst etwas besser. Einverstanden? Alexios wird uns bedienen, wie es sich für einen anständigen Sklaven gehört.«

Von nun an gehörte, neben dem Laufen, Schwimmen und Klettern, neben den Übungen zur Geschicklichkeit der Finger und zur Beherrschung des Körpers, auch die Ausbildung in allen möglichen Kampfarten zu Marius' Ausbildung.

Marcellus Massilius unterwies ihn im Ringen und Boxen. Er zeigte ihm den Umgang mit dem gefährlichen Caestus, einem Handschuh mit Bronzedornen; wer ihn trug, konnte seinem Gegner mit einem einzigen Schlag den Kiefer oder gar den Schädel brechen. Er lehrte ihn das Kämpfen mit dem Kurzschwert und brachte ihm bei, den Stoß der Sica* abzuwehren, einer Waffe, die als heimtückisch und unehrenhaft galt, aber dennoch, wie Marcellus behauptete, in Rom nicht gerade selten benutzt wurde.

Er musste es wissen, er war in Rom geboren und aufgewachsen. Sein Vater war aus Massalia* hierher gekommen, nicht lange, nachdem seine Heimatstadt von den Römern erobert worden war. Arm und ungebildet, aber mit enormen Körperkräften ausgestattet, hatte er sich als Gladiator anwerben lassen und war vor einigen Jahren an den Folgen einer Verletzung gestorben.

Seinen Sohn hatte er das Einzige gelehrt, was er selbst

konnte: kämpfen. Und so war auch Marcellus ein Gladiator geworden.

Alexios hatte ihn in einer Kneipe kennengelernt und Gefallen an ihm gefunden. Er hatte ihn gefragt, ob er nicht für ein paar Sesterzen einen jungen Mann in seinen Fähigkeiten unterweisen wolle, und ihn dann mit Marius zusammengebracht.

Der begann schon bald, seinen neuen Lehrmeister zu achten; im Lauf der Zeit, die sie miteinander verbrachten, wurden sie Freunde.

Trotz seines Berufs, der die Gewalt um ihrer selbst willen ausübte, war Marcellus eigentlich ein freundlicher und gutherziger junger Mann.

Einmal, sie saßen zu dritt in ihrer Lieblingskneipe und hatten schon manchen Becher geleert, fragte ihn Marius, wie er denn zu seinem Spitznamen gekommen sei.

»Meine Mutter hat ihn mir gegeben«, antwortete der kleine Gladiator mit der lispelnden Piepsstimme, die Marius noch immer zum Lachen brachte. »Weil ich schon als Kind ganz verrückt nach süßen Feigen war.«

Ein wehmütiger Ausdruck trat in seine großen, kindlich blickenden Augen, die einen so seltsamen Kontrast zu seiner martialischen Erscheinung bildeten.

»Es is schon komisch: Meinen Spitznamen und meinen Beruf kann man so und so verstehn . . . Meine Mutter hat ›Ficula‹ zu mir gesagt, das war 'n Kosename, meine Kumpels in der Gladiatorenschule haben ›Ficula‹ gebrüllt, das war 'n Schimpfwort. Mit Gladiator isses genauso. 'n Schwertkämpfer, das is doch nix Schlechtes, oder? Aber sag mal ›Gladiator‹ zu 'nem Römer. Der is tödlich beleidigt. Vielleicht steckt in allem was Gutes und was Schlechtes zugleich.«

Seltsame Gedanken für einen wie Marcellus, dachte Marius. Alles soll schlecht und gut zugleich sein? Wie kommt es dann dazu, dass die eine oder die andere Seite die Oberhand gewinnt?

Es war, als ob Alexios seine Gedanken erraten hätte. »Das stimmt, Marcellus. In allen Dingen steckt Gutes und Schlechtes, ein Schwert kann die Waffe eines Helden oder eines Mörders sein. Vom Menschen, der sich seiner bedient, hängt es ab, ob es das eine oder das andere ist. Denn das Gute und Schlechte ist auch im Menschen vorhanden. Und er allein entscheidet, welche Seite den Sieg davonträgt.«

»Er allein?«, fuhr Marius auf. »Sind es nicht die Umstände, die ihn zwingen?«

»Du meinst dich selbst, nicht wahr? Die Ungerechtigkeiten, die dir widerfahren sind, die unverschuldete Not, in die du geraten bist.« Alexios lächelte. »Aber deine Armut hindert dich nicht, ehrenhaft und gut zu sein . . .«

». . . und dabei zu verhungern«, unterbrach ihn Marius brüsk.

Alexios zuckte nur die Achseln, was Marius noch mehr aufbrachte.

»Ich scheiße auf so eine Entscheidungsfreiheit!«

»Warum regst du dich so auf?« Marcellus Massilius zwinkerte seinem Freund zu. »Ich hab mir das inzwischen überlegt. Es ist ganz einfach: Auch Gladiatoren und Diebe können gut und ehrenhaft sein. Du hast gesagt, dass man selbst entscheiden muss, ob man gut oder schlecht handelt, Alexios. Damit ich das kann, muss ich doch auch selbst entscheiden, was gut und was schlecht ist, oder? Du stiehlst einem seinen Geldbeutel, weil du damit deinem Freund Marius aus der Klemme hilfst. Das findest du gut und richtig. Na also, dann ist doch alles prima!«

Alexios schmunzelte anerkennend. Der kleine Gladiator war nicht nur ein gewaltiger Kämpfer, sondern auch ein kluger Kopf. Und ein echter Römer, der sich immer ein Hintertürchen offen ließ, wenn er etwas tat, was vielleicht nicht so ganz in Ordnung war . . .

Damit auch Marius lernte, wie ein Römer zu denken und vor allem sich in die Gedanken eines Römers hineinzuversetzen, war Alexios von Beginn der Ausbildung an immer wieder mit ihm auf das Forum gegangen.

Dort spielte sich das öffentliche Leben ab, dort wurden Geschäfte angeleiert, Verabredungen getroffen, Partnerschaften vereinbart. Dort wurde, und das war das Wichtigste, unendlich viel geredet und geklatscht.

»Du musst wissen«, pflegte Alexios zu sagen, »dass entgegen der landläufigen Meinung Männer viel größere Klatschmäuler sind als Frauen. Wo Männer zusammenkommen, sprudeln sie die eigenen Neuigkeiten heraus wie eine Gießkanne und saugen die der anderen auf wie ein Schwamm.«

Schon bald merkte Marius, wie recht der Alte hatte. In den frühen Vormittagsstunden und nach der mittäglichen Ruhezeit war das Forum voller Menschen, voller Männer, genauer gesagt, denn Frauen waren so gut wie nie darunter. Zu zweit oder in Grüppchen standen sie beieinander oder liefen geschäftig hin und her und redeten aufeinander ein.

»Gebrauche alle deine Sinne, wenn du über das Forum gehst«, hatte ihm der Alte eingeschärft. »Merke dir, wer die Toga eines Beamten trägt, und präge dir sein Gesicht ein.

Achte darauf, welche Beamten und Senatoren öfter die Köpfe zusammenstecken. Schnüffle, während du an den Leuten, die offensichtlich wichtig sind, vorübergehst.

Stinkt einer nach altem Schweiß, gehört er sicher zu den Traditionalisten, die den täglichen Aufenthalt im Badehaus als üble Verweichlichung und als Verstoß gegen die alten römischen Sitten ansehen. Riecht einer stark nach süßem Parfum, hat er vielleicht eine Schwäche für gut gebaute Knaben. Flattert einem eine Fahne von Wein und Magensäure voran, kannst du daraus schließen, dass er eine wüste Nacht hinter sich und womöglich eine weitere vor sich hat. Das alles ist Wissen, das du vielleicht einmal verwerten kannst.

Vor allem aber: Spitz deine Ohren! Merk dir so viele Namen wie möglich! Speichere alle Gerüchte in deinem Gedächtnis, an den meisten ist irgendetwas dran, und sei immer auf der Suche nach neuen Informationen!«

»Wozu?«, hatte Marius unwillig gebrummt. »Wozu soll das alles gut sein?«

»Informationen sind so wertvoll wie Gold«, hatte die Antwort gelautet. »Für Politiker und für Diebe sind Informationen das Wichtigste überhaupt. Jeder, der in der Politik mitmischen will, muss auf dem Forum Informationen sammeln, und du, der du ein Dieb werden willst, musst es auch. Nur wer stets über die neuesten Informationen verfügt, kann Erfolg haben. Glaub es mir, ich weiß es aus Erfahrung. In Alexandria war das nicht anders als in Rom.«

Also hatte Marius sich immer wieder auf das Forum begeben, und da sein Gedächtnis ausgezeichnet und seine Sinne scharf waren, wusste er bald so viel über Rom und die Römer, dass selbst Alexios gelegentlich staunte.

So vergingen Wochen und Monate. Immer noch brachte Marius Procilius, wenn die Götter ihm wohlgesinnt waren, ein paar Asse nach Hause, die er den Tag über als Wasserträger verdient hatte. Immer noch arbeiteten Marius und Alexios angeblich für den Schreibbürobesitzer auf dem Aventin, wofür der alte Sklave freilich noch mehrere Römer um ihre Börse hatte erleichtern müssen, und trugen so ein hübsches Sümmchen zum Lebensunterhalt bei.

Sie hatten, zusammen mit den Getreidespenden und den gelegentlichen Zuwendungen ihres Patrons, des ehrenwerten Gnaeus Alleius Nigidius, genug zum Essen, Trinken und für die Bedürfnisse des täglichen Lebens. Eine bessere Wohnung jedoch konnten sie sich keinesfalls leisten, zumal sie ja die Miete für ein halbes Jahr bereits bezahlt hatten.

Unter der Enge litten sie alle. Marius versuchte, seinem Vater möglichst aus dem Weg zu gehen, was ihm durch seine angebliche Tätigkeit sehr erleichtert wurde. Hockten sie aber doch einmal länger in der muffigen Enge der Insula zusammen, kam es unweigerlich zum Krach, der gewöhnlich damit endete, dass Marius Prügel bezog.

Seine Schwester Procilia, eigentlich ein kräftiges, gesundes Mädchen, litt fürchterlich unter ihrem Husten. Auch die besten Medikamente konnten ihn nur noch dämpfen, nicht heilen. Nur eine Umgebung mit Licht und Luft hätte ihren Zustand bessern können. Ein krankes Mädchen aber, das noch nicht einmal eine ordentliche Mitgift besaß, konnte man nicht verheiraten. So saß sie hustend auf dem einzigen Bett und ihr hörbares Elend machte den Aufenthalt in der winzigen Wohnung noch unerträglicher.

Marius wünschte sich verzweifelt, von alldem wegzukommen, endlich sein eigener Herr zu sein. Doch er wusste, dass sein Vater dem nur zustimmen würde, wenn er sich einen greifbaren und dauerhaften Vorteil davon verspräche. Ihm den zu verschaffen, würde viel Geld kosten.

Eines Tages, Marius hatte wieder einmal einen langen, anstrengenden Tag hinter sich und war trotz des kühlen Herbstwetters schweißgebadet, saß er mit Marcellus und Alexios wieder einmal in der kleinen Kneipe am Fuß des Capitols zusammen.

Schweigsam und jeder in seine Gedanken versunken, blickten sie durch die offenen Fensterbögen hinaus auf die Straße, so wie Freunde zusammensitzen, die sich auch ohne viele Worte verstehen.

Es war ein klarer Tag gewesen, der um die Mittagszeit noch einen Hauch von Wärme gebracht hatte, jetzt aber plötzlich mit kaltem Wind und Nebel spüren ließ, dass es schon November war.

Kaum jemand ließ sich auf der Straße blicken, in der Schenke waren sie die einzigen Gäste. Es war die Zeit der Spiele im Circus Maximus, und wer es irgendwie ermöglichen konnte, war jetzt dort und fieberte dem Sieg seiner Farbe entgegen.

Marcellus Massilius Ficula räusperte sich, spuckte kräftig aus und brach das lange Schweigen als Erster.

»Du bist gut geworden, Marius«, sagte er anerkennend. »Natürlich bist du ein Amateur, aber auch die meisten Profis hätten guten Grund, sich vor dir in Acht zu nehmen.«

Alexios nickte bestätigend. »Nicht nur ein guter Kämpfer«, sagte er. »Auch ein hervorragender Läufer und Kletterer, ein guter Beobachter und sehr geschickt mit den Fingern. Mit anderen Worten . . .«

Er unterbrach sich und gab der Wirtin ein Zeichen. »Einen Krug Falerner*, bitte!«

Er wartete, bis der edle Wein eingeschenkt war. »Mit anderen Worten«, wiederholte er dann und hob seinen Becher, »deine Ausbildung zum Dieb ist beendet.«

Die drei Freunde tranken sich zu.

»Und was wird jetzt?«, erkundigte sich Marcellus Massilius neugierig. »Ich meine, man kann ja nicht gut einen Laden als Dieb aufmachen, oder?«

Alexios zögerte. »Nein, das nicht«, sagte er schließlich und wich Marius' vielsagendem Blick verlegen aus. »Aber jemand, der so geschickt, schnell, ausdauernd und stark ist, der wird keine Schwierigkeiten haben, irgendein Gewerbe oder Handwerk zu lernen ... Er könnte seine – und meine – verborgenen Talente nutzen, um sich schnell in das Geschäft seines Lehrherrn einzukaufen ...«

Marius, der zunehmend fassungsloser zugehört hatte, sprang auf.

»Bis du von allen Göttern verlassen?«, fauchte er. »Glaubst du, ich habe mich monatelang geschunden, um jetzt eine Frisierstube aufzumachen oder meine Tage damit zu vergeuden, römischen Matronen mit Hühneraugen und eingewachsenen Zehennägeln Schuhe anzumessen? Hast du vergessen, warum ich gelernt habe, was ich gelernt habe? Ich sag's dir noch mal: um mit denen abzurechnen, die uns in das stinkende Loch in der Subura gezwungen haben, und um ein reicher Mann zu werden.

Und jetzt, jetzt, wo das Wirklichkeit werden kann, willst du mich zum Deppen machen? Alexios, du hast mir was vorgespielt, du hast nur so getan, als ob du meine Pläne billigst. In Wahrheit spielst du das Spiel meines Vaters, du Verräter!«

Wütend funkelte er den Alten an, der jammernd protestierte.

»Aber nein! Ich war doch begeistert von dem, was du vorhattest! Ich habe mich selbst wiederentdeckt in dir, habe den Nervenkitzel meiner nächtlichen Diebeszüge wieder zu spüren geglaubt. Aber jetzt – wo es ernst wird? Bei Hermes, weißt du, wie gefährlich es ist, das Handwerk auszuüben, dem du dich verschrieben hast? Schau mich an, sieh, was aus mir geworden ist! Wie kannst du erwarten, dass ich meinen Sohn solchen Gefahren aussetze? Ach, entschuldige, das war natürlich . . .«

Verlegen hielt er inne. Marius spürte, wie sich sein Zorn augenblicklich legte.

»Lass nur, Alter, ich weiß schon lang, was los ist. So falsch ist das nicht, was du da gerade gesagt hast. Die Götter sind Zeugen, wie gern ich dir die Freiheit schenken würde . . .«

Er starrte eine Weile düster vor sich hin. »Die väterliche Gewalt hindert mich daran«, murmelte er. »Niemand kommt am Willen seines Vaters vorbei. Das steht all meinen Plänen im Weg. Aber mir wird schon etwas einfallen.«

Er lächelte seine Freunde an. »Wisst ihr, was? Wir gehen in den Circus, vielleicht kommen wir noch rechtzeitig zum letzten Rennen!«

Die anderen waren einverstanden. Alexios beglich die Zeche und nach einem zehnminütigen Spaziergang betraten sie die gigantische Arena des Circus Maximus.

Sie hatten Glück; die vierspännigen Rennwagen standen noch in den Boxen, die Wetten liefen noch. Auf den Zuschauerrängen und entlang der Arena wogte eine aufgeregte Menge. Überall gab es Grüppchen johlender Anhänger, die voller Begeisterung Fähnchen mit der Farbe ihrer Favoriten schwenkten und dazu im Chor ihre Schlachtrufe brüllten.

»Ich wett auf Weiß, der Tipp ist heiß!«, grölten die einen, »Tipp auf Weiß? Nur Hühnerscheiß«, tönte es von der anderen Seite herüber.

»Gewinnen wird Blau, das weiß ich genau«, »Setz nie auf Blau, die spielen wie Sau!«

Anhänger und Gegner von Weiß und Blau schienen in der Überzahl zu sein, denn Lobpreisungen und Verwünschungen von Rot und Grün drangen nur hin und wieder verloren durch deren Chöre: »Rot erkoren, Geld verloren«, »Die Roten, ohne Scherz, die bringen die Sesterz«, »Wer glaubt, dass Grün gewinnt, der spinnt, der spinnt, der spinnt!«, »Auf Brechen oder Biegen, die Grünen werden siegen!«

Das Gedränge war unbeschreiblich. Zwischen den johlenden Fans bahnten sich Wettbegeisterte ihren Weg und versuchten mit heiseren Stimmen, den Lärm der Menge zu übertönen: »Wer wettet Weiß gegen Grün auf Sieg, drei zu eins?«

Wasserträger mit gewaltigen Amphoren auf dem Kopf boten einen kühlen Trunk, indem sie ihren Lederbecher schwenkten, Händler mit Bauchläden voller Früchte oder gefüllter Fladenbrote zwängten sich an den Sitzreihen vorbei.

Es war hoffnungslos, in dieser schreienden und drängelnden Menge beieinanderbleiben zu wollen. Bevor sie sich also in das Gewimmel stürzten, riefen sich die drei zu: »Nach dem Rennen in der Taverne!«, dann ließen sie sich treiben.

Alexios sah noch eine Zeit lang den roten Haarschopf seines Schützlings, der ihm bald etliche Schritte voraus war, dann verlor er ihn aus den Augen.

Der Alte fühlte sich gar nicht wohl in seiner Haut. Er machte sich heftige Vorwürfe, weil er den Jungen auf eine Bahn gelenkt hatte, die zwar auch die seine gewesen war (und noch heute geriet sein Blut in Wallung, wenn er an die abenteuerlichen Jahre zurückdachte), von der er aber wusste, dass sie eine tödliche Bedrohung bedeuten konnte. Und bei allen Fortschritten, eines hatte Marius noch immer nicht gelernt: seine Ungeduld, seinen Jähzorn und sein ungestümes Temperament zu zügeln. Gefährliche Eigenschaften waren das für jemanden, der sich in jedem Augenblick auf eine sichere Hand und einen kühlen Kopf verlassen können musste. Eigenschaften, die ihm eines Tages zum Verderben würden.

»Haltet den Dieb! Haltet ihn, er hat mich bestohlen, ich bin bestohlen worden!«

Eine Stimme, so schrill, dass sie sogar den allgemeinen Lärm übertönte.

»Da hinauf ist er! So packt ihn doch, beim Jupiter!«

Dem Alten wollte das Herz stehen bleiben. Hatten sich seine düsteren Vorahnungen so schnell erfüllt? Rücksichtslos zwängte er sich durch die Menge, schob andere beiseite, fegte einem Hungrigen direkt vor dem Mund den Fladen aus der Hand, trat einer hochgewachsenen Schönen auf die Zehen, was ihm einen heftigen Rippenstoß einbrachte, und hielt Ausschau nach dem roten Schopf. Wo war Marius?

Rechts vor sich, auf den Treppen zwischen den Rängen, sah er ein Knäuel von Menschen, Flüche waren zu hören, Fäuste wurden geschwungen. Für einen Augenblick lichtete sich das Gewühle, zwei heftig zappelnde Beine wurden sichtbar, Beine, die knapp bis zu den Knien von einer schmutzig braunen Tunika bedeckt und darunter von einer schwarzen Dreckschicht überzogen waren.

Nein, Hermes sei Dank, das war nicht Marius. Voller Mitgefühl dachte Alexios an den Unglücklichen, irgendeinen armen Schlucker aus den Elendsvierteln, der so dumm gewesen war, sich beim Stehlen erwischen zu lassen. Fürchterliche Prügel waren das Mindeste, was ihn erwartete. Wie hatte er annehmen können, dass Marius, Marius, der durch seine Schule gegangen war, ein so ungeschickter Tölpel gewesen sein könnte!

Trotzdem war er gewaltig erleichtert. Als wenig später der mächtige Gong ertönte, der das Rennen ankündigte, suchte er sich schleunigst einen Platz. Und als gleich darauf die Riegel vor den Boxen gelöst wurden und die Gespanne in die Arena preschten, vergaß er alles andere.

Stunden später trafen sie sich in der Taverne. Marcellus Massilius machte ein verdrossenes Gesicht.

»Was ist los?«, erkundigte sich Alexios. »Du siehst aus wie einer . . .«

». . . der auf die falsche Farbe gewettet hat«, vollendete Marius, der offenbar bester Laune war.

»Stimmt«, knurrte der kleine Gladiator böse. »Ich hab mich beschwatzen lassen. Auf Grün hab ich gesetzt. Auf Grün! Habt ihr den Jockey gesehen? Krummbeinig und krötengesichtig, ganz ohne Saft in den Muskeln. Ein böser Geist muss mich dazu getrieben haben, auf diesen schmalbrüstigen Frosch zu setzen. Was gibt's dabei eigentlich so albern zu grinsen?«

Wütend stierte er Marius an.

Der sah sich nach allen Seiten um, griff dann in seine Tunika und zog drei Geldbeutel mit glatt durchschnittenen Riemen hervor.

»Darf ich dir«, sagte er und sein Grinsen verbreiterte sich, »eine kleine Entschädigung für deine Wettverluste anbieten?«

Sprachlos schauten die anderen auf die prall gefüllten Beutel.

»Du hast also gleich eine Probe deines Könnens abgelegt«, sagte Alexios schließlich mit belegter Stimme. »Und was hast du nun empfunden, als du diesen fremden Menschen die Börsen vom Leib geschnitten hast? Hast du dich geschämt? Fandest du, dass du unehrenhaft gehandelt hattest?«

Marius schloss die Augen. Ganz anders war es heute gewesen als damals auf der Via Appia, als er eine Hand voll Feigen gestohlen und sich vor Scham am liebsten verkrochen hätte. Diesmal war eine unbändige Freude in ihm gewesen, ein Gefühl des Triumphs, der Macht, wenn er zugegriffen und den Ahnungslosen ihr Eigentum genommen hatte. Scham? Schuldbewusstsein? Nein.

»Es war keine Sache von Gut oder Böse«, antwortete er. »Nichts von ehrenhaft oder unehrenhaft. Ich hab mich gefühlt wie . . . wie der Sieger im Rennen, verstehst du?«

Und ob der Alte ihn verstand. Er kannte das Gefühl nur zu gut.

»Aber das heute«, fuhr Marius fort, »war nur ein Kinderspiel, etwas für Anfänger. Die richtige Probe kommt erst noch. Denn jetzt . . .«, er machte eine bedeutungsvolle Pause, »jetzt bin ich so weit, ich fühle es. Morgen werde ich ein geeignetes Haus auswählen, ich glaube, ich weiß sogar schon, welches. Ich werde jede Einzelheit in Erfahrung bringen, so wie du es mich gelehrt hast. Und übermorgen Nacht steigt die Sache.«

Während Marcellus Massilius vergnügt seinen Beutel einsteckte, sah der Alte seinen Schützling an, hin und her gerissen zwischen Stolz und Angst.

Marius machte also Ernst.

## 6.
# Die Probe

Der Platz vor dem großen Stadthaus des ehrenwerten Gnaeus Alleius Nigidius war hell erleuchtet. Über dem Haustor brannten Fackeln, links und rechts von ihm standen zwei gleich große, gut gewachsene dunkelhäutige Sklaven in schneeweißen Tuniken, die in jeder Hand eine Laterne trugen.

Es herrschte reges Treiben; Damen und Herren, manche in Grüppchen, andere allein, alle aber von mindestens einem kräftigen Sklaven begleitet, begehrten Einlass, sodass der Türsteher alle Hände voll zu tun hatte.

Die meisten Ankömmlinge gehörten zum Ritterstand. An ihren Fingern blitzte der goldene Ring der Ritter, ihre Damen trugen so viel Farbe im Gesicht und so viel Schmuck am Körper, wie gerade noch mit den guten Sitten vereinbar war.

Auch der eine oder andere Senator, kenntlich am breiten Purpurstreifen am Saum der Tunika, zählte zu den Gästen. Jedes Mal, wenn einer sich näherte und vielsagend die Toga lüftete, sodass der rote Streifen sichtbar wurde, flitzte ein Junge in das Innere des Hauses. Wenig später trat dann der Hausherr persönlich an die Tür, um den hohen Gast zu begrüßen und in den Salon zu geleiten.

Niemand beachtete den jungen Mann, der etliche Doppelschritte entfernt im Dunkeln stand und gelangweilt dem Treiben zusah. Wenn ihn überhaupt jemand bemerkt hätte in seiner abgewetzten erdfarbenen Tunika, einen Rucksack über der Schulter, hätte er sich gleich achselzuckend abgewendet: irgendein armer Schlucker von einem Plebejer, vielleicht ein Klient des Hausherrn, der hoffte, später vom Türsteher ein paar Überreste der Abendtafel erbetteln zu können.

Einem sehr genauen Beobachter wären vielleicht der breite Gürtel, die festen teuren Schuhe oder die Tatsache aufgefallen, dass der junge Mann ein Tuch um den Kopf gebunden hatte und dass sein Gesicht dunkel von fettigem Ruß war. Doch auch das wäre kein Grund gewesen, dem jungen Mann nähere Aufmerksamkeit zu widmen. Gürtel waren mal breiter und mal schmaler, die Schuhe konnten das Geschenk eines großzügigen Patrons sein. Das Tuch war für einen Mann freilich nicht gerade passend, aber immerhin, die Nacht war kühl, außerdem wusste jeder, wie verweichlicht die jungen Römer waren. Und das Gesicht? Nun ja, die unteren Klassen waren eben nicht sonderlich reinlich.

Als die Laternenträger im Haus verschwanden und nur die Lampe über dem Tor noch brannte, wusste der junge Mann, dass alle Gäste eingetroffen waren. Er wusste ebenfalls, dass achtzehn geladen waren, gerade so viel, wie in den beiden Speisezimmern rechts und links der Vorhalle auf den Liegesofas Platz hatten, dass aber 23 gekommen waren. Das bedeutete, dass man zusätzlich Stühle aufstellen musste, dass es voller und lauter werden würde. Auch mehr Sklaven zur Bedienung würden erforderlich sein.

Der junge Mann lächelte zufrieden. Das alles war für sein Vorhaben sehr günstig. Auch sonst, das hatte er am vergangenen Tag, an dem er sich stundenlang in der Gegend herumgetrieben hatte, ausgekundschaftet, konnten die Verhältnisse gar nicht besser sein.

Weil das Atrium zweigeschossig war und das obere Geschoss auf den Säulen des unteren ruhte, benötigte er nicht einmal eine Strickleiter. Das einzige Problem war der Türsteher, der, nachdem alle Gäste eingelassen waren, nichts mehr zu tun hatte und folglich auch durch nichts abgelenkt war. Man würde sehen.

Der junge Mann straffte sich, es wurde Zeit. Die Sklaven da drinnen begannen jetzt, eine endlose Folge von Speisen aufzutragen, der Wein, Falerner natürlich, floss in Strömen und wahrscheinlich nur wenig gewässert.

Die Gäste waren beschäftigt mit Kauen, Schlucken und Verdauen, mit hitzigen Diskussionen über die politische Lage, mit dem Erzählen schlüpfriger Witze.

Schon während des Empfangsrituals und der lauten, fröhlichen Begrüßungen hatte er das Seilende nach oben geschleudert und, bereit, sich sofort davonzuschnellen, gelauscht, als sich der bronzene, lederummantelte Haken mit dumpfem Krachen hinter den Saumziegeln am oberen Rand des Dachs verfangen hatte. Doch von drinnen war keine Reaktion gekommen, niemand hatte das Geräusch im allgemeinen Trubel beachtet.

Seitdem hing das Seil bis auf Schulterhöhe an der seitlichen, im Dunkel liegenden Hauswand herunter, fast unsichtbar für den, der von seinem Vorhandensein nicht wusste.

Der junge Mann fasste danach und schwang sich, indem er sich mit den Füßen von der Wand wegstemmte, nach oben. Als er das Dach erreicht hatte, schlich er geduckt, beide Hände am Seil und einen Fuß behutsam vor den anderen setzend, über die Schräge nach oben. Dank seiner dicken Sohlen machte er kaum ein Geräusch, nur die Ziegel knirschten leise.

Am offenen Geviert des Dachs angelangt, legte er sich flach auf den Bauch und spähte ins Atrium hinunter. Eine Fülle von Kerzen und Öllampen brannte da unten.

Das war gut, weil oberhalb der flackernden Lichter die Dunkelheit noch schwärzer war und niemand ihn hier oben wahrnehmen konnte. Das war sogar noch besser, weil er so seine Nachschlüssel nicht im Dunkeln probieren musste. Das war schlecht, weil der, der selbst gut sah, auch gut gesehen wurde.

Der junge Mann nickte. Alles in allem gemischte Bedingungen. So würde es in der Regel sein. Er holte das Seil ein und verankerte den Haken, sodass er ihm beim Abstieg ins Atrium sicheren Halt bieten würde. Das Ende des Seils knüpfte er an seinen Rucksack und ließ ihn dann Stück für Stück nach unten, bis er auf der Höhe des oberen Stockwerks schwebte. Dann schwenkte er das Seil, bis der Rucksack über die Empore hinwegpendelte, und ließ ihn dann zu Boden fallen. Das Leder klatschte leise auf den Stein. Der junge Mann schaute angestrengt nach unten und lauschte. Nichts rührte sich. Blitzschnell turnte er nach unten, bis er lautlos neben dem Rucksack auf dem Boden aufkam.

Eine Zeit lang verharrte er regungslos, die Glieder angespannt zur Flucht oder zum Angriff. Wieder sah er nach unten.

Jetzt kam der gefährlichste Teil. Das Obergeschoss des Atriums ruhte auf einer Reihe von Säulen im korinthischen

Stil. An einer von ihnen musste er sich ein Stück herunterlassen und dann möglichst schnell an ihre dem Innenhof abgewandte Seite krabbeln, sonst würde ihn jeder, der zufällig daherkam, unweigerlich sehen.

Er schnallte den Rucksack auf den Rücken, glitt über die Brüstung, klammerte sich an den rauen Kanneluren* fest und rutschte Stück für Stück herum, bis er vor zufälligen Blicken sicher war.

Aufatmend ließ er sich dann an der Säule auf den Boden herunter. Er war im Atrium – und niemand ahnte etwas von seiner Anwesenheit.

Der Pförtner saß an seinem Platz im Vorraum; er hörte ihn schlürfen, schmatzen und rülpsen. Der würde ihm keine Probleme machen. Wirklich schwierig konnte das Öffnen der Geldtruhe werden. Er wusste nicht, wie viele Schlüssel er probieren musste. Unter Umständen brauchte er Zeit. Zeit, in der niemand in seine Nähe kommen durfte.

Sollte er jetzt gleich einen Versuch wagen oder warten, bis die Gäste betrunkener und die Sklaven, die sie bedienten, richtig erschöpft waren?

Die Entscheidung wurde ihm abgenommen. Zwei Männer kamen plaudernd aus dem Salon in den Innenhof, direkt auf die Säulenreihe zu, hinter der sich der junge Mann verbarg. Er erstarrte, verschmolz in Gedanken mit dem Stein, wurde zum leblosen Gegenstand, wie er es unzählige Male geübt hatte. Doch seine Sinne waren hellwach.

Die Männer hatten ihre Togen abgelegt und die Gürtel ihrer Tuniken gelöst. Der dünne rote Streifen an deren Saum zeigte, dass sie Angehörige des Ritterstands waren. Keine vier Schritte von der Säule, an die gepresst der junge Mann reglos stand, machten sie halt.

Sie waren ein wenig betrunken, aber noch Herren ihrer Sprache. So verstand der heimliche Zuhörer jedes Wort.

»Eine einzigartige Chance, ganz nach oben zu kommen, mein Lieber«, sagte der eine und rülpste leise. »Einfach köstlich, deine Hackfleischbällchen aus Meeresfrüchten.«

»Freut mich, dass sie dir geschmeckt haben«, erwiderte der andere, in dem der junge Mann den Besitzer des Hauses erkannte. »Hackfleisch – das ist genau das, was der Erste Bürger aus euch macht, wenn euer Vorhaben schiefgeht. Ich will damit nichts zu tun haben. Und ich rate auch dir, halt dich da raus.«

»Was soll schiefgehen, wenn die Planung stimmt? Ich sage dir, wir haben unsere Leute überall! Und wenn die Sache erst ins Rollen gekommen ist, wird ein beachtlicher Teil des Senats uns unterstützen. Du kennst sie doch, die Herren Senatoren! So, wie sie ihm zugejubelt haben, dem angeblichen Retter des Staates, werden sie uns zujubeln: uns, den Rettern der Republik, den Helden, die den Tyrannen gestürzt haben. Man muss ihnen nur genug Versprechungen machen.«

»Du vergisst die Plebejer, Fannius Caepio! Sie beten ihn an, den Ersten Bürger. Sie würden jeden in Stücke reißen, der den geliebten Sohn des göttlichen Caesar auch nur anzutasten wagte!«

»Pah, die Plebejer!« Der, der sich Fannius Caepio nannte, schnaubte verächtlich. »Wirf ihnen ein paar Modii Getreide hin, lass sie sich mit einem Wein besaufen, der nicht ganz so sauer ist wie ihre übliche Brühe, spendier ihnen ein paar Tage im Amphitheater, bei denen ordentlich Blut fließt, und sie küssen dir den Hintern, weil sie ihn für das Antlitz eines Gottes halten!«

Der andere schüttelte zweifelnd den Kopf. »Du glaubst das, weil du es glauben willst.« Er machte eine weit ausholende Geste. »Das alles hier habe ich nicht erworben, indem ich mich auf allzu riskante Geschäfte eingelassen habe. Und hier geht's nicht darum, ein paar Tausend Denare einzubüßen. Hier geht's um den Kopf. Riskier du deinen, wenn du willst, ich möchte meinen so lang wie möglich behalten. Und sei es nur, um essen und trinken zu können.«

Er klopfte ihm auf die Schulter. »Komm, Fannius, vergiss deine Träume, halt dich an das, was du gefahrlos haben kannst, meinen vorzüglichen Falerner zum Beispiel. Lass uns das Leben genießen!«

Beschwingt wie einer, der glaubt, ganz sicher auf den Beinen zu sein, es aber nicht mehr ist, tänzelte er davon.

»Elender Feigling!«, zischte Fannius so leise, dass es der heimliche Lauscher gerade noch verstehen konnte. »Krämerseele! Wenn wir die Macht übernommen haben, bist du der Erste, der daran verdienen will. Aber dann, bei den Göttern, kriegst du nicht das Schwarze unter dem Nagel!«

Langsam ging er seinem Gastgeber hinterher.

Der junge Mann hinter der Säule atmete unhörbar aus und streckte sich, um seine steif gewordenen Glieder wieder geschmeidig zu machen. Er hatte nicht alles begriffen, was er da gehört hatte. Irgendjemand plante eine Verschwörung gegen den Princeps*, den Ersten Bürger, wie er sich selbst bescheiden nannte, auch wenn er, wie man hörte, großen Wert darauf legte, von anderen als Imperator Caesar Augustus* tituliert zu werden.

Einen Augenblick lang überlegte der junge Mann, ob das, was er da belauscht hatte, von irgendeiner Bedeutung für ihn war. Dann zuckte er die Achseln. Er verstand nichts von

Politik, er wusste nur, dass, ganz gleich, ob Augustus oder ein Maulesel die Macht im Staat besaß, er und seinesgleichen sich um sich selbst kümmern mussten. Deshalb war ihm die Geldtruhe des Hausherrn wichtiger als alle Verschwörungen des römischen Reichs.

Lautlos huschte er durch den Säulengang des Atriums, bis er zu der großen, bronzebeschlagenen Truhe gelangte. Er beugte sich hinunter, musterte sie und nickte zufrieden. Der Krug Wein und die zwei Silberdenare für den geschwätzigen Haussklaven waren gut angelegt gewesen. Die Truhe hatte tatsächlich ein Bolzenschloss.

Der junge Mann kauerte sich auf den Boden. Es war unmöglich, im schummrigen Licht der Kerzen die Anzahl der Bolzen zu erkennen. Er zog sein Messer und ließ die Spitze zwischen Schloss und Riegel gleiten. Behutsam tastend zog er sie von links nach rechts. Drei Bolzen!

Aus einem Seitenfach seines Rucksacks fischte er eine Anzahl Schlüssel und drückte den ersten gegen das Schloss. Zu breit! Der zweite – immer noch zu breit! Der dritte – zu schmal! Der vierte – wieder zu breit! Der fünfte – ja! Der junge Mann drückte den Schlüssel ins Schloss. Mit vernehmlichem Klicken glitten die Bolzen nach oben und gaben den Riegel frei. Unendlich vorsichtig schob der junge Mann ihn zur Seite, Stück für Stück, horchte immer wieder in die Weite des Atriums. Nichts war zu vernehmen als das Schnarchen des Türstehers und das ferne Gelächter und Stimmengemurmel aus den Speisezimmern.

Eben wollte der junge Mann den Deckel der Truhe heben, da hörte er jemanden eilends näher kommen und mit lauter, falscher Stimme singen. Zu spät, sich in den Schatten einer Säule zurückzuziehen!

Der nächtliche Eindringling rollte sich hinter der Truhe zusammen und machte sich so klein wie möglich.

Wer immer der Sänger auch war, er kam direkt auf die Truhe zu. Er bückte sich, immer noch vor sich hin summend, und holte einen Schlüssel hervor.

Da schnellte vor ihm ein Schatten empor, eine Hand fasste nach seiner Kehle. Ein rascher Druck, ein dumpfer Schlag, der Gesang brach schlagartig ab und der Sänger sank besinnungslos zu Boden.

Der junge Mann warf einen kurzen Blick auf ihn; fast hätte er laut aufgelacht. »Ach, du bist es, mein Freund«, flüsterte er. »Na, das trifft sich aber wirklich gut!«

Rasch band er seinen Rucksack auf und klappte den Deckel der Truhe zurück. »Bei allen Göttern!«, hauchte er und starrte ehrfürchtig auf den Berg von Gold- und Silbermünzen, der ihm im matten Licht entgegenschimmerte. Seine Finger glitten über das Metall, tastend und streichelnd. Es war glatt und kühl und griffig, man fühlte sich geborgen und sicher, wenn man die Finger darum schloss . . .

Ein Grunzen des Türstehers brachte ihn wieder zur Besinnung. Wenn der aufwachte und Alarm schrie, bevor er ihn unschädlich machen konnte!

Hastig schaufelte er Hände voll glitzernder Münzen in seinen Rucksack. »Genug jetzt!«, sagte eine Stimme in seinem Inneren, die der seines alten Lehrmeisters glich.

Nein, der Rucksack war ja noch nicht einmal halb voll!

»Sei nicht zu gierig! Wer alles will, kriegt am Ende nichts!«, mahnte die Stimme.

Schwer atmend hielt er inne und hob prüfend den Rucksack. Das Metall wog schwer. Mehr konnte er auf keinen Fall mitnehmen, ohne seine Beweglichkeit und Schnelligkeit entscheidend zu mindern. Er schloss die Truhe mit leisem Bedauern und schleifte den Mann, der immer noch besinnungslos war, hinter eine Säule.

Er lauschte. Nichts außer dem fernen Grölen und Lachen und dem Röcheln des Türstehers. Er schulterte den Rucksack und wollte schon die Treppe hinaufeilen, als er noch einmal stehen blieb und leise kicherte.

Er fuhr sich mit einem Finger über sein rußgeschwärztes Gesicht und wischte ihn dann an der Seitenwand ab. Das wiederholte er so oft, bis auf der kalkweißen Fläche deutlich lesbar drei große Buchstaben standen: MFR.

Mit wenigen lautlosen Sprüngen eilte er anschließend die Treppe hinauf, schwang sich am Seil empor auf das Dach und von dort auf demselben Weg zurück, den er gekommen war.

Als er sicher auf dem Boden stand, fasste er das Ende des Seils und schlenkerte es hin und her, doch der Haken wollte sich nicht lösen. Schließlich gab er es auf, ließ es hängen und verschwand in der Nacht.

»Ich sage euch, es war ein Kinderspiel!« Marius stürzte einen Becher Wein hinunter, Falerner natürlich, den hatte er sich heute im wahrsten Sinn des Wortes verdient.

»Und wie ein Kind benimmst du dich auch«, knurrte Alexios.

»Komm, verdirb mir nicht die Stimmung, alter Miesmacher! Oder bist du neidisch, dass du nicht an meiner Stelle gewesen bist?«

»Red keinen Unsinn!« Die Stimme des Alten klang eher besorgt als ärgerlich. »Du stürzt hier herein, knallst deinen Rucksack auf den Tisch, dass man das Metall darin scheppern hört, schreist der Wirtin zu, sie solle ihren besten Wein bringen, du habest etwas zu feiern – ja, willst du dich nicht gleich hier auf den Tisch stellen und verkünden: ›Ich bin ein Dieb und habe heute Nacht fette Beute gemacht‹?«

»Du hast recht«, sagte Marius und senkte verlegen den Kopf. »Aber schau, was hier für ein Betrieb ist, die meisten Leute sind schon halb betrunken. Kein Mensch achtet auf uns!«

»Wir wollen es hoffen«, brummte der Alte. »Und hör auf, deinen Wein unverdünnt zu trinken. Wein macht leichtsinnig und geschwätzig. Eine Frau kann der Wein den Ruf kosten, einen Politiker die Karriere, einen Dieb aber den Kopf!«

»Du steckst ja heute wieder voller tiefgründiger Weisheit, mein griechischer Freund«, meinte Marius spöttisch, aber er goss dennoch gehorsam Wasser in seinen Becher, bevor er mit Wein auffüllte.

»Ich bin nur um deine Sicherheit besorgt. Und jetzt will ich hören, wie es gegangen ist. Jede Einzelheit, verstanden?« Alexios' Missmut war wie weggeblasen, seine Augen glänzten und er sah seinen Schützling erwartungsvoll an.

Marcellus Massilius, der sich bisher schweigend seinem Falerner gewidmet hatte, fügte hinzu: »Aber denk dran, was Alexios gesagt hat, und sprich leise! Hier gibt es bestimmt etliche Gauner.« Er grinste viel sagend. »Selbst wenn ich uns nicht dazurechne!«

Dann begann Marius mit seinem Bericht. Als er das Gespräch erwähnte, das er belauscht hatte, meinte Alexios nur: »Du hast recht, das sind Dinge, die unsereinen nicht betreffen. Aber behalt im Gedächtnis, was du gehört hast. Informationen können wertvoller sein als Gold.«

Sonst gab es keine Unterbrechung; gespannt hörten die

Freunde zu, während Marius sein nächtliches Abenteuer schilderte.

»Niemand hat mehr als einen Schatten von mir gesehen«, sagte er zum Schluss und blickte seine beiden Lehrmeister erwartungsvoll an. »Wie hab ich meine Sache gemacht?«

»Der Sklave hat sich nicht gewehrt? Keinen Laut von sich gegeben?«, erkundigte sich Marcellus.

»Nicht mal Mama hat er rufen können«, bestätigte Marius.

Der kleine Gladiator schlug respektvoll die Hände zusammen. »Dann sage ich: Das war erstklassige Arbeit!«

Der alte Sklave war nicht ganz so begeistert. Er wiegte bedächtig den Kopf und brummte: »Du hast wahre Meisterschaft bewiesen, besser hätte ich es in meiner besten Zeit in Alexandria nicht machen können. Aber trotzdem kann ich dich nicht uneingeschränkt loben, denn du hast etwas ganz und gar Falsches getan.«

»Wieso?«, fuhr Marius auf. »Was soll das gewesen sein? Dass ich das Seil hängen gelassen habe?«

Alexios winkte ab. »Das spielt keine große Rolle. Niemand kann die Spur eines Seils verfolgen und den Haken haben wir selbst gemacht. Nein, nein, es ist etwas anderes und ich befürchte, du wirst es nicht einsehen. Wie lauteten gleich die Buchstaben, die du an die Wand geschmiert hast? Und was bedeuten sie?«

»MFR«, erwiderte Marius stolz. »Marius fur Romae*. Das soll in Zukunft mein Zeichen sein.«

»Ich habe es befürchtet«, seufzte der Alte. »Du bist eitel, so wie ich damals eitel war. Bei Künstlern oder Politikern ist Eitelkeit nicht weiter schlimm; bei einem Dieb ist sie gefährlich. Man wird dein Zeichen sehen und denken, er bestiehlt mich nicht nur, er verhöhnt mich auch noch! Man wird wissen, dass es immer derselbe ist, der mit dreister Geschicklichkeit die nächtlichen Einbrüche verübt. Mit dem ›MFR‹ wird der unbekannte Dieb zur Person, die man hassen und unerbittlich jagen wird. Ich bitte dich, verzichte auf diese läppische Visitenkarte. Sie kann dich in große Schwierigkeiten bringen!«

»Ach, hör auf«, lachte Marius. »Das Alter macht dich ängstlich. Sie sollen es ruhig wissen, die feinen Herrschaften, wer ihnen ein wenig von ihrem Überfluss genommen hat!«

»Ich versteh dich, Marius«, schaltete sich Marcellus Massilius ein. »Aber es stimmt, was Alexios sagt. Du forderst deine Opfer heraus damit. Und was ist, wenn andere dein Kürzel benutzen?«

»Dann müssen sie erst mal so gut sein wie ich, damit man's ihnen abnimmt!«

»Dich belehren, ist wie einen Ziegenbock melken«, sagte der Alte resignierend. »Ein Narr, wer es versucht! Also gut, Marius, ich gebe es zu, du hast die Probe mit Glanz bestanden! Wenn ich ein paar Jahrzehnte jünger wäre, dann würde ich mit dir zusammen . . .«

Er unterbrach sich und kratzte sich den grauen Kopf. »Leider können nicht einmal die Götter das Rad der Zeit zurückdrehen. Also lasst uns von der Zukunft sprechen! Wie soll es jetzt weitergehen?«

Marius ließ seine Hände über den Rucksack gleiten. Er fühlte sich wie berauscht, und nicht, weil er ein paar Becher Falerner geleert hatte. Unter seinen Fingern fühlte er die harten Münzen, den Beweis, dass er es geschafft hatte: Er war ein Meister, er hatte es einem von denen gezeigt, die fett und faul genossen, was sie gegen alles Recht erworben hatten, und er würde es den anderen auch noch zeigen, vor allem dem einen, dessen Namen unauslöschlich in sein Gedächtnis geschrieben war: Maecenas!

Leise lachte er in sich hinein. Bald würde er reich sein wie sie, er würde einer von ihnen sein und sie würden nicht einmal ahnen, dass sie die Urheber seines Wohlstands waren.

Er hob seinen Becher und trank den Freunden zu. Das Hochgefühl, das ihn beherrschte, ließ ihn rührselig werden und seine Stimme bebte ein bisschen, als er sagte: »Bevor wir uns darüber Gedanken machen, möchte ich euch danken. Ohne euch hätte ich es nie geschafft. Das«, er dämpfte seine Stimme gerade noch rechtzeitig, »was sich in diesem Rucksack befindet, soll unser Startkapital sein, und es soll uns gemeinsam gehören. Nicht nur mir und dir, Alexios, auch dir, Marcellus!«

Der kleine Gladiator strahlte, der alte Sklave lächelte ironisch. »Dann machen wir es so, wie es der Erste Bürger einst gemacht hat«, sagte er, »wir, ein Kleinbauernsohn, ein Gladiator und ein Sklave, gründen ein Triumvirat! Möge unseres längeren Bestand haben als seines!«

Nachdenklich trommelte er mit den Fingern auf die Tischplatte. »Wir müssen uns eine neue Bleibe suchen. Du wirst deinem neuen Handwerk wohl kaum unter den Augen deines tugendhaften Vaters nachgehen können. Im Übrigen kannst du in unserer Behausung ja nicht einmal die Früchte deines Tuns aufbewahren, ohne dass jemand sie findet!«

»So ist es«, bestätigte Marius. »Außerdem sollen er, meine Mutter und Procilia auch nicht in diesem Loch bleiben. Doch du kennst ihn ja. Er hätte zwar keine Hemmungen, mir auch das letzte As abzunehmen, aber nur, wenn ich es auf eine für einen römischen Bürger annehmbare Weise verdient hätte. Wüsste er gar, dass mein Geld gestohlen ist, er würde mich erst totschlagen und anschließend lieber verhungern, als es anzutasten.«

»Was du ihm, bei Licht besehen, wohl auch kaum übel nehmen kannst«, warf Alexios ein.

Marius winkte nur ab. Heute würde ihm ein Hinweis auf die fragwürdige Moral seines Handelns nicht die Hochstimmung verderben, schon gar nicht, wenn er ausgerechnet von Alexios kam!

»Wie bringe ich ihn nur dazu, mich ausziehen zu lassen, und dich mit?«, sinnierte er. »Ungelegen käme es ihm bestimmt nicht, aber es ist nun einmal zu früh und gegen die Regel. Wir müssen ihm also einen wirklich triftigen Grund liefern und gleichzeitig eine vernünftige Erklärung für unseren neuen Wohlstand . . .«

Plötzlich grinste er. »Ich hab's! Du wirst verkauft, Alexios. Und weißt du auch, an wen? An den ehrenwerten und gelehrten Marcellus Massilius Ficula!«

Er erklärte den Freunden, was er vorhatte. Sie stimmten ihm begeistert zu. Anschließend wurde jede Einzelheit des Plans so lange geprüft und verbessert, bis auch der kritische Alexios zufrieden war und schließlich erklärte: »So könnte es gehen!«

Unterdessen war es spät geworden; die meisten Zecher hatten die Taverne bereits verlassen und die Wirtin schaute immer wieder ungeduldig zu ihnen herüber. Sie zahlten daher ihre Zeche und gingen ins Freie.

Der Winter hatte seine Vorboten geschickt, Nebel und unablässig rinnenden Regen. Deshalb waren weniger Menschen unterwegs als gewöhnlich; in der Gasse war es dunkel und still. Nur von den Hauptstraßen klang das Gerumpel der hundert und aberhundert Fuhrwerke herüber, die das heranschafften, was die Bewohner der gewaltigen Stadt täglich zum Leben brauchten.

Nebel und Finsternis ließen die Freunde nur langsam vorankommen. Die Laterne, die Alexios in der Hand trug, war wegen des Regens fast ganz geschlossen und gab nur schwaches Licht. Er hielt sie vor sich und dicht über dem Boden. So gelang es ihm, den meisten Dreckhaufen und Pfützen auszuweichen. Die beiden anderen tappten ihm hinterher.

Sie waren noch nicht weit gekommen, als vor ihnen eine raue Stimme ertönte: »He, ihr da! Bleibt stehen!«

Im fahlen Schein wurden vier schattenhafte Gestalten sichtbar, stämmige Burschen, die sich breitbeinig vor ihnen aufbauten, die Arme vor der Brust verschränkt.

»Vorsicht, der Rucksack!«, flüsterte Alexios über die Schulter und schob Marius die Laterne in die Hand. Laut sagte er: »Seid gegrüßt, Bürger! Womit können wir euch dienen, so spät in der Nacht?«

»Halt dein Maul, alter Trottel! Gib den Rucksack her, den der Junge bei sich hat!«

»Du irrst dich, mein Freund! Wir besitzen nichts, was für euch von Wert sein könnte.«

Gedankenschnell holte einer der Banditen aus, ein Faustschlag traf den Alten, wie vom Blitz gefällt fiel er zu Boden.

»Was ist jetzt?«, höhnte der Schläger. »Habt ihr immer noch nichts, was für uns von Wert sein könnte?«

Marius ballte die Fäuste und wollte sich auf die Kerle stürzen, aber Marcellus Massilius hielt ihn zurück. »Ich!«, raunte er nur und trat vor. »Verschwindet«, sagte er ruhig. »Es ist zu eurem Besten.«

Seine Piepsstimme brachte die Bande erst recht zum Lachen. »Was ist mit dir los, Kleiner«, brüllte einer, »hat dir ein Ziegenbock die Eier angeknabbert? Zum letzten Mal, du quiekendes Fass, gebt den Rucksack raus oder . . .« Eine Hand fuhr in den Mantel, ein Dolch blitzte auf.

»Ich verstehe«, murmelte Marcellus. Dann ging alles sehr schnell. Man sah einen Schatten, der scheinbar schwerelos durch die Luft wirbelte, Körper prallten mit hörbarem Knacken gegeneinander, glitten dann lautlos in den Dreck, jemand schrie auf und rannte wie von den Furien gehetzt davon.

»Den dreien da werden morgen die Knochen ziemlich wehtun«, sagte der kleine Gladiator, so unbewegt, als hätte er ein paar Mücken von der Wand gewischt. »Der vierte hat Glück gehabt.«

Marius hatte sich unterdessen um Alexios gekümmert, ihm einen Arm unter die Schultern geschoben und ihn aufgerichtet. »Wie geht es dir?«, fragte er besorgt.

»Es ist nichts weiter«, beruhigte ihn der Alte nuschelnd und spuckte aus. »Ich habe mir nur auf die Lippe gebissen. Allzu viele Zähne kann man mir, den Göttern sei Dank, ja nicht mehr ausschlagen.«

Wutentbrannt trat Marius einen der bewusstlosen Banditen in die Seite.

»Lass sie!«, bat Alexios.

»Ich denke nicht daran! Sie wollten mir . . .« Er zögerte.

»Ja, was wollten sie denn?«, bohrte der Alte nach. »Dir dein Eigentum nehmen? Na, ich weiß nicht . . . Sie sind arme Plebejer wie du, nur haben sie nicht deine Fähigkeiten und deine Intelligenz.«

Murrend ließ Marius von ihnen ab.

Marcellus nahm ihnen die Dolche ab und zerbrach sie. Dann liefen sie stumm durch die Dunkelheit, bis sich ihre Wege trennten.

»Also, Marcellus«, sagte Marius zum Abschied und drückte dem Freund eine Anzahl Gold- und Silbermünzen in die Hand. »Du weißt, was du zu tun hast!«

»Oh ja«, erwiderte der kleine Gladiator vergnügt. »Ihr werdet euch wundern, wie vornehm ich auftreten kann – wenn ich nur will!«

»Ohne Zweifel«, sagte Marius und ließ offen, ob er am vornehmen Auftreten oder an der Tatsache, dass er sich wundern würde, nicht zweifelte, »und vergiss nicht, dich zu waschen, damit du auch vornehm riechst!«

Aber gleich darauf schlug er dem Freund auf die Schulter. »Verzeih mir, das war eine Frechheit gegenüber Roms fähigstem Gladiator. Bis morgen! Und vielen Dank für deine Hilfe!«

»Keine Ursache«, erwiderte der Kleine, »schließlich sind wir ein Triumvirat!«

Er winkte noch einmal und verschwand in der Finsternis.

»Bei den Menschen ist es wie bei den Oliven«, meinte Alexios nachdenklich. »Die großen, prallen, glänzenden sind nicht die besten, sondern die schrumpeligen, unansehnlichen. Aber jetzt komm, ich bin entsetzlich müde und mein Kopf tut mir weh, als ob ein Elefant darauf herumgetrampelt wäre!«

Wenig später hatten sie die Insula erreicht. Sie kletterten die Stiegen hinauf und betraten die Behausung. Sie ließen sich, wo sie standen, auf den Boden sinken; Marius schob den Rucksack als Kissen unter seinen Kopf und wenige Augenblicke später waren sie in tiefen, traumlosen Schlaf gefallen.

## 7.
# Marius, der Dieb

Als Marius Procilius der Ältere, Klient des ehrenwerten Gnaeus Alleius Nigidius, vom allmorgendlichen Besuch bei seinem Patron zurückkehrte, war er außer sich, so außer sich, dass er nicht einmal rügte, dass sein Sohn und sein einziger Sklave trotz der fortgeschrittenen Stunde noch auf dem Boden lümmelten und schliefen wie Griechen, Ägypter oder andere dekadente Ausländer.

»Stellt euch das vor!«, schrie er so laut, dass seine Frau und seine Tochter ihn erschrocken anstarrten und Marius und Alexios aus dem Schlaf auffuhren, »ein Skandal! Ein Verbrechen ohnegleichen!«

Die Erregung über das, was geschehen war, ließ ihn mitteilsamer als gewöhnlich werden. Er war zum Haus seines Patrons gegangen, aber ebenso wie die anderen Klienten nicht eingelassen worden.

Stattdessen war Sinistrus, der Verwalter, herausgekommen, bleichgesichtig und humpelnd wie einer, den sein verlängerter Rücken schmerzte, und hatte gesagt: »Gnaeus Alleius kann euch heute nicht empfangen . . .« Mehr hatte er nicht herausgebracht, sondern war heulend ins Haus zurückgeflohen.

Von einem Sklaven, der zum Einkaufen geschickt wurde, hatten sie dann erfahren, was geschehen war: Der Patron war in der Nacht das Opfer eines dreisten Einbruchs geworden.

Eine Bande von Verbrechern, so hatte es geheißen, war offensichtlich während des abendlichen Banketts in das Haus eingedrungen, hatte Türsteher und Verwalter brutal niedergeknüppelt und aus der Geldtruhe des Hausherrn einen beträchtlichen Betrag entwendet.

An dieser Stelle des väterlichen Berichts wurde Marius von einem heftigen Hustenanfall heimgesucht.

»Fängst du jetzt auch an wie deine Schwester?«, knurrte Marius Procilius missmutig.

»Nein, Vater, ich habe mich nur verschluckt, vor Entsetzen über eine so ruchlose Tat. Eine ganze Bande, unglaublich! Merkwürdig, dass mehrere Leute in ein Haus eindringen können, ohne dass jemand Alarm schlägt!«

»Das fand Gnaeus Alleius anscheinend auch, jedenfalls hat er den Türsteher und Sinistrus, den Verwalter, persönlich ausgepeitscht. Recht ist ihnen geschehen, denn wozu sind Sklaven gut, wenn sie nicht einmal das Eigentum ihres Herrn zu schützen vermögen! Was findest du daran so komisch, mein Sohn?« Die Stimme Marius' des Älteren wurde schärfer. »Solltest du dich etwa über das Unglück unseres Patrons freuen? Dann gib Acht, dass dir nicht dasselbe wie Sinistrus passiert!«

»Haben denn die unbekannten Täter keine Spuren hinterlassen?«, fragte Marius, um von dem heiklen Thema abzulenken.

»Ein Seil hing an der Seite des Hauses herab, ein Seil wie tausend andere Seile; die Übeltäter haben es wohl zur

Flucht benutzt. Im Atrium war etwas an die Wand geschmiert. Ein paar Buchstaben, MFR . . .«

»MFR?«, fragte Alexios, der bisher mit geschlossenen Augen vor sich hin gedöst hatte, gespannt. »Was soll das denn bedeuten?«

Marius Procilius zuckte die Achseln. »Niemand weiß es genau. Irgendwer hat behauptet, mea facile recepi, mein Eigentum habe ich mir mühelos zurückgeholt. Sklavengeschwätz . . .« Plötzlich schien ihm seine ungewohnte Redseligkeit bewusst zu werden. »Was auch immer«, sagte er barsch. »Die Nichtswürdigen, die das getan haben, verdienen jedenfalls den Tod.«

Der Blick, den sich sein Sohn und sein Sklave zuwarfen, fiel ihm, den Göttern sei Dank, nicht auf.

Nachdem sich Marius Procilius wie üblich ins Badehaus begeben hatte, machten sich auch Alexios und sein Schützling auf den Weg, angeblich, um ihre tägliche Arbeit im Schreibbüro zu verrichten, in Wahrheit aber, um ihre Stammkneipe aufzusuchen.

»Hast du das mitgekriegt?«, fragte Marius schadenfroh, als sie bei einem kleinen Imbiss saßen. »Sinistrus hat Prügel bezogen. Das gönne ich ihm von Herzen!«

»Wer gönnte es ihm nicht«, erwiderte Alexios. »Aber der arme Türsteher ist auch verdroschen worden und der hat dir gar nichts getan!«

»Aber betrunken war er und im Dienst geschlafen hat er«, grinste Marius. »Ist das vielleicht eine Art, seinem Herrn zu dienen?« Aus dem Grinsen wurde ein lautes Lachen. »MFR – mea facile recepi, da liegen sie ganz schön schief!«

»Findest du?«, fragte der Sklave bedächtig. »Da bin ich anderer Meinung. Merkst du nicht, wie gut diese Auflösung auf dich passt? Genau das ist es doch, was dich getrieben hat, deine Probe ausgerechnet im Haus des Gnaeus Alleius abzulegen! Du wolltest dir das zurückholen, was er uns genommen hat. Ich sage dir, es wäre besser, auf dieses Zeichen zu verzichten!«

Doch Marius wäre nicht Marius gewesen, wenn er sich von der Stimme der Vernunft hätte überzeugen lassen.

Ohnehin befand er sich in einer Stimmung, in der er am liebsten pausenlos gesungen und gejubelt hätte. Er war von einer wohligen Zufriedenheit, nein, mehr, von einer Empfindung erfüllt, die dem, was er sich unter Glück vorstellte, sehr nahe kam: Auf dem Weg zum Gipfel, den zu erreichen er sich vorgenommen hatte, war die erste, entscheidende Etappe geschafft.

So musste er sich gewaltig anstrengen, um am Abend mit der üblichen verdrossenen Miene und schweigend mit den anderen in der Wohnung zu hocken, während sie den lauwarmen Kichererbsenbrei löffelten, den Alexios als Abendessen besorgt hatte.

Alle Augenblicke spähte er zur Tür, lauschte, als ob er jemanden erwartete, bis Alexios ihn anstieß und ihm einen warnenden Blick zuwarf. Da riss er sich zusammen, und als wenig später jemand die Treppen hinaufpolterte und tatsächlich an die armselige Tür des Marius Procilius Rufus klopfte, gelang es ihm, genauso erstaunt aufzuschauen wie die anderen.

Die Tür ging auf und herein kam ein vornehmer Mann, begleitet von einem wahrhaft nasenbetäubenden Lavendelduft.

Der Fremde trug eine Tunika aus feinstem Leinen und darüber einen Umhang, der in prächtigen Farben leuchtete. Er war noch recht jung und von eher kleinem Wuchs, dabei aber unerhört breitschultrig, und die Beine, die unter dem Saum der Tunika hervorlugten, waren stämmig wie Säulen.

Höflich hob der Besucher die Hand: »Seid gegrüßt! Ich hoffe, ich störe eure abendliche Ruhe nicht.« Seine Stimme klang hell und piepsig, außerdem sprach er stockend und lispelte ein wenig.

Während Marius Procilius unverdrossen seinen Erbsenbrei mampfte und die beiden Frauen den Fremden mit unverhohlener Neugier musterten, sprangen Marius und Alexios auf.

»Sei gegrüßt, o Marcellus Massilius!«

»Sicher möchtest du deinen Umhang ablegen, o Marcellus Massilius!«

»Wäre dir ein Becher Wein angenehm?«

»Kann ich dich mit einem Stück Räucherkäse erfreuen?«

Sie wieselten um den ungeladenen Gast herum, als sei er der Erste Bürger persönlich, doch sie wurden von Marius dem Älteren brüsk unterbrochen.

»Wir haben keinen Räucherkäse. Darf man erfahren, was dein Anliegen ist?«

Unverändert freundlich antwortete der Fremde: »Es wird deiner Aufmerksamkeit nicht entgangen sein, Marius Procilius, dass dein Sohn und dein Sklave mich wie einen alten Bekannten begrüßt haben. Nun, so wisse, dass ich Marcellus Massilius Ficula bin, Eigentümer eines, erlaube mir das in aller Bescheidenheit zu sagen, bedeutenden Schreib- und Übersetzungsbüros. Seit einiger Zeit habe ich deinen Sohn und deinen Sklaven mit, wie mir berichtet wurde, deiner freundlichen Zustimmung als Aushilfskräfte bei mir beschäftigt. Und ich will ein räudiger Hammel sein, wenn das nicht ein erstklassiges Angebot ist, was ich dir zu machen habe.«

Marius Procilius fiel nicht auf, dass der »räudige Hammel« nicht so recht zu den vorausgegangenen gewählten Sätzen passen wollte. Das hier war der Mann, der seiner Familie seit geraumer Zeit ihr Auskommen sicherte. Und wenn er auch stank wie die leichten Mädchen, die vor gewissen Häusern in der Subura herumlungerten, hatte er doch Anspruch auf ein Mindestmaß an Höflichkeit.

Er deutete daher mit einer Geste, die man mit einiger Fantasie als Einladung zum Platznehmen deuten konnte, auf die Kleidertruhe. »Bring einen Becher«, befahl er Procilia.

Der Besucher setzte sich, trank einen Schluck Wein, verzog das Gesicht und begann: »Höre, Marius Procilius, dank der Weisheit und Umsicht unseres erhabenen Ersten Bürgers blüht der Handel mit unseren Nachbarn. Du kannst dir denken, dass dafür Unmengen von Schriftverkehr zu bewältigen sind. Ich kann mich vor Aufträgen nicht retten, sodass ich meine Leute in mehreren Schichten Tag und Nacht rund um die Uhr arbeiten lassen muss.

Dein Sohn, o Marius Procilius, und dein Sklave haben sich recht gut bewährt. Dein Sohn kann inzwischen auch schwierige Texte richtig lesen und rasch und sauber abschreiben, dein Sklave ist ein sehr guter Kenner des Griechischen und des Ägyptischen. Sie sind meine besten Kräfte . . .«

Der Besucher wischte sich den Schweiß von der Stirn und fuhr dann entschlossen fort: »Bei Fauns haarigem Hintern, ich bin kein Mann vieler Worte. Ich stelle die beiden als Gehilfen ein, im Büro finden sie eine Schlafgelegenheit, für angemessene Verpflegung wird ebenfalls gesorgt. Dazu biete ich deinem Sohn ein wöchentliches Gehalt von 20 Denaren. Das, so hat er mir gesagt, will er voll und ganz an dich weitergeben. Für deinen Sklaven Alexios gebe ich dir 500 Denare . . .«

Er wurde von einem leisen Aufschrei unterbrochen. Gordiana hatte ihn ausgestoßen.

Der Fremde zwinkerte freundlich. »Ich weiß, ich weiß, das ist eine enorme Summe für so ein wandelndes Gerippe, das auch noch Unmengen von Wein säuft und das ein Gladiator noch nicht einmal aufspießen kann, weil . . .«

»Dein Becher ist leer, Herr«, unterbrach Alexios, schenkte nach und trat dem Besucher so nachdrücklich auf die Zehen, dass der mit Mühe ein Stöhnen unterdrückte.

»Wie . . . was wollte ich gleich sagen?«, stotterte dieser. »Nun, äh, ja, er ist eben ein wirklich geschickter Kopierer und Übersetzer.«

Wenn er erwartet hatte, dass Marius Procilius sofort und begeistert auf sein Angebot eingehen würde, so hatte er sich getäuscht. Gordiana freilich saß mit leuchtenden Augen auf der niedrigen Bettstatt und lächelte ihm voll ungläubiger Freude zu. Ihr Mann dagegen blinzelte den Besucher im trüben Licht der Ölfunzeln argwöhnisch an. »Und du hast keine Hintergedanken dabei?«

»Hintergedanken? So etwas ist mir völlig fremd!«, lautete die entrüstete Antwort. »Zwei erstklassige Schreiber brauche ich, und zwar dringend, das ist alles. Ich will unverdünntes Tiberwasser saufen, wenn das nicht die reine Wahrheit ist.«

Wieder nahm Marius Procilius die für einen Gelehrten eher ungewöhnliche Ausdrucksweise nicht zur Kenntnis, doch blieb seine Miene verkniffen, wie sie war.

Marcellus Massilius, der Schreibstubenbesitzer, rieb sich das Kinn und sagte: »Im Übrigen habe ich dir noch nicht mein ganzes Angebot unterbreitet. Ich bin bei Sinistrus, dem Bevollmächtigten des Gnaeus Alleius Aegidius, gewesen . . .«

»Wie?«, fuhr Marius Procilius auf. »Wozu das?«

»Nun«, der Besucher sprach langsam und bedeutungsvoll. »Er ist der Besitzer dieser Insula, nicht? Wie es der Zufall will, ist im ersten Stock eine Wohnung mit drei Räumen frei. Ich habe mir erlaubt, sie für dich zu reservieren und für ein halbes Jahr die Miete zu hinterlegen.«

Mit der Selbstbeherrschung der Frauen war es vorbei, sie brachen in lauten Jubel aus. Gordiana schossen die Freudentränen in die Augen. Marius und Alexios klopften ihrem Arbeitgeber auf die Schultern und bedankten sich überschwänglich für seine Großzügigkeit.

Marius Procilius schwieg.

»Nun, was ist?«, drängte der Besucher. »Gehst du auf mein Angebot ein?«

»Ich will es mir überlegen«, entgegnete Marius Procilius verdrießlich.

Mehr war, trotz aller Überredungskunst, nicht zu erreichen und so erhob sich Marcellus Massilius.

»Gut, überleg es dir. Morgen Abend komme ich wieder. Aber länger kann ich nicht warten. Solltest du dann immer noch zu keinem Entschluss gekommen sein, muss ich mich, so leid es mir tut, nach anderen Schreibern umsehen.«

Er hob grüßend die Hand und verließ die Wohnung.
Marius sprang ihm hinterher. »Warte, o Marcellus Massilius! Ich begleite dich nach unten!«

Auf der Treppe stieß der kleine »Schreibstubenbesitzer« seinen Freund in die Seite. »Na, wie war ich?«

Marius grinste. »Bei Fauns haarigem Hintern, du warst großartig!« Sein Lächeln erlosch. »Hast du gesehen? Er war überhaupt nicht begeistert!« Er ballte die Fäuste. »Aber diesmal lauf ich ihm davon! Diesmal wird er meine Pläne nicht durchkreuzen!«

»Wart's nur ab«, besänftigte ihn der Freund. »Die Verlockung ist zu groß. Sein ganzes Leben würde sich schlagartig ändern, er müsste sich keine Sorgen mehr machen.«

»Ach, du kennst ihn nicht«, seufzte Marius. »Er würde sich nicht scheuen, mir die Zukunft zu verderben und seine ganze Familie im Elend hocken zu lassen, wenn er glaubte, das würde Zeugnis von seiner römischen Tugend ablegen.«

»Du unterschätzt die Macht der Frauen«, sagte der kleine Gladiator.

»Wollen wir's hoffen! Sag mal, warum hast du für meine Familie eine neue Wohnung gesucht? Das hatten wir doch gar nicht besprochen!«

»Denk doch mal nach«, erwiderte der kleine Gladiator listig. »Hätte es dir gefallen, wenn er womöglich auf die Idee gekommen wäre, zu uns ins ›Schreibbüro‹ zu ziehen, um aus dem grässlichen Gemäuer hier herauszukommen?«

»Merkur[*] bewahre uns davor!«, sagte Marius erschrocken.

»Eben. Und das beste Mittel, um jemandes Ideen zu zügeln, ist, ihn vor vollendete Tatsachen zu stellen.«

»Das hast du wirklich schlau gemacht«, meinte Markus bewundernd. »Aber . . . war die Wohnung wirklich gerade frei?«

»So gut wie«, erklärte Marcellus würdevoll. »Der bisherige Mieter war sehr einsichtig. Es bedurfte nur einer geringfügigen Summe und eines kleinen Anstoßes ... genauer gesagt, einiger sanfter Tritte in seinen Hintern, und schon beschloss er, dass ihm eine Ortsveränderung guttun würde ...«

Marius schüttelte den Kopf. »Ein sauberes Gespann sind wir!«

»Ein Triumvirat«, verbesserte der kleine Gladiator. »Und wie man so hört, bestanden die bisherigen Triumvirate aus lauter ausgekochten Lumpen. Wir halten uns also nur an unsere großen Vorbilder!«

Als Marius in die jämmerliche Behausung zurückkehrte – ihr Götter, steht mir bei, damit ich dieses widerwärtige Loch bald nie mehr betreten muss, dachte er dabei –, sah ihm sein Vater mit gerunzelter Stirn entgegen. »Der Kerl ist mir nicht ganz geheuer«, knurrte er. »Einen Umhang trägt er. Modisches Zeug ... Dann sein Akzent ... diesen Ausländern ist nicht zu trauen.«

»Aber Vater, bedenke doch ...« Marius Procilius winkte ab. »Und der Gestank erst! Geradezu ekelhaft! Wie kann sich ein Mann so parfümieren? Womöglich führt er ein lasterhaftes Leben!«

Alexios schaltete sich ein. »Erlaube, dass ich deine Bedenken zerstreue, Herr«, sagte er. »Marcellus Massilius ist seit etlichen Jahren verheiratet – mit der Tochter eines recht vermögenden Freigelassenen übrigens – und ein äußerst solider und treusorgender Ehemann. Aber du weißt, wie das ist bei Männern, die nicht gerade durch äußere Schönheit bestechen, sie pflegen sich besonders sorgfältig, um die Mängel, die ihnen die Natur auferlegt hat, ein wenig zu mildern. Und außerdem, die Barbaren ...«, seine Miene war undurchdringlich und man konnte nicht ahnen, ob er als Grieche oder aus der römischen Perspektive sprach, »die Barbaren haben oft einen durchdringenden Körpergeruch und tun gut daran, ihren Körper mit Duftölen zu salben.«

Doch sein Vater schien immer noch unentschlossen. Da kamen Marius die Götter zu Hilfe. Sie schickten nämlich Procilia, die schweigend und mit besorgter Miene vor sich hin gestarrt hatte, einen fürchterlichen Hustenanfall. Sie keuchte, bellte wie ein wütender Straßenköter, würgte und rang nach Atem, bis ihr die Tränen in die Augen schossen und sie mit allen Anzeichen äußerster Erschöpfung gegen die Wand taumelte. Kaum vermochte sie das Wasser zu schlucken, dass ihr Gordiana in einem Becher reichte.

Dann tat Gordiana etwas, was sie nur höchst selten tat: Sie wagte den offenen Widerstand, trat auf ihren Mann zu, richtete einen anklagenden Zeigefinger auf ihn und sagte: »Sie stirbt, wenn wir hierbleiben. Und du trägst die Schuld daran.«

Marius fand nie heraus, was seinen Vater bewog, das zu tun, was er jetzt tat: Er brüllte nicht, er verteilte keine Ohrfeigen, drohte nicht einmal welche an, sondern murmelte nur: »Sei still, Frau, es soll ja alles geschehen, wie du es willst.«

Wann immer Marius später mit Alexios darüber sprach, schwor er, dass bei diesem Anlass tatsächlich ein Gott die Hand im Spiel gehabt haben müsse. Alexios gab ihm jedes Mal recht und fügte nur hinzu, dass ein Gott nicht ausgereicht hätte, es wäre mindestens ein halbes Dutzend nötig gewesen.

Noch nie, das war jedenfalls sicher, hatte sich Marius in dem Loch, in dem sie nunmehr ihre letzte Nacht verbrachten, so wohlgefühlt wie an diesem Abend. Mit Rührung sah er, wie Gordiana und Procilia sich in die Arme fielen, bemerkte, dass seine Schwester nur noch ganz wenig hustete, dass Alexios um Jahre verjüngt schien. Sogar Marius Procilius machte einen zufriedenen Eindruck, als er, mit zwei Lampen bewaffnet, hinunter ins Erdgeschoss gestiegen war und die bereits geräumte Wohnung besichtigt hatte.

»Sie ist groß und luftig«, verkündete er und sah seiner Frau seit Langem wieder einmal ins Gesicht. »Und sie hat ein großes Fenster zur Straße hin. Wir könnten daran denken, eine kleine Garküche aufzumachen, in der du ein paar von deinen erstklassigen Gerichten anbietest.«

Gordiana wurde rosa wie ein Granatapfel und sagte mit verschämtem Stolz: »Ich weiß gar nicht, ob ich das noch kann!«, aber wer in ihre strahlenden Augen sah, der wusste, dass es daran keinen Zweifel gab.

Als der ebenso wohlhabende wie breitschultrige Schreibbürobesitzer am nächsten Tag wiederkam, nach kurzem Gruß 520 Denare auf den Tisch zählte und fragte: »Nun, o Marius Procilius, hast du dir überlegt, ob du meinen Vorschlag annehmen willst?«, da erwiderte Marius' Vater würdevoll: »Dein Angebot ist nicht ungünstig, Marcellus Massilius, aber du bekommst auch etwas dafür. Mein Sohn Marius hat die besten Anlagen und mein Sklave Alexios ist ein außerordentlich kluger und gebildeter Kopf. Wenn unser Handel abgeschlossen ist, ist also keiner dem andern etwas schuldig, wenn man von den 20 Denaren absieht, die du jede Woche hier abliefern wirst.«

»So soll es geschehen«, sagte Marcellus und streckte seine große, hornige Hand aus, in die Marius Procilius einschlug. Damit war die Sache perfekt.

Jetzt, wo er sich einmal entschieden hatte, fackelte er nicht lange.

»Wir ziehen sofort in die neue Wohnung«, verkündete er. »Marius, fass mit an, und du, Alexios . . .«

Er besann sich. »Erlaubst du, dass dein Sklave uns noch beim Umzug behilflich ist?«, fragte er, zu Marcellus gewandt.

»Aber selbstverständlich«, erwiderte dieser. »Und auch ich selbst werde mithelfen, auch wenn . . .«, er betrachtete sinnend seine Pranken, »diese Hände eher den Umgang mit Griffel und Feder gewohnt sind . . .«

Das Gelächter, in das Marius und Alexios daraufhin ausbrachen, nahm er mit gerunzelter Stirn zur Kenntnis; die anderen hielten es für den Ausdruck der Freude über die neuen Lebensumstände.

Keine zwei Stunden dauerte es, bis sie die wenigen Besitztümer der Familie nach unten geschafft und die neue Wohnung notdürftig eingerichtet hatten. Ein weiteres Bett sowie ein paar solide Schemel, vielleicht sogar einen Korbsessel, würden sie sich in den nächsten Tagen kaufen, hatte Marius Procilius verkündet, Platz und Geld gab es dafür jetzt genug. Als Gordiana den gemauerten Herd entdeckte, den es in der neuen Behausung gab, stiegen ihr die Tränen in die Augen vor Freude. Den Göttern sei Dank, die Zeit der größten Not war vorbei!

Dann hieß es Abschied nehmen, was nicht allzu lang dauerte. Marius Procilius zeigte seine Rührung, falls er sie denn empfand, als echter Römer natürlich nicht; Marius fieberte seinem neuen Leben entgegen und konnte es kaum erwarten, die Insula zu verlassen, die beiden Frauen schließlich konnten ihr unverhofftes Glück noch kaum fassen.

Nur der alte Alexios schniefte vernehmlich. »Zwölf Jahre sind eine lange Zeit«, murmelte er. »Aber 500 Denare sind auch eine Menge Geld. Ich weiß nicht, was ein Mensch wert ist, aber für einen alten Sklaven ist es jedenfalls eine mehr als beachtliche Summe ...« Seine Stimme verlor sich, so, als ob er erwartete, unterbrochen zu werden; aber weder Marius Procilius noch seine Frau oder seine Tochter fanden ein Wort. So sagte er nur: »Lebt wohl!« und wandte sich zum Gehen. Die andern beiden folgten ihm, nachdem Marius seine Mutter und Procilia flüchtig umarmt und seinem Vater die Hand gereicht hatte.

Im Freien angelangt, atmete Marius tief durch. »Frei!«, schrie er, so laut, dass ein paar Spatzen, die in einem Ochsenfladen gepickt hatten, aufgeschreckt davonflatterten und Passanten ihn erstaunt musterten.

Marcellus Massilius klopfte ihm auf die Schultern. »Ich glaube, dir käme jetzt ein Becher Wein recht, wie?«

Marius beobachtete den alten Sklaven, der mit hängenden Schultern vor ihnen herschlurfte. »Oh ja«, sagte er. »Und dem da auch.«

In ihrer Stammkneipe am Fuß des Capitols* ließen sie sich nieder und bestellten einen großen Krug Wein, dazu Oliven, Ziegenkäse, lukanische Würstchen* und frisches Brot.

»Wir haben was zu feiern, Freunde«, rief Marius und schwenkte seinen Becher. »Wir haben es geschafft! Dank den Göttern und den überragenden Fähigkeiten von Marcellus Massilius Ficula haben wir es geschafft! Marcellus, du bist nicht nur ein großartiger Kämpfer, sondern auch ein erstklassiger Schauspieler und«, seine Stimme wurde leiser und weicher, »ein Freund, wie man nur selten einen findet!«

Der kleine Gladiator lachte über das ganze Gesicht, seine riesigen braunen Augen strahlten. Er wollte eben den Inhalt seines Bechers hinunterstürzen, als ob er irgendeinen Sauerampfer tränke und nicht den feinsten Falerner für blanke vier Asse den Schoppen, da bemerkte er Alexios' niedergeschlagene Miene.

»Ein ziemlich flüchtiger Abschied – nach zwölf Jahren«, sagte er mitfühlend und setzte den Becher wieder ab. »Manche Leute glauben anscheinend, dass ein Sklave keine Seele hat.«

»Vielleicht habe ich auch keine«, erwiderte der Alte trübsinnig. »Vielleicht bin ich wie das Maultier, das wir Sinistrus verkauft haben, ein Haufen morscher Knochen mit ein paar Fetzen Fleisch, von einer zähen Lederhaut zusammengehalten und bar jeder Empfindung, zu stumpf, als dass man es einiger Worte des Abschieds für würdig befunden hätte ...«

Da legte ihm Marius schnell die Hand auf die Schulter. »Wenn der Abschied von deinem bisherigen Leben so dürftig war, alter Freund«, sagte er, »dann soll wenigstens die Begrüßung durch das neue herzlich sein!«

Er beugte sich zu Marcellus und flüsterte ihm längere Zeit ins Ohr. Der kleine Gladiator lauschte, erst verständnislos die Stirn runzelnd, dann nickend und strahlend.

»Was ist eigentlich los?«, erkundigte sich Alexios, immer noch trübe gestimmt.

»Wirst du schon sehen«, sagte der kleine Gladiator und rief: »He, Wirt! Komm her!«

Der Wirt schlurfte herbei. »Was kann ich für euch tun? Noch einen Krug Falerner?«

»Gleich, gleich. Aber vorher brauche ich dich als Zeuge für ein wichtiges Rechtsgeschäft.« Marcellus wies mit der ausgestreckten Hand auf den Alten. »Vor dir, Wirt, und vor dir, Marius, mache ich von meinem Recht Gebrauch, diesen Sklaven Alexios, der mein rechtmäßig erworbenes Eigentum ist, freizulassen. Alexios, von jetzt an bist du Freigelassener mit allen Rechten!«

Der Alte war wie vom Donner gerührt. »Frei? Dann bin ich jetzt wirklich frei?«, fragte er schließlich.

»Ja, Marius und der Wirt können es bezeugen.«

»So könnte ich heute noch nach Alexandria zurückkehren?«

»Das wäre dein gutes Recht.«

Eine Weile schwieg der Alte, dann grinste er und ließ alle seine Zahnlücken sehen. »Ihr seid ohne mich verloren«, sagte er. »Also bleibe ich.«

Marius nickte zufrieden. »Jetzt, Wirt, kannst du uns noch einen Krug bringen.«

Sie tranken noch etliche Krüge, sodass sie sich auf dem Nachhauseweg stützen mussten, während sie kichernd immer wieder nachmachten, wie Massilius den Schreibstubenbesitzer gespielt hatte.

»Bei Fauns haarigem Hintern, ich bin kein Mann vieler Worte!«, kreischte Marius.

»Ich will unverdünntes Tiberwasser saufen, wenn das nicht die reine Wahrheit ist«, brüllte Alexios.

»Meine Hände sind eher den Umgang mit Griffel und Feder gewöhnt«, piepste der kleine Gladiator.

In bester Stimmung gelangten sie zu einer sauber verputzten Insula, die nur drei Stockwerke hoch war. Marcellus führte sie hinein, torkelte ihnen voraus in den ersten

Stock und entriegelte eine Tür. Einladend wies er nach innen:

»Unser neues Zuhause!«

Bis auf eine Anzahl Kissen und Decken war die Wohnung noch leer, aber das störte die neuen Mieter nicht. Sie machten es sich, so gut es ging, bequem und bald hallte das Schnarchen des Triumvirats durch die leeren Räume.

In den nächsten Wochen wurde Rom von einer Serie unglaublich dreister Diebstähle heimgesucht, die umso mehr Aufsehen erregten, als niemand den geheimnisvollen Täter jemals gesehen oder auch nur gehört hatte. Die einzige Spur, die er hinterließ, waren drei Buchstaben, mit fettem Ruß an eine Wand der Häuser geschmiert, in die er sich eingeschlichen hatte: MFR. Ganz Rom rätselte, was sie wohl bedeuteten. Mea facile recepi, glaubten manche, aber die meisten waren der Ansicht, es müsse magister fecit rapinas heißen, der Meister hat diesen Raub ausgeführt.

Denn das musste er sein: ein Meister, ja, ein König der Diebe. Mit untrüglichem Gespür suchte er sich Häuser, deren wohlhabende Eigentümer ausgegangen waren oder die selbst ein großes Fest feierten, sodass bis spät in die Nacht hinein Lärm und Trubel herrschten. Immer entdeckte er einen Zugang, der ihm den Einstieg erleichterte, gewöhnlich ließ er ein herabbaumelndes Seil an dieser Stelle zurück; kein Schloss schien ihm widerstehen zu können, kein geheimes Versteck blieb vor ihm verborgen.

Torhüter, Wächter, Sklaven, die eigens zur Bewachung der Geldtruhen abgeordnet waren, fand man gefesselt und geknebelt, aber völlig unversehrt.

Sie gaben an, einen ungeheuren schwarzen Schatten, groß und furchterregend wie ein Dämon, gesehen zu haben, dann habe sie eine riesige Hand, kalt wie der Tod, mit grausamer Kraft um ihren Hals gefasst, eine Stimme, leise und doch von weit her hallend, wie das Echo eines Rufs in den Tiefen der Cloaca Maxima*, habe Wörter in einer fremden Sprache gesprochen, und dann sei es wie der Tod über sie gekommen und sie hätten nichts mehr wahrgenommen.

Bei dieser Geschichte blieben sie mehr oder weniger alle, mochten ihre Herren sie auch noch so erbarmungslos verprügeln.

Es war daher kein Wunder, dass man dem Unbekannten bald übermenschliche Fähigkeiten zuschrieb und dass alle reichen Bürger Roms weniger um ihr Geld als um ihr Leben zu fürchten begannen: Was wäre, wenn das Ungeheuer, das da nächtens die Stadt unsicher machte, sich nicht mehr mit Stehlen begnügte, sondern zu morden begann?

So ließen die meisten Reichen ihre Anwesen rund um die Uhr bewachen; mancher schickte kräftige Sklaven in der Umgebung seines Hauses auf Patrouille, die gegen das ausdrückliche Verbot, in der Innenstadt Waffen zu tragen, mit Dolch und Caestus ausgerüstet waren. Alle Tore und Türen wurden doppelt verriegelt.

Doch es nutzte nichts. Den nächtlichen Dieb konnte anscheinend nichts und niemand von seinen Beutezügen abhalten. Zum Mörder wurde er allerdings nicht; er tat niemandem etwas zuleide, wenn man von etlichen blauen Flecken und Brummschädeln einmal absah.

Kein Mensch wäre wohl auf die Idee gekommen, dass die drei Männer, zwei junge und ein alter, die in der Nähe des Capitols in ihrem Schreibbüro ihrer harmlosen Tätigkeit nachgingen, irgendetwas mit den geheimnisvollen Diebstählen zu tun haben könnten.

Man hielt sie für fleißig, aber auch ein wenig absonderlich, weil sie den ganzen Tag mit Papyrus, Feder und Tinte beschäftigt waren; solche Leute waren ja häufig im wahren Leben nicht sonderlich findig. Auch hatte keiner von ihnen eine Familie und nie besuchte sie jemand. Einer von ihnen brachte häufig einen Stapel Schriftrollen unter dem Arm nach Hause und trug ebenso viele wieder zu irgendwelchen Kunden, was einigermaßen komisch aussah, denn er hatte Arme und Schultern, die mehr zum Stemmen von Felsbrocken geeignet zu sein schienen. Der Alte war viel unterwegs; wenn er zurückkam, kritzelte er gewöhnlich hastig auf ein Wachstäfelchen. Einem der Burschen aus der Nachbarschaft gelang es einmal, einen Blick darauf zu werfen. Das nutzte nicht viel, denn er konnte nicht lesen, aber er schwor, dass der Alte beim Schreiben halblaut vor sich hin gesungen hätte. Damit war klar, dass es sich um einen Griechen handelte, womöglich einen, der auch noch Gedichte schrieb, denn die Griechen sangen und schrieben Gedichte, das wusste jeder.

Der dritte der drei Männer, der jüngste, war der Unauffälligste. Bemerkenswert war eigentlich nur, dass er öfter einmal am späten Nachmittag das Haus verließ und erst mitten in der Nacht oder gar am frühen Morgen zurückkehrte. Man vermutete, dass er ein Bordell aufsuchte oder irgendwo in der Stadt eine Geliebte hatte; das waren Vergnügungen, die man einem jungen Mann ja wohl gönnen konnte.

Die drei grüßten stets höflich, tranken auch mal mit dem einen oder anderen Nachbarn einen Becher, blieben dabei aber eher schweigsam und zurückhaltend. Die ersten Kunden, die Schriftstücke kopiert haben wollten, wurden freundlich, aber bestimmt abgewiesen: Man sei, hieß es, so überlastet, dass man kaum mit den laufenden Aufträgen fertig würde. Als einige aber nicht lockerließen, wurden die gewünschten Arbeiten erledigt, schnell, sauber und äußerst preisgünstig.

Wie gesagt, die drei waren nicht besonders interessant, aber irgendetwas Übles konnte man ihnen nicht nachsagen.

»Gegen uns hegt niemand auch nur den leisesten Verdacht«, sagte deshalb Alexios zufrieden, als sie an einem warmen Frühlingsabend im größten Raum ihrer Wohnung, der gleichzeitig als Büro und Speisezimmer diente, beieinandersaßen. Er lächelte vor sich hin. »Jedenfalls nicht, solange keiner merkt, dass du immer dieselben Schriftrollen hin und her trägst, Marcellus.«

»Und nicht einen einzigen Buchstaben davon entziffern kannst«, ergänzte Marius.

Der kleine Gladiator grinste. »Wozu auch? Dafür hab ich ganz ordentlich zählen gelernt!« Liebevoll streichelte er die prall gefüllte Börse, die in seinem Schoß lag.

»Wie sieht's denn überhaupt mit den Einnahmen aus?«, erkundigte sich Marius.

»Eigentlich nicht schlecht«, erwiderte Alexios. »Wir können unsere Miete zahlen, deinem Vater dein ›Schreibergehalt‹ aushändigen, wir haben reichlich zu essen und zu trinken, wir können sogar eine ordentliche Rücklage bilden. Allerdings – für ein Landgut reicht es noch lang nicht.«

Marius schlug ungeduldig mit der Faust auf seinen Schenkel. »Wie soll das jemals etwas werden, wenn ich immer nur Geld stehle? Die Münzen wiegen schwer, besonders, wenn es nur Silber ist, ist es nicht viel, was ich mitnehmen kann, ohne allzu unbeweglich zu werden. Du hast es besser gemacht in Alexandria: Kostbare Kunstwerke zum Beispiel müssten uns viel mehr einbringen!«

Der Alte schüttelte energisch den Kopf. »Auf keinen Fall! Wir haben hier nicht die Kontakte, die ich damals hatte. Was meinst du, wie leicht man uns eine Falle stellen könnte, wenn bekannt wird, dass der Dieb von Rom auf Kunstwerke aus ist! Nein, dafür braucht man entweder einen zuverlässigen Hehler oder feste Abnehmer. Beides haben wir nicht. Kommt also nicht infrage!«

Er sinnierte eine Weile vor sich hin.

»Schmuck höchstens«, murmelte er dann. »Schmuck mit edlen Steinen, Wir könnten ihn zerlegen und Gold und Edelsteine getrennt in Ostia* an den Mann bringen. Am Hafen findet man immer Interessenten. Allerdings müsste man erheblich unter Wert verkaufen. Ob es sich also wirklich lohnt . . .«

»Egal«, entschied Marius. »Wir versuchen es. Also, meine Freunde: als Nächstes ein Haus, in dem eine schöne, reiche und eitle Dame wohnt!«

Einige Tage später war ein solches Haus gefunden, Alexios und Marcellus hatten wie üblich Nachbarn behutsam ausgefragt und mit einem der Haussklaven einige Gläser geleert. Bei den Nachbarn musste man sehr vorsichtig sein, sie waren mögliche Zeugen. Das Aushorchen der Sklaven dagegen war völlig risikolos, wenn man es nur so geschickt anstellte, dass sie während der Unterhaltung nicht misstrauisch wurden. Denn wenn der Einbruch erst geschehen war, hätte sich jeder Sklave lieber die Zunge abgebissen, als die freundlichen Fremden, die ihn kurz vorher so mitfühlend über seine Lebensumstände befragt hatten, auch nur mit einem Wort zu erwähnen. Die Gefahr, dass man ihm dann die Schuld an dem ganzen Unglück zuschob, war allzu groß.

Nachdem auch Marius das Haus inspiziert und die Einstiegsmöglichkeiten erkundet hatte, hielten sie in ihrer Behausung eine Lagebesprechung ab.

»Die Sklaven im Haus brauchst du nicht zu fürchten«, sagte Marcellus. »Du bist ihnen mehr als gewachsen, selbst wenn sie alle auf einmal über dich herfallen.« Er verzog sein Gesicht zu einer verächtlichen Grimasse. »Sie sind von der Sorte rosig, glatt und gut gebaut, duften nach Narzissen, haben Füßchen und Händchen weich wie Ziegenleder und sind nur dazu da, ihre Herrin . . . na, du weißt schon. Eine Ausnahme gibt es allerdings. Einen kräftigen Burschen, nicht kleiner als du, mit durchtrainiertem Körper, der ihr als Leibwächter zu dienen scheint. Vor dem solltest du dich hüten. Und vor dem Hund natürlich.«

»Wie? Ein Hund? Was für ein Hund?«, fragte Marius besorgt.

»Ein schwarzes Ungetüm, groß wie ein Kalb und wild wie ein Panther.«

»Danke«, sagte Marius. »Morgen fangen wir also noch mal an zu suchen.«

Doch da hob Alexios die Hand. »Nicht so schnell, mein Freund! Schau, was ich hier habe!«

Er reichte Marius ein Döschen, in dem sich eine bräunliche Paste befand. »Von einer Kräuterfrau erworben«, erklärte er, »und ein unfehlbares Mittel. Die Salbe enthält den Lockstoff einer läufigen Hündin. Wenn du dich damit einreibst, wird dir kein Hund was zuleide tun.« Er schmunzelte. »Höchstens dich vor Liebe auffressen.«

Marius zog den Stöpsel heraus und schnupperte. Das

Zeug roch ein bisschen nach ranzigem Fett, nach nichts sonst.

»Na, ich weiß nicht«, meinte er misstrauisch, aber Alexios beruhigte ihn. »Du kannst ruhig darauf vertrauen. Ich habe zu meiner Zeit etwas Ähnliches benutzt. Für einen Hund entfaltet es eine gewaltige Duftwolke und macht ihn sanft wie ein Lämmchen.«

# 8.
# Nioba

Sanft wie ein Lämmchen, dachte Marius, als er sich nachts an die Außenmauer des Patrizierhauses schlich und sorgsam prüfte, ob die Luft rein war, hoffentlich hatte der Alte recht!

Wenn man von dem Untier absah, das sich irgendwo im Atrium oder im Säulenhof herumtrieb, schien das Ganze ein Kinderspiel zu sein. Ein klarer Himmel spannte sich über ihm, ohne Mond, dessen Schein zugleich so hilfreich und so gefährlich war, aber mit tausend funkelnden Sternen, deren Licht genügte, ohne allzu verräterisch zu sein.

Die Mauer war ganz aus Bruchsteinen gefügt, von denen viele weit genug aus der Wand ragten, dass ein geübter Kletterer sich daran empor aufs Dach hangeln konnte – man brauchte nicht einmal ein Seil.

Der Herr des Hauses war bei einem Abendessen, seine Gattin amüsierte sich anderswo, beides dauerte, wie Alexios herausgefunden hatte, nahezu immer bis in die frühen Morgenstunden.

Im Haus waren also nur ein paar müde Sklaven, wahrscheinlich schliefen sie längst, weil sie sich auf den Hund verließen ...

Mit einem mulmigen Gefühl in der Magengrube erklomm Marius die Mauer, zog sich das Dach hinauf und ließ sich in den ersten Stock hinunter. Dann nahm er die kleine Laterne von seinem Gürtel, klappte die Abdeckung hoch und huschte hinab in den Säulenhof, von dem aus man durch einen schmalen Seitengang das Schlafzimmer der Hausherrin erreichte – wenn Alexios' Angaben stimmten.

Kaum war er unten angekommen, da hörte er ein verhaltenes Knurren, das leise Klirren eines Halsbands und das weiche Klatschen von Pfoten, die über den glatten Boden federten.

Der Hund! Markus stellte die Laterne ab und spannte die Muskeln an. Seinen Rucksack hatte er vor die Brust geschnallt, seine Linke war vom Caestus umhüllt, in der Rechten hielt er das Kurzschwert.

Dann war der Hund heran. Beim Jupiter, was für ein Ungeheuer! Schwarz wie die Nacht, ein Cerberus* mit zottigem Fell und gelb glühenden Augen. Marius machte sich bereit, wartete auf den Sprung, mit dem das Monstrum versuchen würde, seine Kehle zu zerfleischen.

Jetzt! Der riesige Hund sprang ihn so heftig an, dass er Mühe hatte, den Stand zu bewahren, er hob den Arm zum Stoß –

Doch das schwarze Untier zeigte seine Zähne nicht. Es stimmte vielmehr einen absonderlichen Singsang an, aus den unterschiedlichsten Knurr- und Winseltönen bestehend, und stemmte seine Vorderpfoten gegen den schützenden Rucksack. Eine feuchte, übel riechende Zunge schnellte aus dem Maul, vor deren Kuss sich Marius nur durch rasches Zurückbiegen des Kopfes retten konnte.

Erleichtert ließ er den Arm sinken: Alexios' Mittel wirkte!

»Du bist ein braver Hund, so ein liebes Tier bist du«, flüsterte er, strich dem Ungetüm über die schwarzen Zotteln und ging langsam rückwärts, sodass die Pfoten von ihm abglitten.

Er atmete tief durch, wischte sich den Schweiß von der Stirn, hob sein Laternchen auf und schlich weiter.

Flehendes Winseln und sehnsuchtsvolles Kläffen ertönte da neben ihm, eine weiche Schnauze stupste ihn in die Seite – der Hund war offensichtlich nicht willens, sich von seinem neuen Busenfreund zu trennen.

Trotz der Gefahr, in der er schwebte, musste Marius grinsen. Diese Wirkung seines Mittels hatte Alexios offenbar nicht bedacht. Er, Marius, war eine läufige Hundedame, nach der sich der vierbeinige Hüter des Hauses vor Verlangen verzehrte. Eher entkam man dem Fluch eines Dämons als diesem liebestollen Köter!

Aber loswerden musste er in trotzdem. Wenn auch das Gewinsel und Gekläff nur halblaut war und nicht im Entferntesten so klang, als sei ein Fremder ins Haus eingedrungen, würde vielleicht doch irgendwann jemand erwachen und nach dem Rechten sehen.

Marius dankte den Göttern für die Eingebung, die ihn am Nachmittag zusätzlich einen ledernen Lappen mit der Liebespaste hatte einreiben lassen.

Er band dem Hund ein Stück Seil um den Hals, hielt ihm den Lappen unter die Nase und lockte mit leiser, schmeichelnder Stimme: »Komm, mein Honigtöpfchen, komm, mein kleiner Liebling!«

Willig folgte ihm der Cerberus, als er ihn in ein kleines dunkles Gemach zog, das bis auf eine Bettstatt und eine Truhe leer war. Er band das Seil an einen eisernen Haken, der in die Wand eingelassen war, legte eine Fessel um je ein Vorder- und Hinterbein des Tieres und schlang ihm ein weiteres Stück Seil ein paar Mal um das Maul. Dann breitete er ihm den Lappen liebevoll über die schnüffelnde Nase, kraulte ihn zwischen den Ohren und flüsterte: »Mach's gut, mein Hündchen! Träum schön von deiner Liebsten!«

Langsam, Schritt für Schritt, zog er sich zurück. Der Hund ruckte ein paar Mal am Seil; als es nicht nachgab, legte er sich nieder und schnupperte hingebungsvoll an dem Lappen.

Marius eilte zurück in den Säulenhof. Das war eine von Alexios' Grundregeln gewesen: Verliere niemals Zeit, je länger du dich aufhältst, desto ärger strapazierst du ein Glück!

Vor sich erblickte er eine Türöffnung, die mit einem Vorhang aus dicker, bestickter Seide verschlossen war. Als er näher kam, waberte ihm eine ganze Wolke von Wohlgerüchen entgegen.

Das musste es sein! Er schob den Vorhang ein winziges Stück zur Seite – dahinter war es dunkel. Er schlüpfte hinein und hielt seine Laterne hoch. Ein beträchtlicher Teil des Raums wurde von einer prächtigen Bettstatt eingenommen, über deren breiter Kopflehne sich purpurner Stoff in dicken Bahnen bauschte. Kissen und Decken in verschwenderischer Fülle lagen auf der Matratze. Das Ganze sah so einladend aus, dass Marius unwillkürlich gähnen musste.

Außer dem Bett gab es noch einen Schminktisch mit zahllosen Tiegelchen, Döschen und Fläschchen, einen Klappsessel, drei Truhen und einen bronzenen Kandelaber mit sechs Lampen.

Befriedigt registrierte Marius, dass die Bewohnerin des Zimmers von eher sorglosem Gemüt war: Keine der Truhen war verriegelt, bei einer war gar der Deckel schon hochgeklappt. Vielleicht hatte die Dame vom Dieb von Rom noch nichts gehört? Marius lächelte. Nun, das würde sich ändern!

Mit raschen Handgriffen und ohne etwas durcheinanderzubringen, durchsuchte er die Truhe mit dem offenen Deckel. Er fand sofort, was er suchte: einen lederbezogenen Kasten, etwa einen Fuß lang und kaum weniger breit, eine Spanne hoch. Er öffnete ihn und riss Mund und Augen auf. Solche Reichtümer, so viel Glanz und Pracht an einem Ort hatte er noch nie gesehen. In verschiedenen Fächern ruhten auf weichem Seidenfutter goldene Medaillons, Ohrgehänge mit fingernagelgroßen Perlen, Halsketten, Armreifen aus kostbarem keltischem Glas, Schlangenringe und -reifen, in deren Köpfen Rubinaugen rötlich schimmerten, goldene Fibeln und Haarnadeln. Das schönste Stück aber war ein Collier aus riesigen, grün funkelnden Smaragden in zarter Goldfassung, dessen Schließe mit einem milchig grünen Stein besetzt war, den er nicht kannte.

Bei Merkur, allein dieses Collier musste viele Tausend Denare, Zigtausend Sesterzen wert sein!

Marius nahm es von seinem Seidenkissen, drehte und wendete es im Schein der Laterne und freute sich an seinem Glitzern. Er wollte es eben im Rucksack verschwinden lassen, da erklangen Stimmen. Hastig legte er es zurück, schloss den Kasten, warf ihn zurück in die Truhe und schob sich hinter die Kopflehne des Bettes. Zwischen ihr und der Wand gab es gerade genügend Raum, dass er sich, ohne eingezwängt zu sein, hinhocken konnte; die um die Lehne drapierten Decken verbargen ihn vollständig.

Die Stimmen kamen näher, zwei Frauenstimmen waren

es, samtig und tief die eine, die andere schrill und rau, Marius kam es vor, als hätte er sie schon einmal gehört, aber er wusste nicht mehr, wann und wo.

Er fühlte sich mehr als unbehaglich. In einem der Nebenräume lag, nur notdürftig mundtot gemacht, der Riesenköter. Wenn ihn jemand entdeckte, mit zugebundenem Maul und gefesselten Läufen . . .

Die schrille Stimme kreischte einen Befehl, wurde leiser, verstummte ganz. Gleich darauf betrat jemand das Zimmer, Licht flackerte. Jemand hielt die Flamme an die Lampen des Kandelabers, es wurde hell.

Marius spähte hinter seiner Deckung hervor – und vergaß die Gefahr, in der er sich befand, vergaß den liebestollen Hund, ja, für einen Moment vergaß er sogar, warum er eigentlich hergekommen war.

Die junge Frau, die am Schminktisch stand und mit den Dosen und Fläschchen hantierte, trug eine einfache weiße, um die Taille gegürtete Tunika. Zwischen dem tiefschwarzen Haar, das im Nacken zu einem lockeren Knoten geschlungen war, und dem Ausschnitt des Gewandes wand sich ein Bronzeband um den schlanken Hals, ein Zeichen dafür, dass sie eine Sklavin war, die schon einmal zu fliehen versucht hatte. Ihre Bewegungen waren fließend und von ungekünstelter Eleganz.

Sie hatte jetzt eine Anzahl Dosen geöffnet und einen Umhang sowie ein Handtuch über die Lehne des Klappsessels gelegt. Jetzt drehte sie sich um und neigte lauschend den Kopf. Marius verspürte einen schmerzhaften Stich, als er sie so sah.

Sie war sehr schlank, mit Hüften schmal wie die eines Knaben, unter dem rauen Stoff der Tunika zeichneten sich kräftige Glieder und feste Brüste ab. Ihr Gesicht, von den schwarzen Haaren in anmutigen Bögen umrahmt, hatte die Farbe geschmolzenen Honigs; im hellen Licht der Öllampen glänzten die braunen Augen darin.

Reglos wie eine Statue stand sie da, nur um den Mund, der ein wenig zu breit war für das ovale Gesicht, zuckte es ab und zu, Marius vermochte nicht zu deuten, ob das ein Ausdruck der Belustigung oder der Furcht war. Er dachte auch nicht weiter darüber nach, sondern sah sie nur im-mer an, fühlte eine Sehnsucht, die ihm fremd und doch vertraut war und die ihn die Gefahr des Augenblicks ver-gessen ließ.

Plötzlich wurde der Türvorhang beiseitegeschoben und eine Frau rauschte herein. Rasch zog Marius seinen Kopf zurück. Eine alte Bekannte! Auf der Via Appia war er ihr schon einmal begegnet. Damals hatte er sie mit den Augen verschlungen, als sie vor ihm in der umgestürzten Kutsche lag und er unter der hauchfeinen Seidenstola ihren Körper hatte schimmern sehen. Auch heute trug sie wieder ein solches raffiniertes Nichts, das an allen wesentlichen Stellen mehr preisgab, als es verbarg.

Heute registrierte er es mit kühler Gleichgültigkeit. Mit der Grazie ihrer Sklavin konnte sie nicht mithalten und auch ihr Körper schien ihm nur halb so aufregend.

Lautlos griente er vor sich hin. Ob sie damals wohl bemerkt hatte, dass ihr (dank Alexios' geschmeidiger Finger!) ein Teil ihrer Barschaft abhandengekommen war?

Die raue keifende Stimme riss ihn aus seinen Gedanken. »Hast du die Schminke hergerichtet, hässliche Affenfratze?«

»Alles, wie du es gewünscht hast, Herrin!« Das Gesicht der jungen Frau wurde unbewegt, fast starr angesichts der Beschimpfung, ihre tiefe, volltönende Stimme klang höflich und ohne jede Regung.

»Alles, wie ich es gewünscht habe! Und das Collier?« In plötzlicher Wut trat die Frau auf die Sklavin zu und schlug sie mit der ganzen Kraft ihrer beringten Hände ins Gesicht, einmal, zweimal, dreimal. »Warum hast du es nicht herausgelegt? Hast du mir nicht jetzt schon den halben Abend verdorben? Soll ich es wegen deiner verfluchten Nachlässigkeit ein zweites Mal vergessen?«

Markus war erst wie gelähmt, dann ergriff heiße Wut von ihm Besitz. Er biss die Zähne zusammen und beherrschte sich mühsam. Was sollte, konnte er tun?

Die Sklavin trat zu der Truhe und holte das Collier heraus. Hässliche rote Flecken verunstalteten ihre Honighaut dort, wo die Schläge sie getroffen hatten. Sie gab keinen Laut von sich und blinzelte nur ein paar Mal, wie um aufsteigende Tränen zurückzuhalten.

»Leg es mir um!«

Die Sklavin gehorchte, worauf sich ihre Herrin in den Sessel fallen ließ. »Und jetzt frisch mir die Farben auf!«

Mit einem öligen Tuch reinigte die Sklavin das Gesicht der Herrin, dann trug sie weißen Haftpuder auf und färbte die Wangen mit Purpur rot.

Als sie nach dem Schälchen mit der Augenbrauenschwärze griff, streifte ihr Handrücken ein anderes, das zu Boden fiel und auf den Fliesen zerschellte.

Wie von einer Hornisse gestochen sprang ihre Herrin auf. Ihr hübsches, ebenmäßiges Gesicht verzerrte sich zu einer Maske ungezügelter Wut. »Dumme Ziege«, brüllte sie, »schwachsinniges Schaf! Was willst du eigentlich heute Abend noch alles anstellen?«

Wie besessen schlug sie auf die Unglückliche ein, die abwehrend ihre Arme hob, sie aber nicht demütig und schützend über den Kopf legte, sondern hochhielt, wie im stolzen Zurückweisen eines verachteten Feindes. Die Geste, ebenso tapfer und anmutig wie sinnlos, was die Abwehr der Schläge betraf, ließ den heimlichen Beobachter den Rest seiner Selbstbeherrschung verlieren.

Ehe er wusste, was er tat, war er hinter seiner Deckung hervor zum Schminktisch gesprungen, hatte die Frau im Genick gepackt und mit jenem Griff, den ihn der kleine Gladiator gelehrt hatte, betäubt.

Er packte sie um den Leib, warf sie bäuchlings aufs Bett und fesselte und knebelte sie mit Streifen, die er rücksichtslos aus ihrer seidenen Stola riss.

Dann richtete er sich auf und blieb schwer atmend vor der Sklavin stehen.

Falls sie über den kräftigen jungen Mann mit geschwärztem Gesicht, der da plötzlich aufgetaucht war und ihre Peinigerin überwältigt hatte, erschrocken war, zeigte sie es mit keiner Miene. Auch von dem Schmerz, den sie nach den heftigen Schlägen empfinden musste, war in ihrem Gesicht nichts zu lesen. Einzig die harten, hervortretenden Linien ihres Kiefers verrieten, dass sie nicht ganz so unbewegt war, wie sie zu sein schien.

Eine Weile musterten ihn die ruhigen braunen Augen, prüfend, als ob es eine Entscheidung zu treffen gälte.

Im rechten von ihnen entdeckte Marius, der mit klopfendem Herzen ihren Blick erwiderte, einen kleinen schwarzen Fleck, mitten auf der Iris, der seltsamerweise den Wunsch, sie zu umarmen und an sich zu pressen, noch drängender machte.

»Wenn sie dich erwischen, schlagen sie dich auf der Stelle tot«, sagte sie unvermittelt. »Doch nur«, fügte sie hinzu und deutete auf die bewusstlose Frau, »wenn sie nicht vorher erwacht. Sonst wird sie dafür sorgen, dass es lange dauert – damit sie auch einen Genuss davon hat.«

»Sie werden mich nicht erwischen«, erwiderte Marius. Er brauchte alle Kraft, um seiner Stimme einen gelassenen Klang zu verleihen. Aber das lag nicht daran, dass er sich fürchtete.

»Wenn ich mich auf dich stürze«, fuhr die Sklavin fort, »dir das Gesicht zerkratze und schreie, werden sie kommen und dich überwältigen. Vielleicht werde ich sogar belobigt und bleibe ein paar Tage von Prügeln verschont.«

Marius schüttelte den Kopf. »Das wirst du nicht tun. Ein paar Tage ohne Prügel und ein Lob ändern nichts daran, dass du das Band um den Hals trägst. Und wie würdest du dich fühlen, wenn du den verrietest, der dir geholfen hat?«

»Ich frage nicht mehr, ob mein Handeln ehrenhaft ist. Niemand tut das, der dieser Frau seit sieben Jahren ausgeliefert ist. Aber trotzdem hast du recht.«

Die harten Linien ihres Gesichts wurden weicher, sie lächelte, und wieder fühlte Marius einen schmerzhaften Stich in der Brust. »Ich verrate niemanden, der mir geholfen hat, auch nicht, wenn er mich in eine Lage bringt, die weit schlimmer ist als die, in der ich vorher war.«

»Wie kannst du so etwas sagen?«, fragte Marius bestürzt.

»Na, was meinst du«, sagte sie, »wenn man mich hier neben meiner gefesselten Herrin findet . . .«

»Dann komm mit mir!« Es war heraus, ehe er nachgedacht hatte; verlegen schlug er sich mit der Hand vor den Mund.

Sie lächelte immer noch, unmerklich war die Herzlichkeit freundlichem Spott gewichen. »Natürlich. Ich habe dich vor wenigen Augenblicken zum ersten Mal gesehen, ich, eine geprügelte Sklavin, dich, einen Dieb – oder Schlimmeres? Aber ein Wort von dir genügt und ich folge dir bis ans Ende der Welt!«

»Bei den Göttern, mein Mundwerk ist wieder einmal schneller gewesen als meine Gedanken. Das ist eine Eigenschaft, die mir schon viel Prügel eingebracht hat. Trotzdem finde ich . . . ich meine, du könntest fliehen.«

Statt einer Antwort deutete die Sklavin auf das Band um ihren Hals.

»Ich würde dir helfen«, beharrte Marius. »Dir Kleider verschaffen, Geld, vielleicht eine Beschäftigung . . .«

Nachdenklich fingerte die junge Frau an dem Band um ihren Hals herum. »Mein Leben lang müsste ich fürchten, entdeckt zu werden, so, wie ich schon einmal entdeckt worden bin. Freiheit in Angst ist keine Freiheit. Und außerdem . . . warum würdest du das tun für mich? Würde ich nicht von einer Sklaverei in die andere geraten?«

Marius wollte antworten, da ächzte und wimmerte es auf dem Bett. Rasch war er bei seiner Gefangenen und drückte noch einmal fest zu.

»Das wird eine Zeit lang reichen«, sagte er mitleidlos. Dann fasste er die Sklavin bei den Händen. »Willst du wirklich hierbleiben?«, fragte er eindringlich. »Bei dieser gewalttätigen Despotin?«

»Nein! Wenn du wüsstest, wie ich mich danach sehne, dieses Haus für immer verlassen zu dürfen!«

Mit einem Mal waren aller Stolz und aller Spott aus ihrer Stimme verschwunden. »Aber eine Sklavin ist eine Sklavin.

Und nur wenn sie oder der Herr mich freilassen, kann ich gehen.«

Ich werde sie dazu bringen! Fast wäre er wieder herausgeplatzt, aber er hielt sich gerade noch zurück. Erst denken, dann reden, dann handeln!

»Dann ist es am besten, ich fessele und knebele dich auch. Dann kann dir niemand einen Vorwurf machen.«

Sie nickte zustimmend und hielt ihm die Arme hin.

»Leg dich erst aufs Bett«, bat er. Sie gehorchte und legte sich auf den Bauch, direkt neben ihre Herrin, wobei sie darauf achtete, sie nicht zu berühren.

Wieder musste das kostbare Seidengewand der reichen Römerin dafür herhalten, die Fesseln zu liefern. Sanft band Marius der Sklavin die Hände auf den Rücken und fesselte ihre Knöchel.

Dann meinte er: »Du hast mir deinen Namen noch nicht gesagt.«

»Oh, ich dachte, du hättest ihn schon gehört. Oder vielmehr einen davon. Ich habe nämlich viele schöne Namen«, erwiderte sie mit bitterer Ironie. »Affenfratze, Ziege, Missgeburt, Dreckstück, Hurentochter, du kannst dir einen aussuchen.« Leise fügte sie hinzu: »Ich heiße Nioba. Ich habe es nur fast schon vergessen. Und wer bist du?«

Er beugte sich ganz nah an ihr Ohr und flüsterte: »Marius, der Dieb von Rom.«

»Mach, dass du fortkommst!«, sagte sie mit unvermittelter Heftigkeit. »Ich will nicht, dass dir etwas geschieht!«

Er strich ihr schüchtern über die Wange und band ihr einen breiten Stoffstreifen vor den Mund, den er in ihrem Nacken verknotete.

Dann ging er zu der Truhe, in der er den Schmuck gefunden hatte, und räumte alles, was einigen Wert zu besitzen schien, in seinen Rucksack. Nur das Smaragd-Kollier ließ er am Hals seiner Besitzerin.

Er schaute die Sklavin noch einmal an und presste die Lippen zusammen. Bei den Göttern, er würde alles dafür geben, wenn er sie mit sich nehmen könnte!

Als er sich schweren Herzens abwandte, fiel sein Blick auf ihre Herrin, die immer noch reglos und ohne Bewusstsein neben ihr lag. Ihre Stola, von der er Etliches abgerissen hatte, reichte gerade noch bis über die Hälfte des Rückens. Darunter leuchteten prall und weiß ihre entblößten Hinterbacken.

Für einen Moment vergaß Marius den Aufruhr in seinem Innern und er musste sich beherrschen, um nicht laut herauszuplatzen. Er trat zum Schminktisch, nahm das Döschen mit der Augenbrauenschwärze, tauchte einen Finger hinein und schrieb der Herrin des Hauses mit schwungvollen Buchstaben sein Zeichen auf das üppige Gesäß: MFR.

»Leb wohl, Nioba. Ich komme wieder«, sagte er dann leise und huschte davon.

Im Säulenhof lauschte er. Nichts war zu hören außer einem leisen, zufriedenen Winseln. Er nickte befriedigt. Die schwarze Bestie war immer noch mit dem Lumpen beschäftigt, der so köstlich und verlockend nach Hündin duftete. Niemand hatte sie befreit.

Schnell war er auf dem Dach, schnell hatte er sich an der Bruchsteinwand auf den Boden außerhalb des Anwesens hinabgelassen.

Er atmete tief durch, schloss die Augen und dachte an die schlanke Gestalt, die er in der Schlafkammer zurückgelassen hatte, an die anmutigen Wellen des schwarzen Haars, an die honigfarbene Haut, an die festen Brüste unter dem groben Stoff der Tunika, an die braunen Augen, an den winzigen Leberfleck auf der Iris des einen. Sein Herz klopfte so schnell, als habe Alexios ihn eben über das Marsfeld gehetzt, wie gebannt stand er an der Mauer, weil ihm die Sehnsucht in seinem Inneren nicht erlaubte fortzugehen.

Als ihn jemand mit leiser Stimme grüßte: »Sei gegrüßt!«, antwortete er geistesabwesend: »Sei auch du gegrüßt!« Dann aber fuhr ihm der Schreck wie ein eisiger Wind in die Glieder. Er fuhr herum, wollte davonjagen, doch eine Hand legte sich schwer auf seine Schulter, etwas Kaltes, Scharfes wurde gegen seinen Hals gedrückt.

»Du solltest dich nicht zu hastig bewegen, Freund, sonst könnte es passieren, dass ich dir aus Versehen die Kehle durchschneide. Und das wäre doch schade, nachdem du dem Haus meines Herrn einen so erfolgreichen Besuch abgestattet hast!«

Marius blieb stocksteif stehen, während sich seine Gedanken überschlugen. Er hatte sich verhalten wie ein Narr! Alle Regeln missachtet! Er war gefangen und erbarmungslos würde man ihn kreuzigen oder den wilden Tieren vorwerfen!

Mit aller Macht kämpfte er die aufsteigende Panik nieder.

»Wie hast du mich erwischt?«, fragte er, mehr um Zeit zu gewinnen, denn er wusste die Antwort bereits.

»Ein Hund legt sich nicht selber Fesseln an. Wie du es geschafft hast, die Bestie zu bändigen, ist mir allerdings ein Rätsel.«

»Ich ... ich habe nu-nur freundlich auf ihn eingeredet«, gab Marius zur Antwort und bemühte sich, seine Stimme vor Angst beben zu lassen, was ihm nicht sonderlich schwerfiel.

Der andere pfiff ungläubig durch die Zähne. »Eingeredet? Sonst nichts? Das nehm ich dir nicht ab. Aber egal. Bei mir brauchst du jedenfalls keine Zicken zu versuchen. Eine hastige Bewegung und du blutest aus wie ein Opferlamm!«

»Ich habe nicht die Absicht«, gab Marius zurück. Langsam wurde er ruhiger. Eigentlich hätte die ganze Hausmannschaft um ihn herum sein und ihn im Triumph abführen müssen. Aber nur ein Mann stand ihm gegenüber. Und er gab keinen Alarm. Das konnte nur eines bedeuten – der Kerl war selbst auf Beute aus.

In der Dunkelheit konnte Marius nur wenig von seinem Gegner erkennen: Dunkelhaarig war er, etwa so groß wie er selbst und breitschultrig. Und er war stark, kein Zweifel, wie eiserne Klammern pressten sich seine Finger in Marius' Schulter. Solange die Schneide des Dolchs gegen seine Kehle drückte, hatte er keine Chance zu entkommen.

»Alles ist so gut gegangen«, sagte er bitter. »Und jetzt, wo ich es schon fast geschafft habe, kommst du daher. Los, mach schon ein Ende! Ruf Hilfe herbei, ich sehe es ein, ich hab verloren.«

Er ließ sich zusammensacken, ein wenig nur, wie jemand, der erschöpft ist und aufgibt. Trotzdem verstärkte sich sofort der Druck des Dolches. Sein Gegner war auf der Hut.

»Hilfe? Warum? Ich habe dich ganz gut allein im Griff. Was hab ich davon, wenn ich dich meinem Herrn ausliefere? Ich arbeite lieber auf eigene Rechnung!«

»Dann lass mich laufen«, bat Marius und legte einen flehentlichen Unterton in seine Stimme. »Du kriegst auch einen Anteil!«

»Einen Anteil?« Der andere lachte leise. »Du bist nicht in der Lage zu verhandeln, mein Lieber.« Mit sanftem Druck ließ er die Klinge über Marius' Hals gleiten, Marius spürte einen kurzen, brennenden Schmerz, dann rann ihm warm das Blut über die Haut.

Keine Angst war mehr in ihm, nur noch Wut, Wut, die noch schwerer niederzuzwingen war. Er atmete tief durch.

»Halt, bei den Göttern! Bitte nicht! Nimm alles!« Seine Stimme zitterte wie die eines Menschen in äußerster Furcht. »Hier, der Rucksack!«

Er fasste nach den Riemen und schob sie über die Schulter.

Die Finger, die sich in seine Muskeln gegraben hatten, lösten sich, aber die Spitze des Dolchs blieb an seinen Kehlkopf gedrückt.

»Mach keine Dummheiten«, warnte der Mann.

»Nein, nein«, jammerte Marius leise. »Aber bitte, stich nicht zu!« Umständlich zerrte er an den Riemen, bog und verrenkte den Oberkörper, als ob er sie nicht losbekäme. Er fühlte, wie der Druck der Klinge einen Augenblick nachließ. Da ließ er sich nach hinten fallen, rollte sich aus der Reichweite seines Gegners und schleuderte den Rucksack hinter sich.

Der Mann war ein erfahrener Kämpfer. Er warf sich nicht über ihn, sondern sprang ihm nach, hob den Fuß und trat zu.

Marius hatte damit gerechnet, doch er konnte nichts tun, als die Muskeln anzuspannen. Die harte Ferse traf ihn in die Seite und er stöhnte vor Schmerz. Wieder rollte er sich fort, wieder folgte ihm der andere und trat zu. Marius tastete nach dem Caestus an seinem Gürtel und steckte mit zusammengebissenen Zähnen weitere Tritte ein. Er löste die Schnalle, seine Finger glitten in die Riemenschlinge. Als der

Gegner den Fuß wieder hob, bäumte er sich auf und schlug zu, mit aller Kraft.

Die mit Bronzedornen bewehrte Faust traf den Mann in den Unterleib. Der schnappte nach Luft, in blitzschnellem Reflex fuhr die Hand mit dem Dolch herab zum tödlichen Stoß. Aber Marius hatte sich zurückgeworfen, sodass die Klinge nur seine Tunika zerschnitt und ihm die linke Brust ritzte. Während der andere noch unter dem Schock des Schmerzes stand, rappelte er sich auf, langte nach dem Rucksack und hinkte davon, so schnell er konnte.

Das kostete ihn alle Kraft, die er noch hatte. Denn etwas wollte ihn mit Macht zurückhalten bei dem Mann, der gekrümmt an der Hausmauer stand, nach Atem rang und wartete, dass der grausame Schmerz nachließ, eine rasende Wut, die ihn drängte, dem andern die Faust mit dem Caestus ins Gesicht schmettern, wieder und wieder, ihn jeden Tritt büßen zu lassen!

Er zwang sich weiterzugehen, lauschte auf das Rumpeln der Lastkarren, die durch die Hauptstraßen rollten, atmete tief die Luft ein, die eine Brise vom Meer frisch und feucht gemacht hatte.

Rippen und Lenden schmerzten ihn, an seinem Hals und auf seiner Brust brannten die Wunden, die der Dolch geritzt hatte, seine Wut aber brannte ärger.

Du musst deinen Jähzorn bezwingen, sonst bist du verloren, hatte ihm Alexios immer wieder gepredigt, und er wusste, dass der Alte recht hatte.

Die Erinnerung an die schöne junge Sklavin half ihm, die Wut über den Leibwächter, der ihn fast bezwungen hätte, beiseitezuschieben. »Nioba«, flüsterte er lautlos vor sich hin und ihr Bild in seinem Inneren schien ihm zuzulächeln.

Ihr konnte nichts geschehen, dachte er beruhigt, war sie doch allem Anschein nach von ihm genauso betäubt und gefesselt worden wie ihre Herrin, die mit seinem Zeichen auf dem nackten Hintern neben ihr lag . . .

Schlagartig wurde ihm bewusst, was für eine riesige Dummheit er angerichtet hatte. Das Gesäß bemalt, welch kolossale Demütigung für eine so eitle Frau! Den Urheber des Schabernacks konnte sie nicht bestrafen, also würde sie ihren Zorn an der auslassen, die ihrer Willkür ausgeliefert war: an ihrer Sklavin. Mochte sie auch noch so unschuldig sein, sie war Zeugin der Erniedrigung und würde dafür büßen müssen.

Und ich bin daran schuld, dachte Marius. Wieder flammte Zorn in ihm auf, aber diesmal richtete er sich gegen ihn selbst. Ein unverbesserlicher blöder Bauer war er, ein hirnloser Ziegenmelker, ein selbstgefälliger Pfau! Wie hatte er so etwas unbeschreiblich Törichtes machen können!

Er grübelte, wie er Nioba schnell und endgültig aus der Gewalt ihrer Herrin befreien könnte, aber alle Pläne waren wilde, undurchführbare Fantastereien. Nur auf eine Weise würde er sein Ziel erreichen: mit Geld, mit viel Geld. Für Geld, so glaubte er gelernt zu haben, konnte man in dieser Stadt alles und jeden kaufen, wenn es nur genug war.

Also würde er Geld beschaffen, und zwar schnell, damit sie keinen Tag länger als nötig bei dieser Tyrannin ausharren musste.

Tief in Gedanken versunken, humpelte er nach Hause und vergaß ganz, dass er ein Dieb auf der Rückkehr von einem Fischzug war, der all seine Sinne einsetzen musste, um jeder Gefahr begegnen zu können.

So kam es, dass ihm der schwarze Schatten entging, der

ihm folgte, hinkend und gebeugt zwar, aber unbeirrt und stetig, bis vor das Haus, in dem er wohnte.

Als Marius im Eingang verschwunden war, nickte der Verfolger befriedigt.

»Hier also. Mein Tag wird kommen.«

## 9.
# Ein kühner Plan

Alexios' Besorgnis, die er beim Anblick seines blutenden und hinkenden Schützlings empfand, entlud sich in einem Schwall von Vorwürfen und Beschimpfungen. Marius ließ sich auf ein Bett fallen, verschränkte die Arme hinter dem Kopf und hörte sich die Strafpredigt widerspruchslos an.

Marcellus war es, der schließlich dem Alten energisch das Wort abschnitt. »Was willst du mit deinem Getöse eigentlich bewirken? Siehst du nicht, dass der arme Junge erschöpft und obendrein verletzt ist? Hol ihm lieber was Anständiges zu essen, als hier herumzumeckern! Ich schau mir inzwischen die Wunden an!«

»Es ist doch nur, weil der Bursche die Regeln nicht beherzigt, die man ihm immer wieder eingetrichtert hat«, schimpfte der Alte. »Und warum nicht? Weil er wahrscheinlich wieder . . .«

»Alexios! Der Junge braucht unbedingt was Nahrhaftes zu essen!«

»Ich geh ja schon«, murmelte der Alte. »Mach ihm einen Krug Wein warm, aber unverdünnten! Und gib ordentlich Honig hinein!«

Damit verschwand er.

Marcellus trat ans Bett und schaute sich die beiden Schnitte an. »Nicht weiter schlimm«, meinte er beruhigend. Er wusch sie mit Essigwasser aus. »Mehr ist nicht nötig«, erklärte er.

»Das ist auch nicht das Schlimmste«, sagte Marius. Er wälzte sich auf die Seite, lüftete seine Tunika und wies auf die Stellen, wo ihn die Tritte seines Gegners getroffen hatten.

Marcellus tastete sie behutsam ab; Marius konnte ein leises Stöhnen nicht unterdrücken. Der kleine Gladiator nickte. »Schmerzhaft, aber nicht gefährlich. Umschläge mit kaltem Wasser sind das Beste. Was ist eigentlich passiert?«

Marius wollte seinen Bericht beginnen, doch dann schüttelte er den Kopf. »Gib mir erst den Wein«, bat er, »und lass uns warten, bis Alexios zurückkommt. Sonst muss ich die ganze Geschichte zweimal erzählen.«

Wenig später lag er, kühlende Umschläge auf den Stellen, die am ärgsten wehtaten, und einen dampfenden Becher in der einen und ein gefülltes Fladenbrot in der anderen Hand, schon wieder halbwegs erholt auf dem Bett und ließ die ganze ereignisreiche Nacht noch einmal Revue passieren, vom Einstieg in das Haus bis zum Kampf mit dem Unbekannten, der ihm seine Beute abjagen wollte.

»Das muss der Leibwächter der Hausfrau gewesen sein«, vermutete Marcellus. »Der hätte den Schmuck bei nächster Gelegenheit verscherbelt, um sein Peculium* aufzubessern. Ein mieser Verbrecher!«

»Wahrhaftig«, murmelte Alexios und lächelte dabei. »Ein Kerl, der einen schwer arbeitenden Dieb bestiehlt, der kann nur ein Schurke ohne jedes Ehrgefühl sein!«

Sein Lächeln erlosch. »Hat dich die Frau womöglich erkannt?«

»Wie sollte sie?«, beruhigte ihn Marius. »Der einzige Körperteil, dem ich mein Gesicht dargeboten habe, war eben der geschmückte, und der hat keine Augen.«

»Den Göttern sei Dank«, sagte der Alte. »Dennoch, mein Sohn: Heute hast du deinem Stand keine Ehre gemacht. Nie hättest du die Frau betäuben dürfen, nie ihr den Hintern bemalen . . . Immerhin war es richtig, dass du ihr das Collier gelassen hast. Aber blind und taub die Mauer hinunterklettern und unten auch noch stehen bleiben . . . absolut unverzeihlich! Hat dich der Bursche womöglich verfolgt?«

Marius schüttelte energisch den Kopf. »Ausgeschlossen. Der war gar nicht in der Lage dazu, nach dem Hieb, den ich ihm versetzt habe.«

»Noch einmal: Den Göttern sei Dank!«, seufzte der Alte erleichtert, aber gleich darauf raufte er sich den grauen Schopf. »Habe ich dir nicht hundertmal gesagt, was mich ins Verderben gebracht hat? Wo Venus sich einmischt, da hat Minerva schon verloren, wo der Trieb regiert, da geht die Vernunft ins Exil, wer eine Frau küsst, der hat den Kopf schon im Rachen des Löwen – jedenfalls gilt das für einen Dieb . . . sag mal, hörst du mir eigentlich zu?«

Marius antwortete nicht. Um seinen offenen Mund spielte ein Lächeln, in seinen Augen lag ein träumerischer Ausdruck und seine Finger streichelten den Rand des leeren Bechers.

»Sie ist unvergleichlich«, sagte er dann. »Ihr Gesicht ist honigfarben, wisst ihr, so ein dunkles, schimmerndes Gold. In einem ihrer Augen hat sie einen kleinen schwarzen Fleck, so süß und hilflos sieht sie damit aus. Dabei ist sie so tapfer . . . Ihr hättet sehen sollen, wie gelassen sie die Beschimpfungen und die Schläge dieses Scheusals ertrug –

stoisch wie eine echte Römerin. Meinem Vater würde sie gefallen. Und ihre Stimme, die geht einem durch Mark und Bein: Tief und voll klingt sie wie ein Horn.«

»Jetzt hör aber auf«, unterbrach Alexios und kicherte respektlos. »Der Ton eines Horns gleicht wohl weniger dem, der in der Kehle, als dem, der dort erzeugt wird, wo du die Herrin des Hauses bemalt hast!«

Marius machte nur eine verächtliche Handbewegung und würdigte ihn keiner Antwort.

Eine ganze Weile herrschte Schweigen, dann verkündete Marius in die Stille hinein: »Irgendwann werde ich sie da herausholen.«

»Willst du sie etwa klauen?«, platzte Marcellus heraus.

»Red kein dummes Zeug, Schwätzer!«, verwies ihn Marius. »Eine Sklavin klaut man nicht, man kauft sie.«

Alexios sagte: »Schlag dir das aus dem Kopf! Ihre Herrin würde sie nie hergeben, schon deshalb nicht, um ihr nicht etwas Gutes zu tun.«

»Ach, was! In Rom ist alles nur eine Frage des Preises. Ich brauche einfach einen großen Haufen Geld.«

»Und noch etwas, wenn du auf mich hörst«, fügte der Alte hinzu. »Geduld nämlich. Wenn du überstürzt und im Überschwang deiner Gefühle handelst, ist dir der Misserfolg so gut wie sicher.«

Marius schwieg und kaute eine Weile nachdenklich auf seiner Unterlippe herum.

Schließlich richtete er sich auf und klopfte seinem alten Freund auf die Schulter. »Du hast recht, wie fast immer, Alexios. Ich werde geduldig warten, bis die Gelegenheit günstig und Fortuna mir wohlgesonnen ist. Jetzt«, er gähnte ausgiebig, »werde ich mir erst mal ein paar Tage Ruhe gönnen. Danach, wenn es euch recht ist, werden wir eine Zeit lang üben, damit ich wieder in Form komme. Und dann . . .«, er stach mit beiden Zeigefingern nach seinen Freunden, »dann werde ich das tun, was ich mir vorgenommen habe, seitdem ich in diese hässliche Stadt gekommen bin: Ich werde dem Haus des Maecenas einen Besuch abstatten und mir das wiederholen, was er uns gestohlen hat.«

Alexios fuhr auf und wollte etwas entgegnen, doch dann schüttelte er nur resignierend den Kopf, während Marius sich zurück aufs Bett fallen ließ.

»Also dieser schwarze Fleck in ihrem Auge«, murmelte er, »ihr wärt wirklich hin und weg, wenn ihr ihn sehen könntet.«

Wenig später schnarchte er friedlich vor sich hin, als ob er nicht gerade ein lebensgefährliches Abenteuer knapp überstanden hätte; und man sah ihm an, dass er weder Angst noch Wut, sondern nur eine angenehme Erinnerung mit in den Schlaf genommen hatte.

Der kleine Gladiator räusperte sich und murmelte halblaut: »Du, ich verstehe nicht viel von der Liebe, aber den hat's ganz schön erwischt!«

Der Alte nickte grimmig. »Wem sagst du das! Aber irgendwann musste das ja mal passieren! An uns, mein Freund, ist es, ihn vor den Folgen zu bewahren.«

»Aber wie?« Marcellus ballte die gewaltigen Fäuste. »Ich kenne nur ein einziges Mittel.«

»Vielleicht«, murmelte der Alte düster, »ist es genau das, was wir brauchen. Und die Hilfe der Götter!«

Von seinem nächtlichen Abenteuer hatte sich Marius bald erholt; die beiden Schnitte verheilten innerhalb weniger

Tage. Danach nahm er, wie er es vorgehabt hatte, sein Trainingsprogramm wieder auf und übte zwei Wochen lang wie ein Besessener. Lange vor Tagesanbruch sprang er aus dem Bett, rannte viele Stadien die nahe gelegene Via Flaminia entlang und schwamm anschließend eine Stunde im Tiber. Wenn er keuchend aus den bräunlichen Fluten stieg, erwartete ihn bereits der kleine Gladiator, um seine Muskeln zu stählen und die Geschmeidigkeit seiner Glieder zu schulen. Die Mittagszeit verbrachte er im Bad und ließ sich massieren. Am Nachmittag trainierte er Kraft und Gelenkigkeit seiner Finger; er löste Knoten, die er in nasse Seile geschlungen hatte, zog Holzkeile aus einer Mauerfuge, die er zuvor mit einem Hammer hineingetrieben hatte. Abends ging er früh ins Bett, schlief sofort ein und träumte vom schlanken Körper Niobas, bis er erwachte und seine Übungen erneut begann.

Er aß wenig und mischte den Wein mit vier Fünfteln Wasser. Die einzige Abwechslung, die er sich gönnte, war ein täglicher Spaziergang, den er unternahm, wenn er seine Übungen beendet hatte. Er führte ihn jeden Abend zum selben Ziel, nämlich zu einer kleinen Taverne, die dem Haus, in dem die schöne Sklavin diente, gerade gegenüberlag.

Kaum dass seine Wunden verheilt waren, war er zum ersten Mal hierher gekommen. Alexios hatte ihn gewarnt: »Was ist, wenn der Kerl mit dem Messer dich wiedererkennt?« Aber er hatte nur abgewinkt. Er selbst wusste von seinem Widersacher nur, dass er ein starker und rücksichtsloser Kämpfer war, von seinem Aussehen hatte er nichts mitbekommen. Umso weniger konnte der andere ihn erkannt haben, denn er hatte sein Gesicht wie üblich mit fettigem Ruß eingerieben und über sein rotes Haar ein Tuch gebunden gehabt.

Nein, niemand hätte ahnen können, dass der junge Mann mit dem roten Haarschopf, der friedlich in der kleinen Kneipe auf seinem Hocker saß und verdünnten Wein schlürfte, und der gefährliche Einbrecher, der das Haus gegenüber vor nicht allzu langer Zeit heimgesucht hatte, ein und dieselbe Person waren.

So hatte Marius also ohne Furcht, aber dennoch mit klopfendem Herzen wie gebannt auf das Haus geschaut, geduldig wie ein Legionär auf Wache, und gehofft . . .

Und das Warten hatte sich gelohnt. Nach einigen Stunden hatte sich die Tür geöffnet und die schöne Sklavin war, mit einem Korb bewaffnet, herausgekommen, um im Auftrag ihrer Herrin eine späte Besorgung zu machen.

Er hatte gewartet, bis sie fast um die Ecke der Gasse verschwunden war, dann rasch seine Zeche gezahlt und war ihr nachgegangen, gemächlichen Schrittes, um nur ja nicht aufzufallen. Eine Zeit lang hatte er sie verfolgt, dann seine Schritte beschleunigt, bis er sie eingeholt hatte.

»Sei mir gegrüßt, Nioba!«

Sie war beim Klang seiner Stimme erschrocken zusammengefahren, aber dann hatte sie gelächelt, kaum hörbar »Marius, der Dieb von Rom« geflüstert und wie selbstverständlich hingenommen, dass er an ihrer Seite blieb und sie bei ihrem Einkauf begleitete.

Von diesem Tag an saß er jeden Abend pünktlich um dieselbe Zeit in der Taverne und wartete. Manchmal schaute er vergeblich nach ihr aus; wenn sie aber kam und ihm durch einen verstohlenen Wink zu verstehen gab, dass sie ihn bemerkt hatte und die Luft rein war, dann wartete er noch ein wenig, legte nach einer Weile ein Kupferstück für den Wein auf den Tisch und schlenderte, ganz gelangweilter Müßiggänger, davon.

Erst außer Sichtweite des Hauses rannte er los, bis er sie eingeholt hatte. Dann passte er seine Schritte ihrer Geschwindigkeit an und nutzte den Schwung seiner Arme, um ihre Hand zu streifen, hielt sie auch einen Augenblick fest oder streichelte sie. Nioba ließ es sich gefallen und lächelte dabei.

Sie sprachen dann über das Wetter, darüber, dass Feigen lange nicht so gut zu einem sauren Wein passten wie Oliven, und über andere Nichtigkeiten.

Obwohl sie sich mehr und mehr zueinander hingezogen fühlten, vermieden sie es sorgsam, über die Zukunft zu sprechen; wenn Nioba spürte, dass Marius sie wieder einmal voller Sehnsucht von der Seite musterte, schüttelte sie mit immer demselben traurigen Lächeln kaum merklich den Kopf.

Nur einmal, als sie ein dunkles Seitengässchen durchquerten und weit und breit niemand zu sehen war, presste sie ihn plötzlich an sich, küsste ihn kurz und heftig und stieß hervor: »Nie! Sie lässt mich nie gehen!«

Als er sich später von ihr verabschiedete, sagte er: »Ich werde dafür sorgen, dass sie dich freilässt, ich schwöre es bei allen Göttern und bei meinem Leben!«

»Schwöre nichts, was du nicht halten kannst«, erwiderte sie leise, doch in ihrer Stimme schwang ein kleines bisschen Hoffnung mit.

Danach stürmte Marius grußlos in die Wohnung, ballte die Fäuste und sagte in einem Tonfall, der keinen Widerspruch zuließ: »In einer Woche. In einer Woche werde ich Maecenas einen Besuch abstatten.«

Alexios und Marcellus sahen sich nur an und seufzten wie aus einem Mund.

»Also in einer Woche dann«, sagte der Alte ergeben. »Ein Tag, so gut oder schlecht wie jeder andere.«

Sie feilten tagelang an ihrem Plan.

Maecenas lud, das hatten ihre Nachforschungen ergeben, nahezu an jedem Abend Gäste zu sich ein, höchst illustre, darunter häufig Augustus, den Herrscher Roms, und immer auch einen oder mehrere Poeten, die er großzügig förderte. »Auf Kosten anderer«, wie Marius wütend festgestellt hatte.

Auch wenn er die Poesie liebte, war Maecenas ein nüchterner und vorsichtiger Mensch, das hatte Alexios herausgebracht. Seinen Palast auf dem Esquilin*, zu dem ein riesiger Park gehörte, ließ er ständig scharf bewachen. Auch an der Mauer, die den Garten umgab, waren in regelmäßigen Abständen bewaffnete Sklaven postiert.

Wenn Marius die Mauer ungesehen überwinden wollte, musste die Postenkette durchbrochen werden. Der kleine Gladiator und Alexios würden also mitgehen und ihm Hilfestellung leisten.

»Wo Maecenas seine Schätze aufbewahrt, kann ich dir nicht genau sagen«, meinte der Alte. »Der Sklave, den ich ausgequetscht habe, war auch nach dem zweiten Krug Falerner ziemlich misstrauisch. Immerhin hat er mir verraten, dass sein Herr über ein Archiv verfügt, in das er sich oft zurückzieht und zu dem kaum jemand Zutritt hat. Ich denke, dort nachzusehen, wäre einen Versuch wert. Falls du da nichts findest – rechts vom Hausaltar stehen zwei kostbare Statuen von Venus und Apoll, drei Spannen hoch und aus purem Gold. Für die könntest du in Ostia einen ordentlichen Preis erzielen.«

Marius nickte. Die Statuetten würde er auf jeden Fall stehlen – und auch sonst alles, was er erwischen und tragen konnte. Diesmal sollte es sich wirklich lohnen!

Die Schlafenszeit für brave römische Bürger, die zu keinem Gastmahl geladen waren, war längst gekommen, als sich die drei Freunde auf den Weg zum Palast des Maecenas machten.

Während des Marsches gingen sie den Plan noch einmal in allen Einzelheiten durch. »Wenn wir eine Anzahl von Wächtern außer Gefecht gesetzt haben, werden wir dir über die Mauer helfen«, wiederholte Alexios schließlich zum zwanzigsten Mal. »Während des Gelages werden die Posten nicht ausgewechselt; du hast also von außen keine vorzeitige Entdeckung zu befürchten. Was dich allerdings im Haus erwartet, wissen wir nicht – und du bist völlig auf dich allein gestellt . . .«

Er blieb stehen und schüttelte zweifelnd den Kopf. »Das Ganze ist mir gar nicht recht. Wenn Augustus zu Gast ist, werden auch Prätorianer* in der Nähe sein, eisenharte Burschen, die erst zustechen und dann die Fragen stellen. Und du erkennst sie noch nicht einmal, weil es nach wie vor offiziell verpönt ist, dass sich Soldaten in der Stadt aufhalten. Sie werden gekleidet sein wie gewöhnliche Sklaven.«

Während er sprach, blickte der Alte alle Augenblicke wie ein äugender Raubvogel nach hinten. »Und außerdem, beim Pluto, ich habe so ein komisches Gefühl im Bauch . . . Der Mann da, habe ich den nicht vorhin schon gesehen?«

»Gerade eben ist er aufgetaucht«, beruhigte ihn Marius.

»Und siehst du? Jetzt biegt er schon ab. Ein harmloser Nachtbummler. Wer sollte von unserem Vorhaben wissen? Du siehst Gespenster, mein Lieber.«

»Mein Instinkt hat mich noch nie getrogen«, beharrte der Alte unruhig. »Wir sollten die Sache verschieben.«

»Nie und nimmer!«, widersprach Marius. »Lang genug hab ich darauf gewartet! Ich weiß gar nicht, was du hast. Habe ich nicht bisher alle an der Nase herumgeführt? Bin ich nicht immer davongekommen?«

Der kleine Gladiator sprang ihm bei. »Halt dich an deine eigenen Regeln, Alexios! Was man angefangen hat, soll man auch beenden. Und ich fühl mich so in Form, ich könnte eine ganze Legion umlegen!«

»Glaub ich, glaub ich«, murmelte der Alte. »Du müsstest sie nicht mal anrühren, es würde reichen, wenn du sie an dir riechen lässt.«

»Ich bin seit zwei Tagen nicht ins Bad gekommen«, verteidigte sich Marcellus. »Und vorher habe ich mit diesem Weichling da trainiert, damit ich ihn halbwegs in Form bringe. Da kann ich nicht auch noch duften wie ein Veilchen.«

Er war ausnahmsweise nicht beleidigt, weil er hoffte, Alexios von seinen düsteren Vorahnungen ablenken zu können.

Aber der Alte blieb unruhig, schaute pausenlos nach hinten und horchte in die Dunkelheit, während sie ihren Weg fortsetzten.

Endlich sahen sie Maecenas' zweistöckigen Palast vor sich aufragen. Sie schlugen einen Bogen und näherten sich dem prächtigen Anwesen von der Rückseite her. Während an der Frontseite Fackeln und Laternen brannten, war es an der Gartenseite stockdunkel. Die Umrisse der Posten, die in regelmäßigen Abständen an der Mauer lehnten, ahnte man mehr, als dass man sie sah; hin und wieder hörte man ein halblautes Räuspern oder ein Gähnen.

Alexios blendete sein winziges Laternchen ein wenig auf und schritt zwischen zwei Wachen auf die Mauer zu, dorthin, wo eine Pinie ihre Krone breitete.

Er bückte sich und machte sich hustend und vor sich hin murmelnd dort zu schaffen.

Es dauerte nicht lang und einer der Männer verließ seinen Posten und schlenderte auf ihn zu.

»He, du da! Was hast du da zu suchen?«

Der Alte richtete sich auf. »Um es kurz und einfach zu sagen: Ich sammle Kastanien.«

»Unter einer Pinie?«

»Wo sonst? Hier gibt es ja keine anderen Bäume . . .«

Das Wort »Bäume« vernahm der Wächter schon nicht mehr, denn ein eiserner Griff des kleinen Gladiators hatte ihm das Bewusstsein geraubt.

Nicht anders war es seinem Kollegen gegangen, der seine Aufmerksamkeit auf die Szene unter der Pinie gerichtet und deshalb Marius nicht hatte heranschleichen hören.

Der nächste Posten, grimmiger Blick, gezogenes Schwert.

»Was machst du denn da?«

»Ich sammle Pilze.«

»Um diese Zeit?«

»Morgens ist es mir zu kalt . . .« – schon war der Mann überrumpelt und gleich darauf gefesselt und geknebelt und in ein Dickicht von wildem Lorbeer geschleift, wo schon seine beiden Kollegen lagen.

»Das dürfte genügen«, meinte Alexios. »Sollte im Haus etwas schiefgehen, hast du immer den Fluchtweg über diese

Seite frei. Wir bleiben hier stehen – sollte jemand wider Erwarten einen Kontrollgang machen, wird er uns für die Wächter halten . . .«

»Wenn er uns aus der Nähe anschauen will, hat er Pech gehabt«, fügte der kleine Gladiator hinzu und spuckte sich grinsend in die Hände.

Ohne Federlesens hob er Marius auf die Arme und stemmte ihn dann, mühelos, als ob er ein kleines Kind wäre, über den Kopf, sodass er sich an der Mauerkrone hochziehen konnte.

»Die Götter mögen dich beschützen«, raunte der Alte.

Marius winkte zum Abschied und ließ sich an der Innenseite der Mauer hinab.

Geduckt schlich er ein Stück in den Garten hinein – und warf sich lautlos zu Boden. Da war jemand! Keine zehn Schritt vor ihm stand eine ganze Gruppe von Männern regungslos in der Dunkelheit! Wächter im Garten? So viele? Warum das?

Angespannt lauschte er in die Dunkelheit. Seltsam, nichts war zu hören, kein Wort, kein Schnaufer, nicht einmal verhaltenes Atmen, nur das süße, inbrünstige Flöten und Tirilieren einer Nachtigall.

Marius tastete nach einem Kiesel und warf ihn, so weit er es im Liegen vermochte, zur Seite. Deutlich hörte er den dumpfen Aufschlag. Doch keiner der Männer rührte sich.

Vorsichtig erhob er sich auf alle viere und schob sich näher an die Gruppe heran.

Dann lachte er halblaut, murmelte ein verhaltenes »du hirnloser Bauer« und ging aufrecht an den vermeintlichen Männern vorbei, die doch nur kunstvoll zu grünenden Statuen beschnittene Buchsbäume waren.

Bald war er keine fünfzig Schritte mehr von der Gartenseite des Hauses entfernt. Sie war hell erleuchtet. Wahrscheinlich hatten die Gäste des heutigen Abends bereits einen Spaziergang hinter sich; es war aber jederzeit möglich, dass sich der eine oder andere zu einem weiteren entschloss. Ab jetzt hieß es also, aufs Äußerste auf der Hut zu sein.

Marius ließ sich auf den Bauch nieder und glitt wie eine Schlange vorwärts, fast unhörbar, kaum dass er selbst das leise Knistern des Rasens vernahm. Noch vierzig Schritte, noch dreißig, noch zwanzig, noch zehn.

Er kroch hinter einen dichten Lorbeer und hob den Kopf.

Die Flügel der beiden Doppeltüren waren weit geöffnet. Davor saß auf einem Rohrstuhl ein junger Sklave, rosig und fett, die braunen Haare zu einem kunstvollen Lockengebirge frisiert. Zu seinen Füßen stand eine Schale, aus der er immer wieder irgendeine Leckerei entnahm und in sein purpurgefärbtes Mündchen steckte. Dazwischen gähnte er ausgiebig.

Gleich darfst du schlafen, dachte Marius, griff sich eine Handvoll Erde und schleuderte sie in einen nahe gelegenen Busch.

Der junge Mann bediente sich noch einmal aus der Schale, stand dann gemächlich auf und blickte in die Richtung, aus der das prasselnde Geräusch gekommen war.

»Bist du es, Fulvius?«, flötete er und schwenkte tadelnd einen wohlgepflegten Zeigefinger. »Du sollst mich doch nicht so erschrecken, du Böser, du!«

Marius war schon hinter ihm, schickte ihn mit seinem üblichen Griff ins Reich der Träume und ließ ihn sanft zu Boden gleiten.

»Na-ein, es ist nicht Fulvius, mein Schätzchen«, säuselte er, während er den Jungen fesselte und ihm einen Knebel anlegte.

Dann schaute er in die Schale. Gefüllte Datteln lagen darin. Marius stopfte sich eine Handvoll in den Mund. Er schmeckte süßen Honig und das harzige Aroma von Pinienkernen. Bei den Göttern, was für ein reizender Mensch, dieser Maecenas, dachte er erbittert. Seine Sklaven füttert er mit solchen Köstlichkeiten, aber armen Bauern nimmt er ihr Land weg! Na warte, heute wird abgerechnet!

Er schleifte den Jungen hinter den Lorbeerstrauch und huschte, nachdem er sich versichert hatte, dass die Luft rein war, ins Haus.

Aus dem Speisezimmer scholl die Stimme eines Rezitators herüber. Sein Vortrag schien außerordentlich erheiternd zu sein, denn er wurde immer wieder von wahren Lachsalven unterbrochen.

Umso besser! Wahrscheinlich würden sich auch sämtliche Sklaven in der Nähe herumdrücken und zuhören. Niemand würde ihn stören.

Er schlich in den Teil des Hauses, in dem sich, nach Alexios' Recherchen, das Archiv befinden sollte. Er fand es ohne Schwierigkeiten. Der Geruch nach Tinte, Wachs und gewalztem Papyrus war unverkennbar.

In aller Ruhe entzündete Marius sein Laternchen und sah sich um. Wahrhaftig, Maecenas hatte Schätze angesammelt, auch wenn sie nicht von der Art waren, die Marius zu stehlen gedachte.

In übermannshohen Regalen lagerten Buchrollen über Buchrollen. Die zu kopieren, würde unser Schreibbüro über Jahre hinaus mit Arbeit versorgen, dachte Marius und musste grinsen. Dann entdeckte er in einer Ecke des Raums drei große Truhen und nickte befriedigt. Hier würde er finden, was er suchte, und anschließend auf dem Rückweg noch die beiden Statuetten mitnehmen. Damit hätte Maecenas endlich für den Bauernhof des Marius Procilius Rufus einen angemessenen Preis bezahlt.

Er beugte sich über die erste der Truhen und untersuchte das Schloss.

In diesem Augenblick geschah es. So plötzlich, so unvermittelt, so überraschend, dass es ihn erst emporriss, ihm dann die Gedärme in jähem Schock zusammenpresste und ihn schließlich wie von Dämonenhand gebannt erstarren ließ.

»Ein Dieb! Ein Dieb ist im Haus!«, brüllte eine laute Stimme, in die sich wütend und aufgeregt andere mischten; jemand bellte Befehle, das ganze Haus war auf einmal von Lärm erfüllt.

Weg! Du musst weg hier! Verzweifelt versuchte Marius, das laute Pochen seines Herzschlags aus seinem Kopf zu vertreiben und einen klaren Gedanken zu fassen. Atme tief und ruhig und überlege!

Die Fenster waren zu klein, es gab keinen zweiten Ausgang. Er musste dort hinaus, woher er gekommen war, jeder Augenblick zählte!

Er schnellte zur Tür.

Aber es war zu spät.

Drei kräftige Sklaven, Fackeln in der einen und dicke Knüppel in der anderen Hand, versperrten ihm den Weg.

Der Dieb von Rom war gefangen!

# 10.
# Den Hals in der Schlinge

Alexios und Marcellus hörten das Geschrei, sahen aufgeregte Sklaven mit Lampen und Fackeln den Garten durchstreifen.

»Es ist etwas schiefgegangen«, stieß der Alte hervor, heiser vor Aufregung. »Ich hab es geahnt, nein, ich hab es gewusst!«

Unruhig stapfte er an der Mauer auf und ab. »Das war kein Nachtbummler vorhin«, murmelte er. »Ich Schwachkopf! Warum habe ich nicht . . .«

»Hör auf!« Marcellus packte ihn am Arm. »Wir müssen erst mal weg hier!«

Wortlos rannten sie davon, bis sie ein paar Hundert Schritte weiter hinter einem dichten Gestrüpp vorläufige Zuflucht fanden.

»Und?«, keuchte Marcellus. »Was machen wir jetzt?«

»Ich weiß es nicht, ich weiß es nicht!«, stieß der Alte hervor. »Und das ist es, was mich zur Raserei treibt! Unser Plan war stümperhaft. Wir sind einfach wie selbstverständlich davon ausgegangen, dass Marius durch den Garten flieht, wenn etwas danebengeht. Wir hätten mit ins Haus gehen sollen, um seinen Rückzug zu decken. Das alles ist meine

Schuld. Warum habe ich nachgegeben? Bei Pluto, wenn sie ihn erwischt haben, dann landet er innerhalb einer Woche in der Arena! Warum habe ich ihn nicht zurückgehalten? Ich habe doch das alles schon . . .« Seine Stimme versagte und er stampfte in hilflosem Zorn mit dem Fuß auf den Boden.

»Marius zurückhalten?« Der kleine Gladiator tippte sich an die Stirn. »Eher hältst du einen Elefantenbullen auf als diesen jähzornigen Dickschädel.«

»Trotzdem, ich hätte es wenigstens versuchen müssen. Die Götter wissen es, genau der gleiche Übermut, der gleiche jugendliche Leichtsinn, die gleiche verdammte Selbstgewissheit, die noch nicht durch die Erfahrungen des Lebens Demut gelernt hat, die waren es, die auch mich damals zur Strecke gebracht haben. Und was hat mich das gekostet . . .«

Er starrte eine Weile in die Nacht, dann straffte er sich. »Jammern hilft nichts. Wir müssen etwas unternehmen.«

»Das find ich auch!« Die Stimme des kleinen Gladiators klang hoffnungsfroh. »Wenn ich, mit einem anständigen Knüppel bewaffnet, ins Speisezimmer stürme, verstehst du, das Überraschungsmoment nutze, dann könnte ich ihn heraushauen, vielleicht auch eine Geisel nehmen . . .«

»Kommt nicht infrage!« Alexios schüttelte energisch den Kopf. »Nicht einmal du kannst eine ganze Horde von Sklaven abwehren. Außerdem wissen wir nicht, wohin sie ihn gebracht haben . . . genau genommen wissen wir noch nicht einmal sicher, ob sie ihn überhaupt geschnappt haben . . . Und genau das werde ich jetzt als Nächstes herausfinden. Halt dich im Hintergrund, je weniger man von uns sieht, umso besser.«

Ohne darauf zu achten, ob Marcellus ihm folgte, schritt er eilig an der Mauer entlang, bis er auf die Straße stieß, die zum Palast führte. Als er in die Nähe des hell erleuchteten Eingangs gelangte, ging eine seltsame Verwandlung mit ihm vor.

Er schien plötzlich kleiner zu werden, seine Brust sank zusammen, sein Kopf, ruckelnd, als ob er nicht mehr genügend Halt fände auf dem dürren Hals, sank zwischen die Schulterblätter. Auf schwerfälligen, von der Last eines langen Lebens gebogenen Beinen schlurfte er auf die Sklaven zu, die vor der Tür standen und aufgeregt miteinander tuschelten.

»Entschuldigt, meine Lieben!« Seine Stimme, aus der jeder griechische Akzent verschwunden war, zitterte, altersschwach und ein wenig trunken, und ihr Tonfall hatte genau die Mischung von Kumpanei und Herablassung, die man von einem römischen Plebejer erwarten durfte, der sich mit Sklaven unterhielt. »Die Taverne einer gewissen Sabina soll hier in der Nähe sein, wo es den Falerner schon für drei Asse die Maß gibt. Könnt ihr mir sagen, wie ich da hinkomme?«

»Sabina?«, antwortete einer der Männer. »Ich kannte mal eine Sabina. Bei der hätte ich allerdings keinen Falerner gebraucht, wenn du weißt, was ich meine.« Er schnalzte vielsagend mit der Zunge und fragte dann: »Wisst ihr, wo das ist?« Die anderen schüttelten die Köpfe. »Hier ist weit und breit keine Taverne, alter Mann. Hügelabwärts vielleicht, auf die Via Sacra zu.«

»Oh weh, so viel Mühe für einen Becher guten Wein zu einem anständigen Preis«, nuschelte Alexios. »Und hier fließt er wahrscheinlich in Strömen, ganz umsonst, wie?«

»Schon«, gab der Mann zurück. »Aber nur, wenn du elegante Verse drechseln kannst. Unser Herr ist hochherzig bei jungen Dichtern, nicht bei alten Säufern.«

»Dichter? So sind Dichter bei ihm zu Gast?«

»Oh ja, und zwar nur die allerbesten«, prahlte der Mann. »Und der berühmteste von allen, der kommt fast jeden Tag. Vielleicht hast sogar du schon von ihm gehört, Alter: Publius Vergilius Maro nämlich.« Seine Stimme bekam einen abschätzigen Klang. »Also, wenn ich ehrlich bin, mein Geschmack ist er nicht. Zu trocken, wenn du verstehst, was ich meine.«

Den letzten Satz schien der Alte nicht gehört zu haben. »Vergil? Ist das wahr? Der große Vergil?« Vor lauter Ehrfurcht zitterte seine Stimme noch mehr.

»Wenn ich es dir doch sage! Kaum ein Tag, an dem er nicht da ist und etwas aus seinem neuesten Werk zum Besten gibt.«

»Und da seid ihr nicht drinnen, um an den Lippen dieses begnadeten Dichters zu hängen?«

Die Sklaven lachten. »Heute liest er nicht mehr«, sagte der, der vor Zeiten eine gewisse Sabina gekannt hatte. »Heute ist etwas Aufregendes passiert . . .«

»Was kann denn so aufregend sein, dass es den göttlichen Vergil am Vortrag hindert?«, erkundigte sich Alexios harmlos.

»Wir haben heute Abend einen Räuber gefasst«, erklärte der Sklave stolz.

»Ent-entsetzlich«, stammelte der Alte und wurde blass. »Wie kann ein Mensch so tief sinken, in ein Haus einzubrechen, in dem Vergil liest! Oh Zeiten, oh Sitten! Wie habt ihr ihn denn gefasst, den Schurken?«

»So ganz verstehen wir es auch nicht. Plötzlich stand jemand vor dem Haus, gleich hier bei der Tür, und brüllte: ›Ein Dieb ist im Haus, ein Dieb ist im Haus!‹ Der Herr hat schnell reagiert und Trupps in alle Zimmer geschickt. Und tatsächlich, im Archiv haben sie den Kerl gestellt. Doch als Maecenas den Mann, der uns alarmiert hatte, rufen lassen wollte, um ihn zu belohnen, war er spurlos verschwunden.«

»Und der Verbrecher?«, erkundigte sich der Alte mit brüchiger Stimme, »ihr habt ihn gewiss gleich erschlagen!«

Der Mann kicherte. »Nein, nein, noch geht es ihm gut. Noch. Bis ihm ein Löwe die Brust aufreißt oder ein schwarzer Panther die Hirnschale aufknackt . . .«

Den Alten schauderte und das war nicht einmal gespielt. Er hob die Hand, murmelte einen knappen Gruß und schlurfte davon.

Als er wieder auf den wartenden Marcellus traf, sagte er: »Sie haben ihn tatsächlich. Jemand hat ihn hereingelegt und es ist auch klar, wer: der Schweinehund, mit dem er neulich gekämpft hat. Der muss ihm seitdem auf den Fersen geblieben sein. Bestimmt war er es auch, den ich vorhin gesehen habe.«

Er berichtete, was er erfahren hatte, und schloss: »Bisher haben sie ihm anscheinend nichts getan. Wir haben also noch eine Chance.«

»Dann lass uns versuchen ihn zu befreien«, drängte der kleine Gladiator. »Jetzt. Sofort.«

»Auf keinen Fall. Wir müssen das genauestens planen und dürfen kein Risiko eingehen. Denn wenn wir versagen, ist Marius verloren. Geh du jetzt nach Haus . . .« Er unterbrach sich. »Halt, nein! Was bin ich doch für ein Dummkopf! Der Dreckskerl, der heute Alarm gegeben hat, muss Marius damals verfolgt haben. Das heißt, er kennt auch unsere Wohnung! Geh auf keinen Fall dorthin! Am besten . . .«, er überlegte, »am besten, du gehst in unsere Stammkneipe. Klopf den Wirt heraus und lass dir im Hinterzimmer eine Matratze aufschlagen. Rühr dich nicht von dort weg, lass dich auch nicht im Schankraum sehen! Ich werde hier noch ein wenig herumschnüffeln und sehen, was ich in Erfahrung bringen kann. Ich komme nach.«

Marcellus wollte etwas einwenden, aber Alexios ließ ihn nicht zu Wort kommen. »Tu, was ich dir sage. Wir brauchen beides, meinen griechischen Verstand und deine massilischen Fäuste. Aber erst den Verstand!«

Als der kleine Gladiator in der Dunkelheit verschwunden war, hockte sich der Alte auf die Stufen eines kleinen Tempelchens, den hageren Körper fast gänzlich hinter einer Säule verborgen. Von hier aus konnte er den Eingang zum Haus des Maecenas im Auge behalten.

In ihm begann ein Plan zu reifen. Aber um ihn verwirklichen zu können, musste er warten, geduldig warten.

Die Wächter drängten Marius in eine Ecke, rissen ihn trotz seiner verzweifelten Gegenwehr nieder, fesselten ihm die Hände auf dem Rücken und zerrten ihn im Triumph ins Speisezimmer.

Es war nur eine kleine Gesellschaft, die ihm mit mäßigem Interesse entgegenblickte. Zwei Speisesofas waren nur mit je zwei Gästen besetzt, auf dem dritten lag gar nur einer.

Marius wurde an die freie Seite der Tafel geführt, sodass ihn die Männer betrachten konnten, ohne ihre bequeme Lage aufgeben zu müssen.

Ein riesiger Sklave trat neben ihn und legte ihm eine aus

Leder geflochtene und mit Kupferdraht durchwirkte Schlinge um den Hals. »Mach einen Muckser«, knurrte er, »und ich erwürge dich!«

Marius würdigte ihn keiner Antwort. Sein ganzer Körper schmerzte von den zahllosen Schlägen; von den Fackeln herabgetropftes heißes Pech hatte auf seiner Haut rote Flecken hinterlassen, die wie Feuer brannten. Er war nass vom Schweiß des Kampfes, und jetzt, wo der Schock über die Niederlage und die Angst vor ihren Folgen ihn fast zu überwältigen drohten, begann er zu frieren.

Doch er beherrschte sich mit aller Kraft, die ihm geblieben war, und verbiss sich jede Regung, die seine Schwäche gezeigt hätte.

Er war im Haus des Mannes, der seiner Familie alles genommen hatte und dem er heute abermals unterlegen war. Der Gedanke daran half ihm nicht nur, seine Furcht zu überwinden und seine Schmerzen zu vergessen, sondern ließ den Zorn in ihm emporlodern, als wäre die Vertreibung gestern gewesen.

Unter halb geschlossenen Lidern musterte er verstohlen die Gäste, die um die Tafel herum gruppiert lagen, vor sich Becher und die Reste eines ausgiebigen Mahls. Der Dicke, Breitschultrige mit den forschenden grauen Augen, der auf dem Sofa links von ihm lagerte, das Doppelkinn in die Hand gestützt, das musste Maecenas sein, denn er war es, der den Sklaven Befehle erteilte.

Neben ihm lag ein groß gewachsener Mann mit dunkler Haut und groben Zügen. Sein schwarzes Haar hing ihm in wirren, fettigen Locken ins Gesicht, seine Toga war zerschlissen und fleckig. In beiden Händen hielt er eine Buchrolle, die er an die Brust presste wie eine Amme ihren Säugling. Auf dem Sofa gegenüber befanden sich zwei Männer, beide etwa so alt wie sein Vater. Im Blick des einen war nichts als Ärger und Verachtung zu lesen, während der andere ihn mit einer Art neugierigem Spott, aber, wie ihm schien, nicht ohne Wohlwollen betrachtete.

Der letzte der Gäste schließlich hatte ein Speisesofa ganz für sich allein. Hinter ihm standen zwei hoch gewachsene, kräftige Männer, die die Rechte in den Falten ihres Umhangs verborgen hatten und jede Bewegung Marius' mit argwöhnischen Augen beobachteten. Dieser Gast nahm als Einziger zunächst überhaupt keine Notiz von Marius. Ihn schien vielmehr eine Faser in seinen Zähnen zu beschäftigen, die er mit Zeigefinger und Daumen zu entfernen trachtete, bis er einem Sklaven winkte, der ihm ein zugespitztes Hölzchen reichte. Das brachte endlich den gewünschten Erfolg. Der Mann trank einen kräftigen Schluck Wein und richtete seine Augen auf den Gefangenen.

Marius erschrak. Selten hatte er einen so kalten Blick gesehen, einen genauen, scharfen Blick, aber ohne jede Regung. Genau so, dachte Marius, würde der Mann einen zum Tod Verurteilten ansehen, eine tobende Menschenmenge oder einen vom Biss eines Löwen zermalmten Schädel.

Der Mann hatte sorgsam ondulierte dunkle Haare, die seinen Kopf gleichmäßig wie eine Haube umgaben und seine kleinen, abstehenden Ohren freiließen. Seine Gesichtszüge waren gleichmäßig und trotzdem keineswegs anziehend; mochten die gerade Nase, die grauen Augen und der fein geschnittene Mund auch in harmonischem Verhältnis zueinander stehen, so war doch seine Miene verkniffen und gab ihm, zusammen mit der Ausdruckslosigkeit seines

Blicks, das Aussehen eines Menschen, der nur schwer berechenbar war.

Marius schluckte seine Furcht hinunter und zwang sich, ihn anzusehen, zornig und trotzig, doch der andere hielt ihm mit solchem Gleichmut stand, dass er es war, der schließlich die Lider senkte.

Einer der Sklaven trat vor. »Hier, Herr«, sagte er zu dem, den Marius für Maecenas hielt, »das haben wir bei ihm gefunden.«

Er legte Seile, Fanghaken, Werkzeuge und Schlüssel auf den Tisch, dazu Marius' Caestus und seinen zweischneidigen Dolch.

»Ein Bursche von Voraussicht«, grunzte Maecenas mit flüchtigem Lächeln. »Er ist für alles gerüstet!«

»Mag sein, von Voraussicht«, sagte der, der rechts von Marius lagerte und ihn nach wie vor mit spöttischer Freundlichkeit betrachtete, »aber nicht von Verstand. Sonst wüsste er, dass er sein Leben verwirkt, wenn er sich innerhalb der Innenstadt mit Waffen erwischen lässt.«

Maecenas' Lächeln wurde breiter. »Womit du sagen willst, Quintus Horatius, dass du selbstverständlich stets waffenlos durch Rom spazierst, selbst in der Nacht und selbst in der verrufensten Gasse. Doch ich befürchte, unser ungebetener Gast hier hat nicht nur aus diesem Grund sein Leben verwirkt.«

Er wandte sich Marius zu. »Willst du ableugnen, dass du hier eingedrungen bist, mit dem Ziel, mich zu berauben?«

Marius schwieg, die Augen zu schmalen Schlitzen verengt, die Lippen zusammengekniffen.

»Ach?« Maecenas' Stimme wurde beißend. »Hat dir die Angst die Sprache verschlagen? Soll ich dir einen Nachttopf bringen lassen, falls dein zitternder Körper die Herrschaft über sich verliert?«

»Nimm ihn nur selber, deinen Pisspott«, erwiderte Marius böse. »Damit du den Wein wieder von dir geben kannst, den du mit dem Geld anderer Leute bezahlt hast. Ja, ich bin hier eingedrungen, aber nicht, um dich zu berauben, sondern um mir das zurückzuholen, was du mir und anderen gestohlen hast. Und ich bin stolz darauf!«

»Bravo, bravo«, sagte der, den Maecenas Quintus Horatius genannt hatte. »Ein kleiner Gracchus[*] !«

»Ich weiß nicht, was du meinst«, erwiderte Marius abweisend und wunderte sich, dass die Männer in schallendes Gelächter ausbrachen; sogar der Unbewegte ließ sich zu einem schmallippigen Lächeln herab.

»Er bringt die Reichen um ihren Besitz und weiß nicht, wer die Gracchen waren!« Quintus Horatius schüttelte mit gespielter Enttäuschung den Kopf. »Jetzt hatte ich gehofft, du hättest einen Menschen gefangen, der aus Gründen der Moral und in der Tradition der ehrwürdigen gracchischen Reformbewegung stiehlt, dabei ist er ein ganz gewöhnlicher Dieb.«

»Ein ganz gewöhnlicher? Das wohl doch nicht«, meinte Maecenas plötzlich und fragte gespannt: »Sag, Bursche, wenn du kein Feigling bist, bist du der, der seit Monaten Rom unsicher macht? Der überall sein Zeichen MFR hinterlässt?«

Marius antwortete wieder nicht und der Sklave ruckte am Seil, um seinen vermeintlichen Widerstand zu brechen. Doch er wollte gar nicht schweigen, sondern nur ein wenig Zeit gewinnen, um sich zu sammeln und diesen Männern kein Zeichen von Schwäche zu bieten.

»Ob das Zeichen immer von mir ist«, gab er schließlich mit aller Festigkeit, die er aufbrachte, zurück, »weiß ich nicht. Vielleicht haben mich andere nachgeahmt. Aber eigentlich ist es mein Zeichen.«

»Und, was bedeutet es?«, erkundigte sich Horatius gespannt.

»Marius fur Romae: Marius, der Dieb von Rom«, antwortete Marius und er empfand trotz aller Furcht ein wenig Stolz.

»Ach, nein! Du enttäuschst mich. Ich hatte etwas Dramatischeres erwartet. Etwas wie ›Me furor rapuit‹, mich hat der Liebeswahnsinn getrieben, oder so.« Er blinzelte ihm vertraulich zu. »Warum hättest du sonst wohl in einem ganz bestimmten Fall dein Zeichen an so pikantem Ort hinterlassen sollen?«

»Wieso? Wie meinst du das?« Der Unbewegte hob die Brauen mit einem Anflug von Interesse.

Horatius lächelte. »Du kennst die Geschichte noch gar nicht? Nun, er hat dem Haus des Antonius Terentius Varro Murena einen Besuch abgestattet, des Schwagers unseres verehrten Gastgebers. Dabei ist ihm dessen Frau, unsere ebenso schöne wie reizende und sanftmütige Claudia, in die Quere gekommen.«

Er machte eine kleine Pause, um die Wirkung seiner Worte zu erhöhen. »Nun, um es kurz zu machen: Er hat ihr sein Zeichen auf den nackten Hintern gemalt.«

Sein Nachbar auf dem Sofa und Maecenas wieherten vor Vergnügen; sogar der Mann mit dem kalten Blick lachte und erkundigte sich: »Das hat er tatsächlich gemacht?«

»Wenn ich es dir doch sage, erhabener Caesar!«

Marius zuckte zusammen. Das war also der Mann, den alle ehrfurchtsvoll Augustus nannten, der Lenker des Staates, der allmächtige Erste Bürger.

Marius kannte ihn so gut oder schlecht wie die meisten einfachen Bürger Roms. Auf dem Forum, in den Kneipen, im Bad war er Gesprächsthema Nummer eins, er und seine kluge Frau Livia, seine Liebschaften, seine Intrigen, seine angeblichen Pläne für die Zukunft Roms.

Er galt als unberechenbar. Offenherzigkeit und Liebenswürdigkeit wurden ihm ebenso nachgesagt wie Hinterlist und Grausamkeit. Vor allem aber hieß es, er würde in allem nur seinen Vorteil suchen und aus jeder Situation für sich das Beste herausschlagen. Äußerst gereizt sollte er reagieren, wenn es ihm jemand an der nötigen Ehrerbietung fehlen ließ.

Marius fühlte, wie ihm der kalte Schweiß in den Nacken rann. Er war unter den Augen dieses mächtigen Mannes in das Haus seines Freundes eingedrungen – er hatte keine Gnade zu erwarten.

Es war, als ob Maecenas Marius' Gedanken erraten hätte. »Was machen wir jetzt mit dem Kerl?«, fragte er.

»Wir könnten ihn Claudia überlassen«, schlug Horatius vor. »Aber nein, das wäre gar zu arg. Sie würde ihn wahrscheinlich stückchenweise rösten und an ihr Schoßhündchen verfüttern.«

Der Caesar wandte sich an den Gast mit den fettigen schwarzen Haaren, der nach wie vor die Buchrolle an sich gepresst hielt. Seine Stimme klang auf einmal herzlich, hatte einen Unterton ehrfürchtiger Bewunderung.

»Was meinst du, Publius Vergilius? Du bist es, der vor allem belästigt worden ist, dich hat man beim Vortrag deiner großartigen Dichtung unterbrochen.«

Der Angesprochene starrte den Gefangenen mürrisch an. »Er ist ein Taugenichts ohne Moral und Ehre«, sagte er feindselig. »Mach mit ihm, was du willst, Maecenas, nur schaff ihn mir aus den Augen.«

Die Wärme aus der Stimme des Ersten Bürgers war so schnell gewichen, wie sie gekommen war. »Du hast es gehört, Maecenas«, sagte er kalt. »Dein Sklave da soll ihn nach draußen bringen und erwürgen. Die Leiche könnt ihr morgen verbrennen lassen.«

Jetzt, da das Urteil gesprochen war, hatte Marius plötzlich keine Furcht mehr. Fast hätte er gelächelt, als er die Bestürzung in den Augen des Horatius sah. Noch war er nicht tot. Er würde kämpfen bis zum Schluss. Draußen . . . da würde sich schon noch eine Chance ergeben . . . schneller als diese fette, verweichlichte Sklavenbrut war er allemal . . .

Die Stimme Maecenas' riss ihn aus seinen Gedanken. »Wenn du erlaubst, erhabener Caesar, würde ich ihn gern behalten. Ich habe so das Gefühl, als ob er mir oder dir, Augustus, mit seinen besonderen Fähigkeiten noch nützlich sein könnte . . .«

Er blickte den Ersten Bürger vielsagend an; der nickte gleichgültig. »Wenn du meinst, mein Freund.«

Maecenas wandte sich direkt an Marius. »So, Bürschchen, deinen Hals habe ich vorerst gerettet. Dafür wirst du mir zu Diensten sein, verstanden?«

Marius stand vor ihm, müde, verschmutzt, mit schmerzenden Gliedern, durstig und verzweifelt über das eigene Versagen.

Er wollte ergeben nicken, wie es ihm die Vernunft – und er vermeinte, Alexios' Stimme in seinem Inneren zu hören –

gebot, aber er brachte es einfach nicht fertig. Jäh schwappte eine Welle heißen Zorns in ihm empor, und ehe er wusste, was er tat, hatte er schon geschrien: »Eher will ich auf der Stelle tot umfallen, bevor ich dir diene, du Wucherer! Nie wäre ich hierher gekommen, wenn du nicht meine Familie ins Elend gebracht hättest! Damit du deine ungewaschenen Dichterlinge und deine Konkubinen mästen kannst, hast du uns und anderen alles genommen. Ich verabscheue und hasse dich!«

Maecenas würdigte ihn keiner Antwort. »Bring ihn zum Abkühlen – du weißt schon, wohin«, befahl er dem Sklaven. »Da hat er Zeit, darüber nachzudenken, was er vorzieht: das Kreuz, die Arena oder – Gehorsam!«

Der Sklave zog die Schlinge so eng, dass Marius kaum Luft bekam, packte mit der anderen Hand seine Schulter und schob ihn hinaus.

Draußen pfiff er zwei weitere Männer herbei. Zu dritt brachten sie den Gefangenen in eine entlegene Ecke des Gartens. Eine Falltür wurde angehoben, Marius' Beine wurden zusammengeschnürt, dann stießen sie ihn grob in die Öffnung. Er fiel ein paar Stufen hinunter und landete mit schmerzhaftem Aufprall auf dem harten Boden.

Mit dröhnendem Knall schlug über ihm die Falltür zu. Er hörte noch das Lachen der sich entfernenden Männer, dann war es still und er lag hilflos in Dunkelheit und eisiger Kälte.

# 11.
# Im Eiskeller des Maecenas

Lange, lange musste Alexios auf den Stufen des kleinen Tempels warten. Immer noch besaß er die Fähigkeit, die er sich als junger Mann erworben hatte, damals, als er in die Paläste von Alexandria eingestiegen und die Reichtümer und die Geheimnisse der Mächtigen gestohlen hatte: Über Stunden hinweg konnte er reglos sitzen bleiben, spürte nicht die lästigen Mücken, die ihn umschwirrten, nicht den Schmerz, den ihm das lange Sitzen auf dem harten Stein bereitete. Er wurde eins mit seiner Umgebung, saß gerade und starr wie die Säule neben ihm, atmete im Rhythmus des lauen Windes, der über ihn hinwegstrich.

Nur wenige Male kroch die Müdigkeit in seinem alten Körper hoch, drängte ihn, sich auf den Stufen, die noch warm von der Hitze des Tages waren, auszustrecken und zu schlafen. Dann dachte er an den Jungen, der ihm so lieb wie ein Sohn war und nun in höchster Gefahr schwebte, und die Schläfrigkeit verflog.

Der Junge führte ein Leben, wie er es einst selbst geführt hatte, voller Abenteuer und Risiken, und jetzt musste er den Preis dafür zahlen, wie er selbst einst den Preis dafür hatte zahlen müssen. Und er, Alexios, war schuld daran, denn er hatte zugelassen, dass der Junge diesen gefährlichen Weg beschritten hatte, und ihn dabei unterstützt.

Er dachte zurück an die Minen, an die unterirdischen Stollen voller Staub, an die Wochen, in denen er kein Tageslicht gesehen hatte, an die Peitschen der Aufseher, an die blutigen Kämpfe um einen Becher Wasser oder eine Schale Puls.

Nein, das würde Marius nicht erleben müssen, nicht, solange sein Freund, der einst der geschickteste Dieb von Alexandria gewesen war, noch einen Rest seiner alten Fähigkeiten bewahrt hatte.

Nach einigen Stunden wurde die Ausdauer des Alten belohnt: Die Haustür öffnete sich und einige bewaffnete Wächter traten heraus, gefolgt von Maecenas und seinen Gästen. Fackeln und Laternen wurden entzündet, in deren Licht Alexios sie alle erkennen konnte.

Ja, da war die hochgewachsene Gestalt mit den schmuddeligen wirren Locken, der Dichter Vergil, der Kleinere, Schmale neben ihm war Quintus Horatius Flaccus, auch einer der Poeten, die von der Großzügigkeit des Maecenas profitierten. Der Dritte war ihm unbekannt; der breite Purpurstreifen an seiner Toga wies ihn als Beamten aus. Der Vierte aber – dem Alten stockte der Atem, nein, ein Zweifel war nicht möglich, er kannte dieses regelmäßig geschnittene Gesicht, dem doch etwas Unstetes, Unberechenbares anhaftete: der Erste Bürger!

Davon hatte ihm der Sklave vorhin nichts gesagt, dass der Imperator Caesar Augustus an diesem Abend zu den Gästen des Maecenas gezählt hatte.

Fieberhaft überlegte der Alte, was das für Konsequenzen haben könnte. Man wusste, zu welcher Grausamkeit der

Princeps fähig war, wenn er einen Widersacher entdeckt zu haben glaubte.

Freilich war Marius kein Verschwörer oder Spion, aber würde man ihn vielleicht dafür halten? Und hatte er nicht den Kunstgenuss des Erhabenen unterbrochen, den Vortrag des Werks, von dem er, wie man hörte, völlig hingerissen war?

Der Alte musste seinen ganzen Willen aufbieten, um das Zittern seiner Glieder zu unterdrücken. Nein, nein, sei ruhig, sie haben ihn bisher weder hinausgeführt noch hinausgetragen, er lebt und ist noch gefangen im Haus des Maecenas . . . es hat keinen Zweck zu grübeln, tu das, was du dir vorgenommen hast!

Alexios atmete tief ein und richtete seinen Blick auf Vergil, der soeben von seinem Gastgeber umarmt wurde. Er trug nichts in den Händen, keine Schriftrolle! Fast wollte Alexios der Mut verlassen, doch der Gedanke an die Gefahr, in der sich sein Schützling befand, gab ihm neue Kraft. Bei den Göttern, dann würde er eben in die Höhle des Löwen gehen!

Die Männer verabschiedeten sich von Maecenas und schritten mit ihren Leibwächtern durch die Dunkelheit davon.

Der Alte überlegte. Sollte er in Ruhe erst einmal abwarten? Am nächsten Tag versuchen, mehr über Marius' Schicksal herauszufinden, und dann erst handeln?

Nein, jetzt musste es sein, jetzt war die Gelegenheit günstig, heute würden die Leute sorglos sein, denn der berüchtigte Dieb von Rom war ja gefangen.

Verstohlen lächelte der Alte. Wer würde schon auf den Gedanken kommen, dass dessen Lehrmeister vor dem Tor lauerte und einen dreisten Einbruch vorhatte, den zweiten in dieser Nacht . . .

Alexios schlich in weitem Bogen zurück hinter das Anwesen. Als er die Laternen in regelmäßigen Abständen an der Mauer schimmern sah, fluchte er lautlos vor sich hin. So sorglos war man im Haus des Maecenas nun doch wieder nicht – man hatte die Wachen erneuert! Er konnte nicht riskieren, eine von ihnen niederzuschlagen; gab der Mann auch nur einen Laut von sich, war alles verloren. Hätte er bloß Marcellus nicht fortgeschickt!

Der Alte ballte die Fäuste. Heute hatte sich alles gegen ihn verschworen! Langsam schlich er sich an die Mauer heran, genau in der Mitte zwischen zwei Wachen. Die letzten Doppelschritte kroch er auf allen vieren, tastete sich vorwärts, vermied jede hastige Bewegung, jedes Geräusch, bis seine Finger das raue Mauerwerk fühlten. Zoll für Zoll richtete er sich auf, eng an die Mauer gepresst, bis er auf Zehenspitzen stand. Reglos lauschte er dann in die Dunkelheit. Kein Warnruf ertönte, keine eiligen Schritte näherten sich. Niemand hatte ihn bisher bemerkt. Er schob die Arme nach oben, seine Finger reichten gerade über die Mauerkrone. Jetzt galt es! Alexios spannte die Muskeln an.

Im Geist war er wieder in Alexandria, hangelte sich in halsbrecherischer Höhe an regennassen Dachlatten entlang, zog sich auf fünffingerbreite Simse, vor keinem Hindernis zurückschreckend und jedes überwindend . . .

Er fand sich bewegungslos auf der Mauerkrone liegend und wusste selber nicht, wie er hinaufgekommen war. Seine Arme schmerzten fürchterlich, aber das schwerste Stück hatte er geschafft.

Jetzt hilf noch einmal, Hermes, du Gott der Diebe!

Langsam drehte sich der Alte auf dem schmalen Mauersims, bis seine Beine nach innen zeigten, und ließ sich dann in den Garten hinunter. Auf dem weichen Boden ruhte er aus, aber nur einen Augenblick. Er musste weiter, bald würde es dämmern!

Er verkroch sich hinter ein dichtes Gesträuch, schlug Feuer, bis seine Laterne brannte, und schirmte das Licht sorgsam ab. Sein Atem stockte, als er die reglosen Buchsbaumfiguren sah, dann grinste er und schlich gebeugt auf das Haus zu.

Er ahnte nicht, dass, kaum fünfzig Doppelschritte entfernt von ihm, sein Schützling frierend und gefesselt in seinem unterirdischen Gefängnis lag und dass es nur einiger Handgriffe bedurft hätte, ihn zu befreien.

So dankte er den Göttern und freute sich, dass unzählige Zikaden einen solchen Lärm machten, dass er seine Schritte nicht einmal besonders hätte dämpfen müssen. Wenn er einer zu nahe kam und sie verstummte, setzte dafür eine andere ein, der ganze Garten war erfüllt von dem lauten Schnarren und Zirpen.

Die Türen zum Garten, der Alte konnte sein Glück kaum fassen, standen weit offen. Er huschte ins Haus. Wo das Archiv lag, wusste er, jedenfalls ungefähr. Nachdem Vergil es nicht dabei gehabt hatte, würde das, was er suchte, bestimmt dorthin gebracht worden sein.

Anscheinend hatten die Götter beschlossen, dass es mit den Prüfungen, die Alexios für den heutigen Tag aufgebürdet worden waren, nun genug sei. Er fand den Archivraum, fand, was er suchte, und noch mehr dazu.

Den Arm voller Papyrusrollen, wollte er das Haus schon durch die Gartentüren verlassen, als ihn ein eisiger Schreck durchzuckte. Wie sollte er mit den Rollen die Mauer überwinden? Wie kontrollieren, ob die Wachen nicht ihren Standplatz gewechselt hatten? Wütend biss er die Zähne zusammen. Gegen die eigene Dummheit half nicht einmal die Gunst Fortunas!

Während er noch unschlüssig im Atrium stand, hörte er lautes Schnarchen. Das musste der Pförtner sein. Ein jäher Einfall durchzuckte ihn. Sollte er es riskieren? Er musste es riskieren! Er schlich dem rasselnden Grunzen und Röcheln entgegen und fand den Türhüter in seinem Sessel mehr liegend als sitzend und fest schlafend.

Mit unendlicher Vorsicht schob er den Riegel zurück, Stück für Stück, zog dann – Hermes, noch einmal bitte ich dich, lass sie nicht knarren und quietschen – die Tür einen schmalen Spalt auf und schob sich ins Freie. Keine Wachen standen in der Gasse, er hatte es geschafft!

Aufatmend machte er sich auf den Weg in die Taverne. Jetzt hatte er ein ordentliches Pfand für die Sicherheit seines Schützlings. Morgen würde er sehen, wie er es am besten nutzen konnte.

Die Kälte kroch Marius in die Glieder. In zahlreichen Beulen und Prellungen pochte der Schmerz, die Haut brannte, wo das flüssige Pech sie versengt hatte. Doch mehr als die Schmerzen lähmte ihn der Schock über die Gefangennahme. Lange Zeit blieb er bewegungslos auf dem harten Boden liegen und konnte kaum einen klaren Gedanken fassen.

»Ein Dieb! Ein Dieb ist im Haus!« Immer wieder gellte ihm der Schrei in den Ohren, immer wieder sah er die Sklaven vor sich, die ihm den Weg in die Freiheit versperrten.

Gefangen, gefangen, gefangen! Der Mann, den er mehr

hasste als jeden anderen, der ihm alles genommen hatte, dem er es hatte heimzahlen wollen, der hatte ihn gefangen. »Oh ihr Götter, was soll ich tun?« Marius stöhnte leise. Er musste sich demütigen vor diesem Mann, kriechen vor ihm, ihn anflehen. »Ja, ich tue alles, was du von mir verlangst!«

Nicht nur reich, auch mächtig war dieser Maecenas, ein Freund des Augustus, nur mit den Fingern musste er schnipsen und man würde ihn kreuzigen, von wilden Tieren zu Tode hetzen lassen oder in die Minen schicken.

Marius begann heftig zu zittern. Wenn nur die verfluchte Kälte nicht wäre – die Kälte und die Angst. Er zwang sich, an Nioba zu denken, stellte sich ihr schmales honigfarbenes Gesicht vor, die braunen Augen, deren eines einen winzigen schwarzen Fleck hatte.

Es half nichts, im Gegenteil, es verstärkte seine Angst noch. Er hatte ihr versprochen, sie aus den Klauen der Tyrannin zu befreien – und jetzt? Jetzt war er selbst hilflos und musste sie ihrem Schicksal überlassen.

Unruhig rutschte er hin und her.

Alexios und Marcellus fielen ihm ein. Wie er den Alten kannte, hatte der längst herausgefunden, was geschehen war, und die beiden würde alles tun, um ihn hier herauszuholen. Vielleicht war es das Beste, er bliebe einfach liegen, versuchte, etwas zu schlafen, und wartete ab . . .

Nein! Er war der Dieb von Rom und er war noch längst nicht geschlagen!

Er zog die Beine an und rollte sich auf die Seite. Seine Finger tasteten nach dem Seil, das seine Handgelenke auf dem Rücken umschlang. Es war grobfaserig und hart; nur mit Daumen und Zeigefinger konnte er den dicken Knoten erreichen, zu dem die Enden mehrfach verknüpft waren.

Marius war jetzt ganz ruhig. Er verbannte alles aus seinen Gedanken, was ihn ablenken konnte, konzentrierte sich ganz auf die Kraft in seinen Fingern.

Jetzt zahlten sich die vielen Übungen aus, zu denen Alexios ihn gezwungen hatte. »Sie machen nicht nur deine Finger geschmeidiger und stärker, sie bändigen auch dein hitziges Temperament und verschaffen dir Geduld, wenn du sie am nötigsten brauchst!«

Die Kuppen des Daumens und des Zeigefingers glitten über den Knoten, erforschten seine Festigkeit, die Zahl seiner Windungen, begannen, ihn zu pressen und zu kneten, unermüdlich, bis der Strick um eine Winzigkeit nachzugeben schien. Dann schoben, zogen und zerrten die starken Fingerglieder an den Schlaufen des Knotens. Die Haut wurde rissig und wund, Marius achtete nicht darauf.

Endlich ließ sich eine der Schlaufen verschieben, das eine Ende des Stricks hindurchziehen, das Schlimmste war geschafft. Wenig später hatte Marius die Hände frei. Das Abstreifen der Fußfesseln war eine Sache von wenigen Augenblicken.

Von neuer Zuversicht erfüllt, rieb er sich die steifen Gelenke, richtete sich auf und streckte sich ausgiebig. Jetzt das Gefängnis erkunden!

Das war freilich leichter gesagt als getan, denn es war so finster, dass er nicht einmal seine Füße sehen konnte. Vorsichtig ging er einen kleinen Teil des Raumes ab, die Arme weit vorgestreckt. Ein paar Fuß lang Steinquader, dahinter gestampfter Lehm. Er blieb stehen und atmete tief durch die Nase ein.

Ein eisiger Hauch war in der Luft, er kannte ihn von seltenen Tagen im Winter, wenn sich nach einer klaren Nacht glitzernder Reif über die Hügel gelegt hatte. Außerdem roch es nach Stroh und . . . er schnupperte noch einmal, nach Fisch und Geräuchertem.

Wenn das hier ein Vorratskeller war, gab es vielleicht irgendwo Feuerzeug und eine Lampe!

Er machte eine hastige Bewegung und lachte erleichtert. Mit der Hand hatte er seinen Gürtel gestreift und war an sein Laternchen gestoßen. Sie hatten ihm seine Waffen und den Rucksack genommen, die Laterne an seinem Gürtel hatten sie vergessen.

Er band sie los, holte das Öllämpchen darin heraus und schüttelte es sanft. Viel Öl war nicht mehr darin, das meiste war wohl ausgelaufen bei seinen zahlreichen Stürzen. Aber einen Versuch war es wert.

Marius tastete sich in den Raum hinein, bis er unter den Füßen Stroh fühlte. Davon klaubte er sich einige Hände voll auf und schichtete es zu einem Häufchen zusammen. Aus seiner Tunika riss er einen Streifen heraus und zerzupfte ihn zu einzelnen Fäden, die er vorsichtig mit Lampenöl tränkte und auf das Stroh legte. Dann holte er ein Stück Feuerstein und einen Kiesel aus dem Beutel an seinem Gürtel.

Er zählte nicht, wie oft er die Steine vergeblich aneinanderschlug. Er bezähmte auch seinen Drang, Kiesel und Feuerstein wutentbrannt in die Schwärze zu schleudern oder darauf herumzutrampeln. Er versuchte es immer und immer wieder, bis endlich ein Funken die Fäden zum Glimmen brachte. Bald danach hatte er ein winziges Feuerchen entfacht, an dem er die Lampe entzünden konnte.

Er stellte sie in die Laterne und ging seinen Kerker ab. Es war ein weitläufiges Gelass, vielleicht vierzig Fuß im Quadrat; er schätzte, dass es etwa zehn Fuß unter dem Erdboden lag. Die Wände bestanden aus gemauerten Ziegeln. Große Blöcke von Eis stapelten sich an ihnen; viele waren schon zusammengeschmolzen und lagen in Wasserpfützen, andere, dick in Stroh verpackt, hatten ihre ursprüngliche Quaderform noch bewahrt.

Auf halb hohen Regalen lagerten Schinken, Würste und Stockfisch, Töpfe mit Honig und Garum, Krüge mit Würzwein und dickem Most. Ungezählte Amphoren standen herum, nur lose abgedeckt oder mit Wachs versiegelt.

»Nicht schlecht«, murmelte Marius. Er hob einen Deckel ab und hielt seine Nase an den Rand des Gefäßes: Olivenöl. Als er die Versiegelung einer anderen aufgebrochen hatte, roch er den unverkennbaren Duft besten Weißweins.

Marius begann, seinen »Gastgeber« richtig zu schätzen. »Wenn du deine Feinde so gut verpflegst«, brummte er vergnügt vor sich hin, »wie dürfen dann deine Freunde erst tafeln!«

Er fand eine ganze Anzahl Öllampen, die er alle entzündete und an deren Flammen er sich wenigstens ein bisschen wärmen konnte.

Dann holte er sich ein paar würzige lukanische Würstchen und biss hungrig hinein. Sie waren hervorragend, ein bisschen viel Garum enthielten sie allerdings, das machte Durst.

Suchend blickte er sich um, bis er eine Amphore entdeckt hatte, deren Aufschrift besagte, dass der Inhalt über zehn Jahre alt war. Behutsam brach er die Versiegelung auf. Sieb und Schöpfkelle lagen griffbereit, so konnte er den Wein filtern und hatte auch gleich ein Trinkgefäß.

Er trank vorsichtig, denn Wasser zum Verdünnen gab es

nicht und er musste einen klaren Kopf behalten. Aber es fiel ihm schwer, denn etwas vergleichbar Köstliches hatte er noch nie getrunken.

Als er satt war und seinen Durst gestillt hatte, verhinderte nur noch das drängenden Bedürfnis, seine Blase zu leeren, einen Zustand des Wohlbefindens, von dem er vor ein paar Stunden noch nicht einmal zu träumen gewagt hätte.

Er wollte in eine Ecke des Raums gehen, blieb dann aber stehen und sagte leise vor sich hin: »Warte nur, Maecenas, ich will mich für deine Gastfreundschaft bedanken!«

Er füllte seine Kelle noch einmal mit Wein und nutzte dann die Amphore nicht mehr, um etwas heraus-, sondern um etwas hineinzugießen. Noch nicht einmal ein Jahr ist es her, dachte er, während er sich erleichterte, da hätte ich es mir verkniffen, um beim nächsten Gerber ein viertel As damit zu verdienen. Jetzt gebe ich es kostenlos her, um alten Falerner zu verfeinern. Bei den Göttern, ich habe wirklich Fortschritte gemacht!

Vielleicht war es der Wein, den er nach der nächtlichen Anspannung getrunken hatte – er fühlte sich auf einmal leicht und frei.

»Wohl bekomm's, mein teurer Freund«, sagte er, ließ seine Tunika fallen und steckte den kaum versehrten Verschluss wieder in die Öffnung des Gefäßes.

Anschließend lehnte er sich an ein Regal und dachte nach. Er musste hier heraus, aber wie? Er hob sein Laternchen und sah sich um, schritt dann den Keller ab, prüfte die Wände, schaute hinter die eingehüllten Eisblöcke – es gab keinen zweiten Ausgang, keine schwache Stelle im soliden Ziegelmauerwerk. Der einzige Weg hinaus führte durch die Falltür.

Wie Alexios es ihn gelehrt und wie es ihm in Fleisch und

Blut übergegangen war, hatte er alles in sich aufgenommen, was für ihn wichtig werden konnte.

So wusste er ziemlich genau, wie die Tür beschaffen war: Sie bestand aus mit zwei Querhölzern vernagelten Brettern, bestimmt fast zwei Zoll dick; mit einem schweren eisernen Ring an einer Seite. Ein zweiter Ring war in die gemauerte Umfassung eingelassen. Ein kräftiger Knüppel, durch beide Ringe geschoben, diente als Riegel.

Er stieg die Stufen hinauf und drückte mit beiden Schulterblättern fest gegen die Tür. Der Riegel hatte gerade so viel Spiel, dass ein haarfeiner Spalt entstand; an dem hereinfallenden Licht erkannte Marius, dass es inzwischen heller Tag geworden war.

Er ließ die Schultern wieder sinken. Es war unmöglich, die Tür aufzustemmen. Selbst wenn es hier etwas gäbe, das er als Rammbock benutzen könnte, würde der Lärm ihn verraten, bevor er sein Ziel erreicht hätte.

Suchend sah er sich um. Da fiel sein Blick auf das Weinsieb. Es war aus Bronze und hatte einen langen Griff, der nach oben breiter wurde und dessen oberes Ende mit einem Halbkreis abschloss.

Marius grinste. Was ihm jetzt durch den Kopf ging, hätte dem findigen Alexios einfallen können. Einen Versuch war es wert! Er spuckte auf einen der Steinquader und rieb den bronzenen Halbkreis auf dem Stein hin und her, hin und her, mit unermüdlicher Geduld.

Immer wieder lauschte er, ob sich jemand näherte, um die Falltür zu öffnen. Dann hätte er, sein Sieb als Waffe benutzend, versucht, sich den Weg mit Gewalt freizumachen – das Überraschungsmoment hätte er auf seiner Seite gehabt, denn jeder glaubte ihn hilflos und gefesselt.

Aber es kam niemand. Also schliff er den Bronzegriff, erst auf der einen, dann auf der anderen Seite, prüfte gelegentlich mit dem Daumen, schliff weiter und weiter, bis er zufrieden war.

Das halbkreisförmige Ende des Bronzegriffs war jetzt scharf wie eine Messerklinge.

Marius füllte seine Lampe neu und trank einen Schluck Wein. Dann schloss er die Augen und konzentrierte sich. Vor seinem inneren Auge sah er die obere Seite der Falltür, den Ring, starr auf eine Platte geschmiedet, die ungefähr einen halben Quadratfuß umfasste und mit eisernen Krampen im Holz befestigt war.

Prüfend schaute er dann nach oben, packte das Sieb mit beiden Händen und setzte den geschärften Griff an die Falltür. Vorsichtig begann er zu drehen, fasste nach, drehte erneut, erhöhte den Druck, drehte weiter. Ein paar Späne rieselten auf ihn herab.

Nach einer Weile setzte er ab und prüfte sein Werk. Ein winziges Stückchen hatte sich der geschärfte Halbkreis in das Holz hineingefressen. Erleichtert nickte er. Es würde lange dauern, aber es würde funktionieren.

Und so bohrte er weiter, Stunde um Stunde, ständig gefasst, dass sich Schritte näherten, dass man ihn holte, um ihn zu verhören, aber es kam niemand.

Blasen bildeten sich an seinen Händen und platzten auf, das Fleisch darunter brannte wie Feuer. Seine Schultern schmerzten, die Arme, ständig über dem Kopf, wurden schwer wie Blei, aber er bohrte weiter und hielt nur inne, um seine Handgelenke einen Augenblick zu massieren oder seine improvisierte Klinge nachzuschleifen.

Stunden vergingen, dann knackte es und er war durch.

Sorgenvoll leuchtete er nach oben und bemerkte erleichtert, dass er die richtige Stelle gewählt hatte. Der hölzerne Sperrriegel befand sich genau über dem Loch.

Er sah, dass es wieder dämmerig geworden war, und überlegte, ob sich damit die Wahrscheinlichkeit, dass man ihn holen würde, vergrößert oder verringert hätte. Vielleicht würden sie es, vergnügt dabei essend und trinkend, genießen, den vermeintlich gebrochenen Häftling, hilflos, halb erfroren und nass gepinkelt, vor sich zu sehen und sich an seinem Zustand weiden?

Dem Augustus würde er das zutrauen, aber den anderen nicht. Maecenas würde nicht wollen, dass ihm ein solcher Anblick den Appetit verschlüge, der Dichter Vergil schien zwar ein wenig verrückt zu sein, aber grausam war er sicher nicht, und der andere, Horatius, war überheblich, ein Spötter und Besserwisser, aber in seinen Augen hatte Marius echtes Mitgefühl entdeckt. Nein, sie würden ihn nicht zu ihrer Belustigung holen lassen, außer Augustus befahl es …

Marius grübelte nicht länger; er musste so schnell wie möglich aus dem Keller heraus, das war das Sicherste.

Er knabberte noch eine Wurst, trank den Rest Wein aus der Schöpfkelle und legte für kurze Zeit seine brennenden Hände auf einen der Eisblöcke.

Dann schob er seinen Bohrer durch das Loch an den Riegel und bohrte weiter. Es war noch schwieriger jetzt, weil der Riegel nach beiden Seiten Spiel hatte und verrutschte, wenn er die Klinge nicht genau mittig ansetzte. Doch nach einiger Zeit hatte er seinen Rhythmus gefunden und setzte nun gar nicht mehr ab, sondern drehte, die Zähne zusammengebissen, das Sieb, obwohl ihm das Blut die Finger hinunterlief.

Als der Bohrer den Riegel durchstieß, stöhnte er vor Erleichterung und ließ die Arme sinken. Aber noch hatte er es nicht geschafft.

Er lauschte – alles war still. Mühsam krabbelte er auf die oberste Stufe, atmete tief durch, krümmte sich zusammen und schnellte sich dann mit angespannten Muskeln rückwärts gegen die Falltür.

Ein kurzes, trockenes Krachen – der Riegel barst. Marius stemmte mit letzter Kraft die Tür auf, kroch ins Freie und taumelte hinter ein dichtes Gesträuch. Dort warf er sich nieder und blieb liegen, unfähig, auch nur einen weiteren Schritt zu tun.

Jetzt, da die Anspannung nachließ, fühlte er sich schwach und elend wie ein hundertjähriger Greis. Er zitterte am ganzen Leib, seine Hände, aufgescheuert und voller Blasen, vermochte er kaum zur Faust zu ballen, Schultern und Arme schmerzten fürchterlich. Wenn einer kommt und mich aufstöbert, dachte er, kann er mich davonschleifen wie der Opferschlächter ein Lamm.

Wie um seine Befürchtungen zu bestätigen, hörte er Stimmen. Fortuna, die launische! Bis hierher hatte sie ihm zur Seite gestanden, um ihn jetzt so grausam zu enttäuschen! Er presste sich flach auf den Boden und hielt den Atem an.

Die Stimmen kamen näher, Sand knirschte unter ledernen Sohlen. »I-ich sssa-ssage di-di-dir, Didius, der le-letzte Krug wa-wa-war verdo-dorben. Mi-mir is nämlich gaanz fufurchbar schle-lecht«, lallte jemand.

Erleichtert stieß Marius die Luft aus. Keine Gefahr, nur ein paar Betrunkene jenseits der Mauer.

Jenseits der Mauer . . . Wie sollte er über die Mauer kommen in seinem Zustand? Was tun, wenn die nächtlichen Wachen schon aufgezogen waren? Stöhnend rappelte er sich auf. Es half nichts, er musste auf sein Glück vertrauen. Marius nahm seine ganze Willenskraft zusammen. Er brauchte ein halbes Dutzend Anläufe, bis er es schaffte, sich auf den Mauersims zu ziehen. Er schluchzte auf vor Erleichterung: noch keine Wachen! Langsam und vorsichtig – denn es gab kaum eine Stelle auf seinem Körper, die ihn nicht fürchterlich schmerzte – ließ er sich an der Mauer hinab, bis er auf dem Boden stand. Er war frei.

Aber wie sollte es weitergehen? Konnte er überhaupt in Rom bleiben, jetzt, nachdem er den Unwillen des Princeps erregt hatte? Würde der seine Häscher nach ihm aussenden? War die Stadt groß genug, dass er auf die Dauer unentdeckt bleiben konnte?

Sein müder Verstand weigerte sich, weiter darüber nachzudenken. Fürs Erste war er davongekommen – Alexios würde schon wissen, was zu tun war.

Der Gedanke an den Alten machte ihm neuen Mut und er beschleunigte seine Schritte.

## 12.
## Verrat!

Alexios spürte die lange Nacht und die Strapazen, die er hatte auf sich nehmen müssen, ordentlich in seinen alten Knochen. Auch musste er mit seiner empfindlichen Fracht besonders vorsichtig sein. Straßenräuber würden sich zwar für seine Papyri kaum interessieren, aber wie leicht konnten sie beschädigt oder zerstört werden. Also dunkelte er seine Laterne ab, hielt sich im Schatten der Gebäude und mied allzu enge Gassen.

So verging geraume Zeit, ehe er die Taverne erreichte. Trotz seiner Müdigkeit und seiner Sorge um Marius musste er lächeln. Ein alter Schreiber, der ein paar Schriftrollen zum Kopieren mit nach Hause brachte. Allenfalls die Tageszeit war ein bisschen ungewöhnlich. Aber kein Nachtschwärmer, der ihn sähe, würde auf die Idee kommen, dass er gestohlene Manuskripte mit sich herumtrüge und dass eines von ihnen so kostbar war, dass der Imperator Caesar Augustus höchstselbst dafür jeden Preis bezahlen würde – hoffentlich jedenfalls.

Alexios blendete seine Laterne auf und klopfte. Nach einer Weile erschien müde und mit verquollenen Augen der Wirt. »Was willst du denn um diese Zeit?«, brummte er mürrisch.

»Wieso, hat dir Marcellus nicht gesagt . . .« Eine eisige Hand schien dem Alten nach seinem Herzen zu greifen. »Marcellus, der kleine Gladiator, er muss doch hier sein!«

Der Wirt fuhr sich mit den Händen über das Gesicht, um die Müdigkeit zu vertreiben. »Marcellus?«, fragte er verwundert. »Wieso soll Marcellus hier sein? Den hab ich seit zwei Tagen nicht mehr gesehen! Wieso? Was ist denn los?«

Aber der Alte hastete bereits grußlos davon. Marcellus war nicht hier, er hatte seine Anweisung missachtet und war doch in die Wohnung zurückgekehrt! Da war etwas schiefgegangen, er wusste es!

Voller Sorge hastete Alexios durch den beginnenden Morgen, bis er das angebliche Schreibbüro erreichte. Rasch stieg er die Treppe hinauf in den ersten Stock. Er schob die Tür auf und betrat leise den Raum, in dem die beiden Schreibtische und die Speisesofas standen.

Sofort merkte er, dass seine düsteren Ahnungen berechtig waren. Etwas stimmte nicht. Wenn der kleine Gladiator nur sorglos gewesen und sich in der Wohnung zum Schlafen niedergelegt hätte, anstatt in die Taverne zu gehen, hätten aus der Kammer seine lauten Schnarchtöne herübertönen müssen, aber es war still. Und ein Geruch hing in der Luft, den der Alte nur zu gut kannte. Er hatte ihn gerochen, als er noch in den Minen geschuftet hatte: wenn wieder einmal ein Sklave halb zu Tode gepeitscht worden war oder wenn einem anderen herabstürzendes Gestein die Gliedmaßen zermalmt hatte – den Geruch nach Blut.

»Marcellus!« Der Alte legte die Schriftrollen ab, hob die Laterne und spähte angespannt in das Halbdunkel. »Marcellus!«

Der kleine Gladiator antwortete nicht, aber Alexios meinte, ein kaum vernehmbares rasselndes Atmen zu hören. Hastig stieß er die Tür zu und da lag Marcellus, zusammengekrümmt und reglos; nur die schwachen Atemstöße und der glänzende Schweißfilm, der das bleiche runde Gesicht bedeckte, verrieten, dass er noch lebte.

»Marcellus!« In fieberhafter Eile entzündete der Alte die beiden Kandelaber an den Wänden. Dann wandte er sich dem Verletzten zu.

Der kleine Gladiator hatte einen tiefen Schnitt in der linken Seite, aus dem noch immer Blut sickerte. Neben seinem ausgestreckten Arm lag ein blutiger Stofffetzen, mit dem er wohl die Blutung hatte stillen wollen, bis ihn die Schwäche übermannt hatte.

Doch es gab noch eine zweite Wunde, einen Stich über dem Herzen. Der Alte wurde blass, aber er beruhigte sich schnell. Wenn die Waffe ins Herz gedrungen wäre, wäre der kleine Gladiator längst tot gewesen. Trotzdem – jetzt war höchste Eile geboten, sonst würde Marcellus verbluten.

Alexios schnitt dem Kleinen die Tunika vom Leib. Dann holte er eine frisch gereinigte Toga, machte eine Anzahl kleiner Schnitte in den Saum und riss lange Bahnen von ihr ab.

Er spreizte die Wunden auf und reinigte sie gründlich mit saurem Wein. Aus zwei Stoffstreifen wickelte er feste Päckchen, die er auf die Wunden legte und mit Binden befestigte.

Mit einer Kraft, die ihm wohl niemand zugetraut hätte, hob er Marcellus auf und schleppte ihn ächzend in die Schlafkammer, wo er ihn auf das Bett legte. Anschließend wusch er ihm das Gesicht ab und hüllte ihn in warme Decken.

»Mehr kann ich leider im Moment nicht für dich tun, mein Freund«, seufzte er. »Mögen die Götter dir Kraft verleihen, das Fieber, das dich befallen wird, zu überstehen!«

Auf einmal schlug Marcellus die Augen auf und lächelte matt. »Mach dir keine Sorgen, Alexios«, flüsterte er heiser. »Du weißt, ich bin stärker als ein Maultier. Die beiden Kratzer werden mich nicht umbringen. Gib mir was von dem Würzwein, du weißt schon ... dann geht's mir bald besser.« Er schloss die Augen wieder und fügte kaum hörbar hinzu: »Während du ihn heiß machst, erzähl mir, was mit Marius passiert ist.«

Der Alte beeilte sich, den Wunsch seines Freundes zu erfüllen, und redete dabei ununterbrochen, teils, um Marcellus von seiner Schwäche und seinen Schmerzen abzulenken, teils, um die eigene Angst zu überspielen. Denn die Verletzungen des kleinen Gladiators waren schwer.

»Weißt du, um Marius müssen wir uns vorerst keine Sorgen machen«, plapperte er, während er den gewürzten Wein, Honig und süßen Most in ein Gefäß goss und über einem Kandelaber erwärmte. »Sie werden erst aus ihm herausbekommen wollen, für welche Einbrüche er verantwortlich ist.«

Hoffentlich, beim Hermes, ist das so, dachte er dabei, und hoffentlich sagt er ihnen alles, was sie wissen wollen, bevor sie zu den Methoden greifen, bei deren Anwendung unser Erster Bürger nicht gerade zimperlich sein soll!

»Und außerdem habe ich ein Pfand, um ihn freizubekommen.«

Er berichtete, was er gestohlen hatte, und auf den Lippen des kleinen Gladiators erschien ein winziges, schwaches Lächeln. »Der wahre Meisterdieb bist du«, flüsterte er.

Alexios flößte ihm behutsam ein wenig von dem warmen Wein ein und freute sich, als sein Freund tatsächlich wieder ein wenig Farbe bekam.

»Bist du kräftig genug, um mir zu sagen, was passiert ist?«, fragte er. »Nein, halt, lass mich erst das vorausschicken, was ich schon weiß oder erraten kann. Du hast dir gedacht, ich schaue doch lieber erst mal in der Wohnung nach, ob unser Geld noch da ist, bevor ich in die Taverne gehe; und sollte der Lump, der vorhin den Alarm ausgelöst hat, hierher gekommen sein, um in Ruhe Beute machen zu können, umso besser, dann knöpf ich ihn mir gleich vor! . . .«

»Genauso war es«, unterbrach ihn der Verwundete. »Und ich hatte nicht einmal eine Chance. Die verdammten knarrenden Treppen, verstehst du? Er hörte mich, huschte aus der Wohnung, wartete, bis ich reingegangen war, und stach dann von hinten zu, zweimal. Dann rannte er davon, wie von Furien gehetzt. Aber ich glaub . . .«, der kleine Gladiator bleckte die Zähne zu einem lautlosen Lachen, »er hat nur eins von unseren Verstecken gefunden. Das unter den Bodenbrettern.«

Alexios nickte; das hatte er inzwischen schon nachgeprüft. Den Hohlraum hinter den Ziegeln, der sich hinter einem der Speisesofas befand, hatte der Kerl, den Göttern sei Dank, nicht entdeckt. So hielt sich wenigstens der materielle Schaden in Grenzen, denn unter den Bodenbrettern hatte sich nur ein Sack mit Münzen befunden. Der Alte zuckte die Achseln.

Sorgsam bettete er die mitgebrachten Schriftrollen auf dem Regal neben die anderen, die sozusagen die Grundlage des Schreibbüros bildeten. Kein Dieb würde sich dafür interessieren.

Als er das getan und selbst einen Becher angewärmten Wein geschlürft hatte, merkte er, wie müde er war. Vor morgen konnte er nichts unternehmen – warum also nicht ein paar Stunden schlafen? Nach einem letzten Blick auf seinen verwundeten Freund, der die Augen geschlossen hatte und halbwegs gleichmäßig atmete, löschte der Alte das Licht und legte sich ins Bett, nachdem er einen Stuhl vor die Eingangstür gestellt und ein Messer griffbereit neben sein Kopfkissen gelegt hatte.

Aber er schlief schlecht. In wirren Traumbildern sah er den aufgerissenen Rachen eines mächtigen Löwen über Marius' Kopf, bereit, ihn zu zermalmen, sah den Dreizack eines Retiarius* ihm den Leib zerfetzen, sah eine Schar von grinsenden Sklaven ihn ans Kreuz binden. Alle Augenblicke schreckte er auf und nickte wieder ein; als es gerade hell geworden war, war es mit dem Schlafen endgültig vorbei.

Neben ihm stöhnte und keuchte der kleine Gladiator; Alexios spürte die Hitze, die von ihm ausging, und hörte ihn gleichzeitig mit den Zähnen klappern. Er wusste, was das bedeutete: Fieber und Schüttelfrost. Die Wunden hatten sich entzündet, Marcellus schwebte zwischen Leben und Tod.

Alexios sprang aus dem Bett und kühlte ihm die Stirn mit feuchten Umschlägen; er wusch die roten, geschwollenen Wundränder mit Wein, erneuerte die Verbände und umhüllte den Verletzten mit wärmenden Decken. Doch er wusste, dass er bestenfalls lindern, aber nicht heilen konnte.

»Marcellus!«, drängte er deshalb. »Marcellus! Hörst du mich?«

Ein leises Stöhnen, ein kaum wahrnehmbares Heben des Kopfes antwortete ihm.

»Als du noch bei den Gladiatoren warst – wenn du eine Verletzung hattest, gab es da einen Arzt oder Chirurgen, der dich kuriert hat?«

Der kleine Gladiator gab keine Antwort.

»Marcellus!«, drängte Alexios.

Mühsam schlug der Verletzte die Augen auf. Ein schwaches Grinsen umspielte seine Lippen. »Nur langsam! Es ist einer von diesen verdammten griechischen Barbarennamen, die man so schwer aussprechen kann: Philomenos. Philomenos von Tarent. Der ist erstklassig, aber teuer wie eine Hure!«

Der Alte lächelte. »Denk an das zweite Versteck«, sagte er. »Geld haben wir noch genug. Gedulde dich einen Augenblick, ich bin gleich zurück.«

Gegenüber ihrer Insula wohnte ein Kaufmann, der ein Vermögen mit dem Purpur- und Weihrauchhandel gemacht hatte. Der besaß einen Tragsessel, den sich Alexios, nach langem Bitten und nach Bezahlung einer beträchtlichen Gebühr, ausleihen durfte, zusammen mit zwei stämmigen Sklaven.

Der Alte achtete darauf, dass die Träger den Verwundeten mit größter Behutsamkeit aus dem Haus schafften und auf die weichen Polster gleiten ließen. »Zum Amphitheater«, befahl er dann, »geht, so schnell ihr könnt, aber trabt nicht, damit er nicht auf dem Sitz hin und her geschleudert wird!«

Mit großen Schritten ging er vorneweg. »Du wirst ihm helfen, Philomenos von Tarent«, murmelte er, »oder ich schneide dir eigenhändig das Herz aus dem Leib!«

Weil er befürchtete, dass man seine Flucht inzwischen entdeckt hatte und ihn womöglich verfolgte, hatte Marius eine große Anzahl von Haken geschlagen und so viele Umwege gemacht, dass er bei Tagesanbruch noch ein gutes Stück von zu Hause entfernt war.

Inzwischen fühlte er sich halbwegs sicher, und als er an einer Imbissbude vorbeikam, die schon geöffnet hatte, machte er Halt. Er bestellte sich eine Schale mit heißer Erbsensuppe, frisches Fladenbrot und dazu einen Becher mit verdünntem Wein.

Nachdem er Hunger und Durst gestillt hatte, fielen ihm seine Freunde ein. Sie würden ihn noch in den Händen des Maecenas vermuten, wären krank vor Sorge, vielleicht fürchteten sie gar, er wäre schon tot! Er musste schleunigst nach Hause und sie beruhigen.

Schnell bezahlte er seine Zeche und machte sich auf den Heimweg.

Ich werde sie überraschen, dachte er, als er sein Ziel erreicht hatte, und schlich leise die Treppe hinauf. Geräuschlos öffnete er die Tür, sprang über die Schwelle und rief: »Seid gegrüßt, Freunde, ich bin wieder da!«

Es blieb still.

»Alexios, Marcellus!« Niemand gab Antwort. Er ging in die Schlafkammer und sah die zerwühlten Betten – also waren sie zumindest hier gewesen. Im Raum hing ein durchdringender Geruch nach Wein. Offenbar waren sie schon wieder aufgebrochen, um irgendetwas zu seiner Befreiung zu unternehmen, und hatten sich vorher ordentlich Mut angetrunken. Hoffentlich taten sie nichts Unüberlegtes.

Marius zuckte die Achseln. Da war nichts zu machen. Gähnend ging er zu seinem eigenen Bett und setzte sich. Auf der Decke lag eine zerknüllte Toga. Neugierig hob er sie auf und sah, dass sie völlig zerrissen war.

Seine Müdigkeit war schlagartig verflogen und er spürte, wie sich seine Bauchmuskeln verkrampften. Was konnte es für einen Grund geben, seine beste Toga zu zerreißen? Waren sie wirklich so besoffen gewesen? Noch nie hatte er erlebt, dass Alexios die Kontrolle über sich verloren hatte . . .

Hastig ging er in den Hauptraum zurück. Jetzt sprang ihm sofort in die Augen, was ihm vorhin entgangen war: Die Dielenbretter über der Aussparung, in der sie einen Teil ihres Geldes aufbewahrten, waren verschoben. Er zog sie beiseite und blickte in das Versteck – es war leer !

Was war hier passiert?

Er lief zur Wand hinter dem Speisesofa, zerrte an einem Ziegel, bis er ihn herausgezogen hatte, und fasste in den geräumigen Hohlraum, der sich dahinter befand. Alles schien unangetastet zu sein, der Lederbeutel mit dem Schmuck, die beiden Säckchen mit den Goldstücken, die Deposittäfelchen* und zwei scharf geschliffene Messer.

Als er den Ziegel wieder an seinen Platz geschoben und sich umgedreht hatte, sah er hinter der Tür einen Stofffetzen liegen. Er hob ihn auf. Bräunlich rot war er und feucht – feucht von Blut. Auf den Dielen, tief eingesickert in das Holz, waren große Flecken von derselben Farbe.

Entsetzt starrte er sie an. Konnte einer noch leben, der so viel Blut verloren hatte? Langsam fügten sich die Einzelheiten in seinem Kopf zu einem Bild zusammen. Er sah eine Gestalt vor sich, dunkelhaarig, breitschultrig. Fühlte einen Dolch, dessen Schneide sich gegen seine Kehle presste.

Ja, er wusste, wer für das Blut hier verantwortlich war, und er fürchtete das Schlimmste für seine Freunde. Wut und Schmerz erfüllten ihn – und gleichzeitig ein Gefühl der

Ohnmacht, das ihm fast den Verstand raubte. Was sollte er tun, wo die beiden suchen? Wie ihnen helfen?

Er beschloss, sich bei den Nachbarn zu erkundigen, ob jemand etwas beobachtet hätte.

Als er aus der Tür trat, hörte er, dass jemand die Treppe heraufstieg. Waren sie ihm schon auf die Spur gekommen? Bevor sein Verstand verarbeitet hatte, dass das eigentlich gar nicht sein konnte, stürmte er schon in vollem Lauf auf die Stufen zu, in der Absicht, den Ankömmling zu überrumpeln, niederzuwerfen und an ihm vorbei ins Freie zu stürmen.

Er sah eine weiße Toga blitzen und machte sich auf den Zusammenprall gefasst. Da ließ ihn eine wohlbekannte mürrische Stimme gerade noch rechtzeitig innehalten.

»Ist das der Respekt, den die heutige Jugend den Älteren entgegenbringt?«

Keine Häscher des Augustus, den Göttern sei Dank, aber von ihnen abgesehen ziemlich der Letzte, dem er im Moment zu begegnen wünschte: Marius Procilius der Ältere!

»Sei mir gegrüßt, Vater«, murmelte er und hob die Hand. »Verzeih mir, wenn ich dich durch meine Hast erschreckt habe, aber ich bin in größter Eile, muss schleunigst fort . . .«

Es war, als ob er nichts gesagt hätte.

»Die Tür hier links?«, fragte Marius Procilius und betrat die Wohnung.

»Vater, ich muss wirklich . . .«

»Eine kleine Erfrischung wäre recht.«

Ohne weitere Formalitäten ließ sich der ältere Marius auf einem der Speisesofas nieder und sah sich beifällig in der Behausung seines Sohnes um. »Gar nicht übel. Ich habe es dir ja gleich gesagt, diese Stadt nährt ihre Männer.«

Wenn du wüsstest, wie, dachte Marius und fügte sich zähneknirschend in das Unvermeidliche. Er bereitete einen Krug verdünnten Wein und kramte ein paar Oliven und ein Stück Ziegenkäse hervor und stellte alles vor seinen Vater hin. Dann füllte er zwei Becher und hob den seinen: »Auf deine Gesundheit.« Im Stillen ergänzte er: Und darauf, dass du bald wieder verschwindest!

»Nun lass uns mit dem Wein die Sorgen vertreiben!«, entgegnete sein Vater, kostete und nickte anerkennend. »Es freut mich wirklich, dass es dir so gut zu gehen scheint . . .«

»Und dir?«, erkundigte sich Marius, während er unruhig auf dem Hocker hin und her rutschte, den er sich an den Tisch gerückt hatte. »Du sprichst von Sorgen? Hast du welche?«

»Ach, Sorgen würde ich das nicht nennen . . . eher ein kleines Problem . . . aber darüber wollen wir später sprechen.«

Später, später! Marius atmete tief durch und bekämpfte mühsam den Impuls, einfach aufzuspringen und davonzulaufen. Es war sein Vater, der sich behaglich auf dem Bett zurücklehnte, deshalb gab es nur eins: die Fassung bewahren.

»Wo ist eigentlich dein Arbeitgeber?«, fragte Marius Procilius, »und Alexios?«

Wenn er das nur wüsste! Marius stotterte etwas von einem Ädilen*, der umfangreiche Listen zu kopieren hätte, höchst dringlich sei das, und auch er müsse jetzt schleunigst . . .

»Habt ihr viele solche Aufträge?«, fragte sein Vater ungerührt weiter, gab sich aber, mit Blick auf die Schriftrollen auf dem Regal, gleich selbst die Antwort. »Ich sehe, ihr habt genug zu tun.«

Seine Stimme bekam den scharfen, tadelnden Unterton, den Marius so gut kannte. »Ist das vielleicht der Grund dafür, dass du dich so lang nicht bei unserem Patron hast sehen lassen?«

»Ja, genauso ist es«, beeilte sich Marius zu versichern. »Wir müssen oft eilige Sachen in der Nacht erledigen ... Du verstehst, da schläft man dann am Morgen länger ...«

»Dennoch solltest du deine familiären Pflichten nicht zu sehr vernachlässigen.«

Eine Weile herrschte Schweigen, bis Marius, in der Hoffnung, endlich den Grund des Besuchs erfahren und damit sein Ende beschleunigen zu können, fragte: »Reicht das Geld nicht, das ich euch zukommen lasse? Braucht ihr mehr?«

Der Vater wiegte den Kopf. »Nein, so ist es nicht, vielmehr ...« Unvermittelt leerte er seinen Becher und erhob sich. »Wir könnten ein Bad besuchen. Da lässt es sich viel besser reden.«

Ins Bad wollte er! Marius raufte sich die Haare. »Vater! Ich habe einen eiligen Auftrag, einen, der keinen Aufschub duldet, ich habe es dir doch gesagt!«

Sofort war der scharfe, nörgelnde Ton wieder da. »Ich glaube nicht, dass das ein Grund ist, seinem Vater den Gehorsam zu verweigern.«

»Natürlich nicht, Vater.« Schweren Herzens fügte sich Marius in sein Schicksal. Er zog eine reine Tunika an und steckte etwas Geld zu sich. Gemeinsam verließen sie die Wohnung.

Im Innenhof bat er seinen Vater, einen Moment zu warten, und betrat die Wäscherei, die ein Freigelassener namens Theokrates im Erdgeschoss der Insula betrieb.

»Hast du meine Freunde gesehen?«, erkundigte er sich bei dem Mann. Der nickte. »Alexios hat sich von Tiberius Valerianus einen Tragsessel ausgeliehen und Marcellus damit fortbringen lassen. Es schien ihm ganz schlecht zu gehen. Ein plötzliches Fieber vielleicht.«

»Und Alexios?«

»Der war ganz in Ordnung. Warum fragst du?« Theokrates war plötzlich misstrauisch. »Es ist doch nichts Ansteckendes?«

»Nein, nein, eine eitrige, entzündete Wunde. Der Biss eines Hundes.«

Alexios hatte den kleinen Gladiator höchstwahrscheinlich zu einem Arzt geschafft. Fürs Erste konnte er nichts tun; vielleicht war es gar keine so schlechte Idee, ins Bad zu gehen und sich zu erholen. Hinterher würde er weitersehen.

Er ging zurück zu seinem Vater, der ihn schon ungeduldig erwartete.

»Es gibt nicht viele Badeanstalten, die um diese frühe Stunde schon geöffnet haben«, sagte er. »Ich kenne aber eins, ein sehr gutes sogar, in der Subura.«

Marius seufzte leise. Das bedeutete einen mindestens halbstündigen Fußmarsch. Und er war so müde, dass er sich kaum auf den Beinen halten konnte. Aber hätte er seinem Vater erzählen sollen, was er hinter sich hatte?

Er trottete also mehr oder weniger geduldig neben ihm her und war nur froh, dass Marius Procilius in seine übliche Schweigsamkeit verfiel, sodass auch er nicht reden musste.

Das Bad war tatsächlich recht komfortabel und sehr sauber. Sie liehen sich Handtücher aus und begaben sich in den Auskleideraum, wo sie sich ihrer Kleider entledigten. Außer ein paar verschwitzten Tuniken hingen nur zwei Togen dort, beide aus feinstem Stoff, die eine mit dem breiten Purpurstreifen eines Würdenträgers.

Gleich darauf aalten sie sich in einem der Becken des Warmbads. Weil nur wenige Besucher da waren, hatten sie reichlich Platz. Marius streckte wohlig seine müden, verspannten Glieder, genoss die Wärme und wartete ohne jede Neugier, dass sein Vater mit seinem Anliegen herausrückte.

»Du wirst dich schon gefragt haben, warum ich dich so früh am Morgen aufgesucht habe«, begann Marius Procilius schließlich salbungsvoll.

Gewundert? Allerdings hatte sich Marius gewundert, und zwar nicht, dass sein Vater so früh, sondern dass er überhaupt gekommen war. Das war nämlich in all den Monaten noch nie der Fall gewesen. Bisher hatten Marius oder Alexios monatlich das vereinbarte Geld abgeliefert, sich nach dem werten Befinden erkundigt, eine kleine Erfrischung zu sich genommen und sich wieder verabschiedet. Das waren die einzigen Kontakte zu seiner Familie gewesen, und seltsam, es hatte ihm noch nicht einmal etwas ausgemacht.

»Ja, Vater, das habe ich. Worum geht's also?«, fragte er deshalb knapp.

»Nun, wie du dir sicher denken kannst, liegt mir das Wohlergehen von euch allen am Herzen.«

Warum redete sein Vater so entsetzlich geschwollen daher? Hatte er denn ganz vergessen, dass er ein Bauer war, ein Mann, der geradeheraus sagte, was er dachte und wollte? Beim doppelköpfigen Janus[*], diese Stadt verdarb wirklich die Menschen, die in ihr lebten!

»Ein sorgender Familienvater ist vor allem darum bemüht, seinen Kindern eine gesicherte Zukunft zu verschaffen und gleichzeitig seine eigene Stellung zu festigen, um seinem Geschlecht Ehre zu machen.«

Marius rutschte ein Stück tiefer ins Wasser; dadurch klang die Stimme seines Vaters etwas gedämpfter.

»Ich, um es kurz zu machen, denke daran, meine Tochter, deine Schwester Procilia, zu verheiraten.«

Aha, daher wehte der Wind! Marius richtete sich wieder ein wenig auf. »Und wer ist der Auserwählte?«, erkundigte er sich neugierig.

»Sextus Gabinius, der Salbenhändler. Ein sehr angesehener Mann, er hat sein Geschäft in der Straße, in der wir wohnen . . .«

»Jaja, ich kenne ihn«, unterbrach Marius verdrossen. Ein Glatzkopf um die vierzig, der vor ein paar Jahren noch Schankkellner gewesen war und wahrscheinlich mit dem Geld, um das er seine Gäste betrogen hatte, einen Handel mit Salben und Duftölen begonnen hatte. Ein schleimiger, ewig grinsender Kerl, der hinter dem Geld her war wie der Fuchs hinter den Gänsen.

»Liebt sie ihn denn?«, fragte er.

»Ich wüsste nicht, was das zur Sache täte«, entgegnete Marius Procilius kühl. »Aber wenn du schon fragst, ich glaube schon. Er verwöhnt sie aber auch sehr . . . jeden Tag kommt er uns besuchen und bringt ihr etwas mit, nimmt sich aber nie die kleinste Freiheit heraus . . . ein wirklicher Ehrenmann.«

Marius seufzte unhörbar. Arme Procilia! Sie war ja nun einmal keine Schönheit, stämmig, rothaarig und sommersprossig wie er selbst und schüchtern dazu. Bisher hatte ihr noch kein junger Mann den Hof gemacht. Und jetzt kam so ein öliger alter Sack, tat ihr ein wenig schön und schon verschenkte sie ihr Herz an ihn!

»Es geht also um die Mitgift? Wie viel will er denn, dass sie bekommt?«

»Nun, mein Sohn, du weißt, dass wir nicht in allzu üppigen Verhältnissen leben, dass ich also doppelt darauf bedacht sein muss, ihr eine anständige Partie zu sichern, und dass es deine Pflicht als ihr Bruder und als mein gehorsamer Sohn ist . . .«

»Wie viel?«

»Sextus Gabinius ist gerade dabei, sein Geschäft weiter zu vergrößern, was für uns alle von Nutzen sein könnte . . .«

»Wie viel, Vater?«

»Zwanzigtausend Sesterzen.«

Marius riss den Mund auf und schluckte dabei eine gehörige Portion Wasser. »Zwanzigtausend Sesterzen«, echote er hustend und überschlug blitzschnell im Geist, was er mithilfe seiner Freunde inzwischen zusammengestohlen hatte – abgezogen die Beute des nächtlichen Räubers. Vielleicht die Hälfte, mehr nicht.

»Und wie viel kannst du davon selbst aufbringen?«, fragte er.

Marius Procilius wischte sich den Schweiß von der Stirn. »Unsere Garküche läuft zwar inzwischen ganz ordentlich, aber allzu viel hat sie noch nicht abgeworfen . . . zweitausend Sesterzen höchstens.«

Blieben achtzehntausend für ihn. »So viel habe ich nicht, Vater. Und du kennst mein Gehalt als Schreiber: 20 Denare, also 80 Sesterzen, in der Woche, die ich gänzlich an dich abliefere . . . wie soll da so viel Geld zusammenkommen?«

»Ich dachte . . .«, sein Vater stockte, ». . . dass du bei deinem Brötchengeber eine Anleihe machen könntest ... und außerdem muss die Mitgift ja nicht auf einmal bezahlt werden ...«

Unvermittelt sprang Marius aus dem Wasser und schüttelte sich, dass die Tropfen sprühten.

»Ich muss nachdenken, Vater, ich gehe ins Schwitzbad. Warte am besten hier auf mich!«

Geschmeidig und lautlos, wie er es gewöhnt war, bewegte sich Marius durch die Warmlufträume auf das Schwitzbad zu. Dichter Dampf umwallte ihn, als er den rund gemauerten Raum betrat. Er lehnte sich an die heiße Kachelwand und schloss die Augen.

Was für ein unverschämter, geldgieriger, mieser, schleimiger Drecksack war dieser Sextus Gabinius! Auch wenn Procilia keine Schönheit war, ihr künftiger Gatte war noch viel weniger eine, mit seiner Glatze, seiner eingefallenen Brust und den krummen Beinen, auf denen er einherschlurfte, als hätte er sich einen Wolf geritten. Für ihn war Procilia wirklich zweimal schön genug – seine Forderung war eine Frechheit. Die Götter mochten wissen, wie er Marius Procilius dazu gebracht hatte, sie zumindest theoretisch zu akzeptieren.

Wahrscheinlich hatte er dessen Angst geschürt, Procilia zeitlebens nicht mehr unter die Haube zu bringen. Vielleicht hatte er sie auch husten gehört und daraufhin den Preis in die Höhe getrieben, mit dem Hinweis, er würde sie vielleicht pflegen müssen.

Jedenfalls musste ihm klargemacht werden, dass er das Geld wieder herauszurücken hatte, wenn er Procilia verstieß ...

Marius fluchte lautlos vor sich hin. Welches Geld? Er hatte gerade einmal halb so viel. Und so, wie die Dinge lagen, konnte er auch nicht länger in Rom bleiben, um den Rest zu stehlen, ja, er konnte nicht einmal das, was er schon besaß, entbehren!

Er konnte froh sein, wenn er sich, seine Freunde – nicht eine Sekunde lang kam er auf den Gedanken, dass sie hier zurückbleiben würden – und natürlich Nioba heil aus der Stadt herausbrachte; den Inhalt des Verstecks hinter den Ziegeln würden sie dringend brauchen.

Seine Freunde! Noch immer wusste er nicht, wo sie geblieben waren und was eigentlich passiert war.

Fortuna hatte ihn verlassen; bis sie ihm ihre Gunst wieder zuwandte, sah er keinen Weg, der aus all den Schwierigkeiten herausführte.

Plötzlich hörte Marius tief in seinem Inneren die Stimme des alten Alexios.

Wenn du nicht weiterweißt, lass das Grübeln! Lebe für den Augenblick! Genieße die Süße der Dattel in deinem Mund, freue dich am Anblick eines jungen Mädchens, atme den Duft würzigen Rosmarins ein! Alles weitere wird sich finden.

Ach, schon der Gedanke an den Alten und seine unerschöpfliche Zuversicht tröstete ihn.

Marius lehnte sich zurück, entspannte sich und überließ sich der wohltuenden feuchten Hitze.

Er nahm das Stimmengemurmel nur wahr, weil er gewohnt war, alles zu registrieren, was um ihn herum geschah. Es kam aus einem der Warmlufträume neben dem Schwitzbad.

»Bist du sicher, dass niemand uns belauschen kann?«

»Der Bademeister hat gesagt, dass nur drei junge Männer

im Hof Ball spielen und zwei andere im Warmwasserbecken sitzen. Wir sind also völlig ungestört. Was haben deine Nachforschungen ergeben, Antonius Terentius? Wann schlagen wir am besten zu?«

Antonius Terentius! Marius fuhr zusammen und horchte angespannt. Die Herrin Niobas, Claudia, war die Frau des Antonius Terentius!

»Willst du wohl das Maul halten, Idiot? Nenne niemals meinen Namen, niemals, auch wenn du dich noch so sicher fühlst, so, wie ich deinen Namen niemals nennen werde, bis wir unsere Sache zum Erfolg geführt haben, hörst du?«

»Vergib mir, An ... Freund, es ist die Begierde, endlich zu handeln, die mich so unbesonnen macht! Also wann?«

Der andere lachte grimmig. »Wenn es denn ginge, würde ich die Iden* des März nehmen! An dem Tag, an dem der erste Caesar blutete, sollte auch der zweite bluten! Aber wir wollen keine acht Monate mehr warten, nicht wahr? Am Fest des Gottes Consus* ist es so weit. Nach den Spielen im Circus Maximus begibt er sich, wie an den meisten Feiertagen, zum Haus des Maecenas, isst und trinkt reichlich und hört sich hingebungsvoll die unmännlichen und entarteten Gesänge eines seiner Dichterfreunde an. Wenn er dann, besoffen vom Wein und von der Lyrik, herauskommt, schnappt die Falle zu! Männer haben wir genug, um mit der Leibwache zweimal fertigzuwerden.«

»Bist du sicher? Zwei Prätorianer schützen ihn ständig mit ihrem Leib, vier weitere schirmen ihn ab, wenn er ins Freie geht. Du kennst diese Burschen. Ihnen ist so schnell keiner gewachsen.«

»Pah, ich habe die besten Männer angeheuert, die für Geld zu bekommen sind, eisenharte Kämpfer, die den Tod nicht fürchten. Die werden mit jedem fertig.« Antonius Terentius' Stimme klang gepresst, wie von mühsam unterdrücktem Hass. »Sie werden diesem Mann, der es wagt, sich Augustus zu nennen, der sich die Rechte eines Königs angemaßt hat, den Garaus machen, ihm und seinen selbstherrlichen Plänen, und wir werden endlich wieder die Stellung haben, die uns zukommt!« Ruhiger fuhr er fort: »Und ich kann mich auf dich verlassen? Du wirst die erforderliche Summe bereitstellen, um die Männer zu bezahlen?«

»Wie es vereinbart war. Die Hälfte im Voraus, den Rest nach vollbrachter Tat. Auch die Bestechungsgelder für gewisse Senatoren und die Summe für die zusätzlichen Getreidespenden an die Plebejer liegen bereit.«

»Es wird dir hundertfach zurückgezahlt, glaube mir! Vergiss nicht, allen Männern unser Zeichen auszuhändigen! Doch jetzt genug davon, ich höre jemanden kommen. Was ist, gehen wir noch ins Schwitzbad?«

Marius riss sekundenschnell das Handtuch von den Lenden, wickelte es um den roten Schopf und spannte die Muskeln, bereit, an den Männern vorbei aus dem Raum zu stürzen.

»Ich finde, dass es hier schon so heiß wie in der Esse des Vulcanus ist. Komm, wir gehen in den Abkühlraum und lassen uns massieren.«

Nackte Füße klatschten auf den Fliesenboden, die Stimmen verklangen.

Erleichtert ging Marius zurück zu seinem Vater, der immer noch im Warmbad hockte.

»Ich kümmere mich um alles«, rief er ihm zu. »Mach dir keine Sorgen, wir werden die Mitgift schon auftreiben.

Aber lass mich jetzt deshalb meinen Auftrag ausführen, damit ist nämlich schon ein Anfang gemacht!«

Er hob die Hand zum Gruß und eilte in den Umkleideraum. Dem Wächter drückte er ein großzügiges Trinkgeld in die Hand und gab ihm den Auftrag, seinem Vater ein bestimmtes Parfümöl zu bringen.

Als der Mann verschwunden war, untersuchte er rasch und gründlich die Kleider der beiden Männer. Nichts Interessantes außer zwei Gürteln mit darangebundenen Börsen.

Er öffnete eine von ihnen. Ein bisschen Kleingeld, sonst nichts. Nachdenklich ließ er die Münzen durch seine Hand gleiten. Da stutzte er. Ein Sesterz aus Messing, mit der Büste des Augustus, so verhieß es die Umschrift. Aber erkennen konnte man ihn nicht, denn dort, wo das Auge hätte sein sollen, war die Münze durchbohrt.

Hastig prüfte Marius den zweiten Geldbeutel – auch er enthielt einen durchbohrten Sesterz. Das musste das Zeichen sein!

Als der Wächter zurückkam, gab er ihm ein weiteres Trinkgeld und verließ das Bad.

Draußen verbarg er sich hinter einem Mauervorsprung und durchdachte, was er da Ungeheuerliches vernommen hatte. Ein Anschlag auf Augustus war geplant, ein brutaler Mord!

Marius hatte wahrhaftig keinen Grund, den Herrscher Roms besonders zu lieben oder ihm Wohltaten zu erweisen; schließlich hatte Augustus ihn erbarmungslos töten lassen wollen. Dennoch überlegte er, ob er zum Stadtpalast des Princeps laufen und ihn warnen sollte – einen Mord wollte er nicht decken. Doch während er darüber nachdachte, erwachte ganz tief in seinem Kopf eine kleine Idee zum Leben und wuchs zu einem Plan heran, der Augustus retten und ihn selbst mit einem Schlag von seinen Sorgen würde befreien können – wenn er gelang.

So sehr beflügelte ihn diese Aussicht, dass sie noch einmal die lähmende Müdigkeit aus seinem Körper vertrieb und er gespannt wartete, bis die beiden Verschwörer das Bad verließen.

Als Erster aber kam sein Vater heraus, das Gesicht rosig glänzend, die Haare gesalbt und frisiert. Er zögerte, sah sich nach allen Seiten um und eilte dann auf ein Haus gegenüber zu, in dessen Eingang er blitzschnell verschwand.

So sah es also in Wahrheit um die Sittenstrenge seines Vaters aus! Marius wusste genau, was sich hinter den Mauern dieses Hauses abspielte, denn er hatte, als sie gekommen waren, die beiden Frauen wohl bemerkt, die sich im Fensterbogen drängten und deren Mäntel wie zufällig auseinanderklafften, sodass die vorüberkommenden Männer den Anblick ihrer Brüste genießen konnten.

Marius empfand seltsamerweise keine Verachtung, sondern eher Sympathie. Sein Vater hatte eine Schwäche, das machte ihn beinahe liebenswert.

Er vergaß ihn, als die Männer, auf die er gewartet hatte, aus der Tür traten. Der eine, korpulent und mit teigigen, eher unscheinbaren Zügen, an denen höchstens die tief liegenden, listig blickenden Augen bemerkenswert waren, musste Antonius Terentius Varro sein, denn den anderen kannte er, sein Ohr hatte ihn nicht getrogen. Diese Stimme hatte er schon einmal gehört, dieses hagere, hochmütig blickende Gesicht im fahlen Schein eines Tabernakels schon einmal gesehen, bei seinem ersten Einbruch nämlich.

Schon damals hatte er von einer Verschwörung gegen Augustus gesprochen. Auch war sein Name gefallen: Fannius Caepio.

Marius überlegte kurz, ob er die beiden verfolgen sollte, aber diesmal gewann seine Erschöpfung die Oberhand. Er wusste, was er wissen musste, und plötzlich wurde die Sehnsucht nach ein paar Stunden Schlaf so übermächtig in ihm, dass er nach Hause ging, so schnell es ihm seine müden Beine erlaubten, jede Vorsicht außer Acht lassend, die Wohnung betrat und sich in sein Bett fallen ließ. Er sah ein Mädchengesicht vor sich, mit honigfarbener Haut, zwei braune Augen, deren eines einen winzigen Leberfleck hatte . . . Er seufzte sehnsüchtig und schlief ein.

# 13.
# Livia

Eine leise Stimme drang in sein Bewusstsein. Sie raunte Wörter in einer fremden, melodischen Sprache, er fühlte eine kühle, trockene Hand, die über seine Wangen strich. Zwischen Schlafen und Wachen sann er darüber nach, ob er aufschnellen und sich kampfbereit machen sollte. Aber von der liebevollen Hand, der sanften Stimme ging wohl keine Gefahr aus. Was war das für eine Sprache? Sie klang wie Griechisch . . .

Griechisch! Mit einem Schlag war er hellwach und setzte sich auf. »Alexios!«

Er war es wirklich, der Alte. Er stand am Bett seines Schützlings und betrachtete ihn mit einer seltsamen Mischung von Stolz, Rührung und Besorgnis.

»Du hast mich wirklich überflügelt, mein lieber Junge«, sagte er. »Wie hast du es geschafft, dich zu befreien?«

»Sag mir erst, was mit Marcellus ist!«

Die Falten im Gesicht des Alten vertieften sich zu einem breiten Grinsen.

»Den bringt so schnell nichts um. Der riecht nicht nur wie ein Nilpferd, der hat auch die gleiche Konstitution.«

Das Grinsen verschwand. »Nein, lass dich von meinen

Worten nicht täuschen. Er hat wirklich eine eiserne Natur und schon so manche Verletzung überstanden. Aber diesmal hing sein Leben an einem seidenen Faden. Er hat zwei Messerstiche abbekommen, einen in die Seite, der andere hat sein Herz nur um eine Daumenbreite verfehlt . . . Du weißt natürlich, wer ihn so zugerichtet hat?«

Marius nickte heftig. »Der, der mich überfallen hat«, stieß er wütend hervor, »der, der die Wachen des Maecenas alarmiert hat, der uns bestohlen hat . . . ich erwürge ihn mit seinem eigenen Darm, sobald er mir in die Finger gerät, der feige Mörder!«

»Es ist ja noch mal gut gegangen«, besänftigte ihn der Alte. »Ich habe Marcellus zu einem Mann gebracht, der wie kein zweiter mit solchen Wunden umzugehen versteht – dem Gladiatorenarzt Philomenos von Tarent. Er hat Marcellus fiebersenkende und schmerzstillende Mittel gegeben, den Stich in der Seite mit einer entzündungshemmenden Salbe eingerieben, den anderen mit einem Abfluss für den Eiter versehen. Als ich ihn verlassen habe, vor einer guten Stunde war das, ging es Marcellus schon besser. Philomenos sagt, dass er außer Gefahr ist.«

»Das ist aber nicht das Verdienst des Mörders«, tobte Marius. »Ich stecke ihn mit einem bissigen Hund in einen Sack und schmeiße ihn in den Tiber, ich zieh ihm die Haut . . . Bei den Göttern, Alexios, ich bin auf diesen Lumpen wütend und sollte doch auf mich selber wütend sein! Ich habe wirklich alles verpatzt, ich habe mich benommen wie ein Ochse, den man vor einen Rennwagen gespannt hat. Dabei habe ich den besten Lehrer, einen, der nie solche Dummheiten begangen hätte . . .«

»Hör schon auf«, brummte Alexios. »Wäre ich jetzt hier,

wenn nicht auch ich in meinem Leben alles verpatzt hätte?«

Marius achtete nicht auf den Einwurf. Er packte den Alten bei den knochigen Armen und sagte: »Aber vielleicht – vielleicht gewährt mir Fortuna eine letzte Chance, doch noch zu erreichen, was ich mir vorgenommen habe.«

Alexios wollte ihn unterbrechen, aber Marius winkte ab. »Lass mich schnell erzählen.«

Er berichtete kurz, wie es ihm gelungen war, aus dem Eiskeller des Maecenas zu entkommen, und fuhr dann fort: »Kaum war ich wieder hier, kommt mein Vater die Treppe herauf.«

»Oh weh«, sagte Alexios. »Ist unsere Tarnung aufgeflogen?«

»Keineswegs«, gab Marius zurück. »Er hält uns für äußerst erfolgreiche Schreiber. Für so erfolgreich, dass er mich gebeten hat, für Procilias Mitgift aufzukommen. Es handelt sich um die Kleinigkeit von 18 000 Sesterzen.«

»Bei Venus!«, staunte der Alte. »Die Glut der Leidenschaft kann nicht allzu heftig sein, wenn sie einer solchen Summe bedarf, um entfacht zu werden! Aber ich verstehe nicht . . . wieso soll das ein Beweis dafür sein, dass Fortuna uns noch einmal gewogen ist?«

»Abwarten«, sagte Marius. »Mein Vater lud mich auf seine übliche liebenswürdige Art ein, ihn ins Bad zu begleiten. Dort hat er mir dann eröffnet, was er von mir will. Die Höhe der Summe hat mich ziemlich aufgeregt, wie du dir denken kannst, und ich bin ins Schwitzbad gegangen, um in Ruhe nachdenken zu können. Da hat mich Fortunas Gunst Zeuge eines Gesprächs werden lassen . . .«

In allen Einzelheiten berichtete er, was er über die Verschwörung gegen Augustus gehört hatte. »Der Imperator schwebt also in Lebensgefahr«, schloss er. »Wir sind diejenigen, die ihn retten können. Das müsste doch eigentlich reichen, um ... sag mal, was kicherst du eigentlich die ganze Zeit wie eine besoffene Matrone?«

Es stimmte, Alexios amüsierte sich köstlich. Er bleckte die ihm verbliebenen Zahnstummel und lachte aus vollem Hals.

»Vergib einem alten Mann seine Albernheit«, schnaufte er atemlos. »Aber es freut mich so, dass nicht nur du wahrhaft der Sohn der Fortuna bist, sondern obendrein ich der Großvater Fortunas genannt werden kann.«

»Ich verstehe nicht.«

»Die Sache ist ganz einfach.« Der Alte rieb sich die Hände vor Vergnügen. »Auch mir ist das Glück hold gewesen, ich musste nur ein bisschen nachhelfen. Als ich nämlich herausbekommen hatte, dass du gefangen worden warst, machte ich Folgendes ...«

Als er geendet hatte, ging er ins Nebenzimmer und kam mit einigen Papyrusrollen zurück. »Das sind sie«, sagte er und warf sie aufs Bett. »Damit haben wir zwei Eisen im Feuer. Aber was«, er kraulte sich nachdenklich den grauen Schopf, »was ist, wenn der Princeps uns hereinzulegen versucht?«

Marius zuckte die Achseln. »Warum sollte er? Er kann selbst dann nur verlieren. Trotzdem bleibt natürlich ein Risiko. Aber ich finde, der Preis ist den Einsatz wert.«

Es war ein ruhiges Jahr für das Römische Reich und damit auch ein ruhiges Jahr für den Mann, der dessen Geschicke lenkte: den »Princeps«, den Ersten Bürger, wie er sich selbst bescheiden nannte, um den verpönten Titel »König« zu vermeiden, den »Imperator Caesar Augustus«, wie ihn die anderen ehrfurchtsvoll betitelten, jedenfalls, wenn er anwesend war.

In diesem Sommer hatte er also viel Zeit, sich seinen Liebhabereien, nämlich der Dichtkunst und den Tafelfreuden, zu widmen; dass er seiner dritten Leidenschaft, der für junge Frauen nämlich, nur in Maßen nachging, dafür sorgte seine kluge und schöne Gattin Livia.

Umso häufiger feierte er Feste, und zwar am liebsten bei seinem Freund Maecenas. Denn erstens, er war ein ziemlicher Geizhals, sparte er dadurch eine Menge Geld, zweitens hatte Maecenas einen Kreis außerordentlich begabter junger Dichter um sich versammelt und drittens war das Essen bei ihm ausgezeichnet.

Als ihm darum der Senat am Ende des Monats Juli zu seinen zahlreichen Ehrentiteln und Privilegien auch noch die Rechte eines Volkstribunen* verliehen hatte, lud er sich wieder einmal für den Abend bei Maecenas ein, um dieses Ereignis gebührend zu feiern.

Es war ein vertrauter Kreis, der da im Speisezimmer beieinandersaß. Wegen des besonderen Anlasses waren auch Damen anwesend, nämlich Livia und die Frau des Gastgebers, Terentia. Neben einigen politischen Freunden des Princeps war auch der spöttische Dichter Horatius gekommen und, weil man ihn gebührend lange bekniet hatte, doch nach dem Essen ein längeres Stück aus seiner Aeneis vorzulesen, Vergilius, missmutig, verschlossen und schmuddelig wie immer.

Während die Gäste ihr Mulsum* schlürften und die Vorspeisen – Eier, Gurken, Pilze, gesalzenen Fisch, Austern und in Honig eingelegte Haselmäuse – serviert wurden, kam das Gespräch sehr bald auf den jungen Mann, der die unerhörte Frechheit besessen hatte, in das Haus des Maecenas einzubrechen, und dem es auch noch gelungen war, aus seinem Gefängnis zu entkommen.

»Es ist mir unbegreiflich«, sagte Maecenas, während er ein hartes Ei mit reichlich Garum beträufelte, »wie er das geschafft hat. Er muss einen Komplizen gehabt haben, aber wen? Ich habe vorsichtshalber alle Sklaven durchprügeln lassen, die an diesem Tag im Garten waren, aber es ist nichts dabei herausgekommen.«

»Mit den Sklaven ist es wie mit den Pferden«, bemerkte Horatius, »manchmal bewirkt ein Honigplätzchen mehr als . . .«

Er wurde von einem Sklaven unterbrochen, der jammernd und mit einem Tuch vor der Nase den Raum betrat und sich an Maecenas wandte.

»Verzeih, Herr, dass ich störe«, nuschelte er. »Aber ich soll dir das hier geben.« Er hielt ihm ein Wachstäfelchen hin.

Maecenas warf einen Blick darauf und erstarrte. »Nicht möglich!«, sagte er fassungslos. Er hielt das Täfelchen so, dass alle es sehen konnten. In das schwarze Wachs waren drei große Buchstaben eingeritzt: MFR. Darunter stand: »Ich habe dem Caesar Imperator Augustus eine wichtige Mitteilung zu machen, doch nur, wenn er gelobt, mich frei und unversehrt wieder gehen zu lassen.«

»Wer hat dir das gegeben?«, erkundigte sich Maecenas.

»Der . . . der junge Mann, den wir neulich gefangen hatten«, antwortete zögernd der Sklave.

»Und warum hast du ihn nicht am Kragen gepackt und hierher geschleift?«, herrschte ihn sein Herr an.

»Ich hab's ja probiert«, jammerte der Sklave, hob das Tuch vom Gesicht und zeigte seine angeschwollene, blutende Nase. »Der Türsteher wollte mir helfen, dem fehlen jetzt zwei Vorderzähne. In einer halben Stunde soll ich allein in eine Taverne in der Nähe kommen und die Antwort bringen.«

Der Princeps verzog die schmalen Lippen zu einem kühlen Lächeln. »Mut hat der Bursche, das muss man ihm lassen. Wir werden ihm Gelegenheit geben, uns zu zeigen, wie weit dieser Mut reicht. Ob er nicht nachlässt, wenn man ihm zum Beispiel beide Beine bricht.«

»Verzeih, wenn ich einen Einwand habe, o Caesar Imperator Augustus«, sagte Horatius. »Der Junge ist ja nicht dumm. Wenn er gewollt hätte, hätte er auf Nimmerwiedersehen verschwinden können. Ich nehme daher an, dass er dir wirklich etwas von Bedeutung zu sagen hat, du solltest ihn also anhören.«

»Eben, eben«, sagte Augustus. Sein Lächeln vertiefte sich und bekam einen Anstrich von Grausamkeit. »Ich werde ihn ja anhören und dafür sorgen, dass er auch ganz bestimmt die Wahrheit sagt.«

»Und ihm dennoch freies Geleit versprechen?«, wagte Horatius einzuwerfen.

»Ist man einem Verbrecher gegenüber, der sich vielfach gegen die Gesetze des Staates vergangen hat, an sein Wort gebunden?«, hielt der Princeps dagegen. »Was meinst du, Vergilius?«

»Ich hasse das gemeine Volk und halte es von mir fern!«, brummte der Dichter mürrisch.

»Verzeihung, aber dieser Satz ist von mir«, sagte Horatius, »und ich habe ihn bestimmt nicht auf einen so ungewöhnlichen Mann wie diesen *Marius fur Romae* gemünzt.«

»Man sollte die öffentliche Meinung bedenken«, mischte sich da mit heller, klarer Stimme Livia ein. »So ein Dieb könnte schnell zum Helden werden, versteht ihr, einer, der den Reichen nimmt, um den Armen zu geben, einer, dem die Götter beistehen, der keine Furcht kennt und die Herzen aller Frauen bricht. Wenn man so einen foltern oder gar töten lässt, könnte das schlimme politische Folgen haben. Und noch schlimmer wäre es, wenn bekannt wird, dass Caesar Augustus sein Wort gebrochen hat.«

»Es muss ja niemand erfahren«, sagte Augustus. »Auf die Verschwiegenheit der Anwesenden werde ich mich ja wohl verlassen können.«

»Und was ist mit den Sklaven?«, entgegnete Livia. »Hast du schon einmal erlebt, dass in dieser Stadt etwas geheim geblieben ist?« Und mit einem Lächeln fügte sie hinzu: »Außerdem scheint mir dieser Dieb nicht zu denen zu gehören, die keine Vorsorge treffen.«

»Was rätst du mir also?«, fragte der Princeps.

»Versprich ihm freies Geleit, höre ihn an und, was auch immer er zu sagen hat, stehe zu deinem Wort.«

»Also gut«, sagte der Princeps verdrossen, kritzelte ein »ich gelobe es« auf das Wachstäfelchen und reichte es dem Sklaven. »Aber jetzt, Maecenas, lass einen Krug vom Besten holen, ich habe nämlich einen schlechten Geschmack im Mund!«

Die Gäste widmeten sich eben hingebungsvoll einem gebratenen Zicklein, das mit gedämpften Möhren und einem Püree aus Lattichblättern serviert wurde, als der Sklave erneut den Raum betrat; seine Nase hatte Farbe und Gestalt einer roten Bete angenommen. Mit furchtsamem Blick in die Runde verkündete er: »Der Dieb ist wieder da.«

»Hast du bemerkt, ob Komplizen von ihm in der Nähe sind?«, erkundigte sich Maecenas.

Der Sklave schüttelte den Kopf. »Bis auf einen alten hinfälligen Bettler war die Straße völlig leer.«

»Hast du ihn nach Waffen durchsucht?«

»Er hat nichts bei sich, bis auf ein Papyrusröllchen und eine Geldbörse.«

»So führe ihn herein!«

Gleich darauf betrat Marius das Speisezimmer, höflich grüßend, indem er die rechte Hand hob: »Seid gegrüßt!«

»Was willst du?«, fragte der Princeps barsch.

»Ich sehe, dass du in Eile bist, sogar, wenn du beim Essen liegst, erhabener Caesar.« Marius schaffte es, seiner Stimme einen zuversichtlichen Klang zu verleihen, obwohl er nur mit Mühe das Zittern seiner Knie unterdrücken konnte. »Deshalb will ich mich auch nicht lange mit Floskeln aufhalten, sondern mich auf das Wesentliche beschränken. In meinem Gewerbe . . .«, er blickte lächelnd in die Runde und bemerkte, dass zumindest Quintus Horatius und eine der beiden Frauen sein Lächeln erwiderten, »kommt man ziemlich weit herum. Ich habe aus absolut zuverlässiger Quelle erfahren, dass ein gefährlicher Aufstand gegen dich vorbereitet worden ist, einer, der dich mit großer Wahrscheinlichkeit das Leben kosten wird.«

Er machte eine Pause, um die Wirkung seiner Worte zu erhöhen. Atemlose Stille herrschte, der Hausherr und seine Gäste starrten ihn entsetzt an. Augustus war blass geworden, aber seine Augen blickten kalt.

»Ich bin in der Lage, dir durch meinen Informanten die Namen der Rädelsführer, Ort und Zeit sowie die Art des geplanten Anschlags bekannt zu machen.« Er machte eine

Pause und fügte dann hinzu: »Wenn du meinen Preis bezahlst.«

Der Princeps fuhr auf: »Und was wäre das – dein Preis?«

»Ich habe mir erlaubt, es dir auf einem Stück Papyrus aufzuschreiben. Gestatte, dass ich vorlese. Erstens: Für meine Einbrüche wird mir jegliche Strafe erlassen, niemand wird Ansprüche gegen mich erheben.

Zweitens: Ich erhalte ein Landgut in Latium, dessen Größe und Ertragstärke in etwa um das Dreifache das übertrifft, das Maecenas meiner Familie genommen hat.

Drittens: Der Imperator Caesar Augustus erwirkt die Freilassung einer Sklavin namens Nioba und übernimmt die damit verbundenen Kosten.

Viertens: Meine Schwester erhält eine Mitgift von zwanzigtausend Sesterzen.

Fünftens: Mir selbst wird die Summe von fünfzigtausend Sesterzen ausgezahlt. Das ist schon alles.«

Augustus' Augen waren schmal geworden. Das Lachen, das er hervorbrachte, glich mehr dem Knurren eines gereizten Wolfs.

»Du musst wahnsinnig sein«, sagte er höhnisch. »Danke den Göttern, wenn wir dir das nackte Leben schenken! Falls deine angebliche Verschwörung überhaupt existiert.«

»Sie existiert, erhabener Caesar«, sagte Marius gelassen; nur wer ihn genau kannte, hätte das leichte Beben in seiner Stimme vernommen und geschlossen, wie es in ihm aussah. Oh ja, er würde dem Jupiter auf dem Capitol ein Dankopfer bringen, wenn er hier lebend wieder herauskam.

Doch von seiner Angst durfte nichts nach außen dringen. »Frechheit siegt«, hatte ihm Alexios eingeschärft. Also fuhr er mit großer Festigkeit fort:

»Ich kann dir den unumstößlichen Beweis liefern.«

Augustus hob scheinbar unbeeindruckt die Schultern. »Du bist ein kleiner Ganove, nichts weiter. Wir legen keinen Wert auf deine Dienste und schon gar nicht wollen wir dafür aberwitzige Summen bezahlen. Immerhin waren wir bereit, dich anzuhören, und falls – falls, hörst du – an deinen Behauptungen etwas dran sein sollte, über eine kleine Belohnung mit uns reden zu lassen.«

Marius ließ sich seine Erleichterung nicht anmerken. Offenbar hatte seine Entschiedenheit dem Princeps klargemacht, dass er wirklich etwas von Bedeutung wusste.

In diesem Augenblick stürmte ein Sklave in das Speisezimmer, begab sich zu seinem Herrn und raunte ihm etwas ins Ohr. Marius sah den Ausdruck äußerster Bestürzung in Maecenas' Gesicht und wusste, dass Alexios soeben das zweite Eisen aus dem Feuer geholt hatte.

»Was ist passiert?«, fragte Maecenas' Frau erschrocken, als sie die Miene ihres Mannes sah.

Maecenas schaute zu Vergil, der wie üblich lustlos in seinem Essen herumstocherte, und biss sich auf die Lippen. »Ich weiß nicht, vielleicht gar nichts«, murmelte er, »ein alter Bettler war gerade an der Tür und hat etwas behauptet, bestimmt ist es nur ein übler Scherz . . .« Heftig fuhr er den Sklaven an: »Unmöglich! Sieh nach!«

Einige Minuten vergingen, bis der Mann aufgeregt zurückkam. »Ich finde es nicht!«

»Hast du keine Augen im Kopf, du Esel?«, brauste Maecenas auf, erhob sich schwerfällig und stapfte hinaus. Als er zurückkehrte, war er weiß wie eine frisch gebleichte Toga. »Das ist un-unmöglich«, stotterte er, »unmöglich, da-das gibt es nicht!«

Wieder sah er zu Vergil und sagte mit einer Stimme, als ob er gleich in Tränen ausbrechen würde: »Dein Manuskript . . . es ist verschwunden!«

Vergil stieß einen spitzen Schrei aus und stierte seinen Gastgeber mit offenem Mund und weit aufgerissenen Augen an. »Das Manuskript? Mein Manuskript? Die drei Bücher der Aeneis, an denen ich gerade arbeite? Von denen ich noch keine Abschrift habe?«

Plötzlich saugte der Ärmste keuchend die Luft ein wie ein Erstickender, er sprang auf, verrenkte die Glieder und begann, hysterisch zu kreischen und zu lachen. »Hahahaha, das Manuskript ist weg, verschwunden, einfach verschwunden, hahahaha, die Arbeit von Jahren, weg wie dieser Ziegenbraten hier . . .«, er stopfte sich ein Stück Fleisch in den Mund und schrie und lachte unentwegt weiter, während er kaute, »hahahaha, gefressen und verdaut von einem Dämon, ausgeschissen in der Kloake der Vergänglichkeit, hahahaha, wenn das nicht die Bestimmung der wahren Kunst ist, geschaffen, um vernichtet zu werden, hahaha . . .!«

Wie abgeschnitten verstummte das Gelächter, er sank bewusstlos zusammen, gerade noch gelang es Horatius, ihn vor einem Sturz zu bewahren. Marius bereute fast, dass er dieser empfindsamen Dichterseele den Schock nicht hatte ersparen können.

Während sich die Frauen um Vergil bemühten und nach Wasser und Riechsalz riefen, beobachtete er Augustus. Kälte und Unbewegtheit waren aus dem Gesicht des Princeps gewichen, er war wie vom Donner gerührt.

»Das unersetzliche Manuskript – verloren!«, rief er aus. »Diese wunderbaren Bücher der Aeneis, die an die Werke des göttlichen Homer heranreichen, ja, diese noch übertreffen! Verloren die Geschichte der tragischen Liebe zwischen Dido und Aeneas, die in der Dichtung aller Zeiten nicht ihresgleichen hat!«

Mit halbem Ohr hörte Marius, wie Horatius brummte: »Na, so einzigartig ist das auch wieder nicht. Andere Leute haben ebenfalls sehr gute Sachen geschrieben.« – Der Imperator vernahm es nicht, er war vollkommen erschüttert.

»Unersetzlich, wahrhaft unersetzlich, das gelingt ihm nicht noch einmal«, murmelte er und rief dann anklagend: »Maecenas! Wie konnte das passieren!«

»Es ist mir ein Rätsel!«, erwiderte der und rang die Hände. »Du weißt doch, wo ich es aufbewahrt habe. Vergil hat es mir ja selbst gegeben, weil es dort so gut aufgehoben sei!«

»Wir müssen es zurückbekommen«, sagte Augustus. »Wir müssen! Wer hat Zutritt zu deinem Archiv? Wir werden sie alle foltern, bis wir die Wahrheit kennen. Wer ist dieser Bettler? Lauf ihm nach und fasst ihn, damit wir aus ihm herausquetschen, was er weiß. Los!!«

Das letzte Wort brüllte er mit Stentorstimme, sodass der Sklave auf den Fersen kehrtmachte und wie der Blitz davonrannte.

Die Mühe kann er sich sparen, dachte Marius. Alexios ist längst auf und davon.

Inzwischen war Vergilius wieder zu sich gekommen und lag auf dem Speisesofa, mit zitternden Lippen, die Augen voller Tränen, und Marius beschloss, ihn von seinen Qualen zu erlösen.

»Erhabener Caesar!«, rief er, »höre mich an!«

Schlagartig wandte sich ihm die Aufmerksamkeit aller zu.

»Wenn ich die Sache richtig einschätze«, fuhr er fort, »so ist der alte Bettler nur ein bezahlter Bote und weiß von nichts. Meine Kontakte hingegen reichen weit. Ich glaube, ich könnte das Manuskript wieder beschaffen.«

Wieder schrie Vergil auf, diesmal war es ein Schrei des Entzückens. »Mach es und ich will für immer dein Sklave sein!«

Augustus' Augen hatten erst hoffnungsvoll aufgeleuchtet, dann wurde sein Blick wieder feindselig. Er fragte: »Und was soll uns diese erneute ›Dienstleistung‹ kosten?«

»Kein As mehr, als du dafür bezahlst, dass ich dir die Namen der Verschwörer nenne.«

»Aha, so ist das.« Der Princeps sah ihn lauernd an. »Dann gehen wir wohl recht in der Annahme, dass du deine sogenannten Kontakte gar nicht nützen müsstest, um das verschwundene Manuskript wieder herbeizuschaffen, dass es vielmehr so eine Art zusätzliches Pfand für deine Sicherheit ist?«

Es war vorauszusehen gewesen, dass diese durchsichtige Finte nicht lange Bestand haben würde!

»Du hast recht, Imperator Caesar Augustus. Man könnte es so sagen, ja.«

Die kalte Stimme bekam einen drohenden Unterton. »Meinst du nicht, dass wir Methoden hätten, dich zu zwingen, alles zu sagen, was du weißt, und das Manuskript herauszugeben, ganz ohne Gegenleistung?«

Er deutete auf einen der Kandelaber. »Wenn wir dir zum Beispiel ein wenig die Fußsohlen anrösteten, würdest du nicht mit größter Bereitwilligkeit mit uns zusammenarbeiten?«

Jetzt war er da, der Moment, über den sie immer wieder diskutiert hatten. Hin und her hatten sie überlegt, was zu tun wäre, wenn Marius in der Höhle des Löwen wäre, und der Löwe würde die Tatze zum tödlichen Schlag erheben.

Eine Möglichkeit, seine Sicherheit zu garantieren, hatten sie nicht gefunden. Frechheit siegt! Alexios' Worte klangen ihm im Ohr.

»Du würdest nichts dabei gewinnen, erhabener Caesar«, sagte er deshalb mit mehr Entschiedenheit, als er empfand. »Wenn die Flammen meine Füße versengten, würde auch das Manuskript in Feuer und Rauch aufgehen und wäre für immer verloren.«

Zufrieden registrierte er das Aufstöhnen Vergils und den Schrecken in der Miene des Princeps. Zuversichtlicher fuhr er fort:

»Wenn ich die Schmerzen der Folter ertragen müsste, würde ein Bote die Verschwörer warnen, und sie würden sich vielleicht für immer deiner Gerechtigkeit entziehen. Und außerdem würde ich natürlich Namen über Namen hervorsprudeln in meiner Qual, aber nie würdest du wissen, ob es die richtigen sind, immer müsstest du Furcht haben, dein Leben lang: Wann werden die Mörder zuschlagen? Wo? Sind deine Freunde wirklich deine Freunde?«

»Pah, wir sind es gewohnt, mit der Gefahr zu leben, das ist nicht die erste Verschwörung!«

»Und außerdem, erhabener Caesar, wäre es nicht ehrenhaft, so zu handeln.«

»Ein Dieb will uns belehren, was ehrenwertes Handeln heißt! Eine Unverschämtheit!« Augustus ließ seine Faust auf die Tafel krachen, doch Marius sprach unbeirrt weiter.

»Ich bin aus freien Stücken hierher gekommen. Nachdem ich mich aus dem Keller befreit habe, hätte ich mühelos untertauchen können, niemand hätte mich gefunden.«

Marius richtete sich kerzengerade auf und breitete die Arme aus. »Ich habe mich in deine Hand begeben, erhabener Caesar«, sagte er pathetisch, »weil ich den Wunsch habe, wieder ein unbescholtener Bürger zu sein, und weil ich dein Leben retten wollte, dich, der du selbst der Retter und Bewahrer des römischen Volkes bist. Kannst du mich dafür verurteilen?«

Immer wieder hatte Alexios diese Sätze und die dazugehörige Pose mit ihm eingeübt. »Da muss jede Einzelheit sitzen! Glaub mir, mein Sohn, so werden in Rom Gesetze durchgebracht und Prozesse gewonnen!«

Marius schwieg und musterte verstohlen die Gesichter der Anwesenden.

Vergilius blickte flehentlich zu Augustus; er dachte nur an die Rettung seines Manuskripts. In der Miene des Horatius waren spöttische Zustimmung und fast so etwas wie Bewunderung zu lesen. Maecenas sah ihn beinahe wohlwollend an, erstaunlich, wenn man bedachte, dass Marius für zwei Einbrüche in seinem Haus verantwortlich war. Livia, die Gattin des Augustus, nickte ihm lächelnd und mit offener Sympathie zu.

Und der Erste Bürger selbst?

Er war keineswegs überzeugt. Seine Augen glitzerten nach wie vor feindselig, schienen zu sagen, wie kann dieses Würstchen es wagen, mich zu erpressen!

Er schüttelte den Kopf und öffnete den Mund, um zu sprechen, doch er wurde von seiner Frau unterbrochen, bevor eine Silbe über seine Lippen gekommen war.

»Verzeih mir, mein lieber Gatte, wenn ich mir die Freiheit nehme, das Wort an dich zu richten, bevor du deine Entscheidung triffst. Bedenke, welch unersetzlichen Verlust wir zu beklagen haben, sollte Vergils Manuskript verloren gehen oder zerstört werden. Bedenke weiter, wie viel

Ängste du mir aufbürdest, wäre ich nicht sicher, dass die Männer, die dir nach dem Leben trachten, dingfest gemacht werden. Und bedenke schließlich: Ein Feind ist gefährlich. Ein verletzter Feind ist noch weit gefährlicher. Und ein toter Feind ist weniger nützlich als einer, den man sich durch Großmut zum Freund gemacht hat.«

Livia war eine sehr ansehnliche Frau. Sie hatte ein ebenmäßiges, ein wenig rundes Gesicht, eine hohe Stirn, einen wohlgeformten kleinen Mund, eine gerade Nase und einen makellosen Teint.

Das Bemerkenswerteste an ihr aber waren ihre Augen. Sie waren groß wie sizilische Mandeln, schimmerten silbergrau wie die Blätter des Olivenbaums und blickten mit einer strahlenden Eindringlichkeit, der sich kein Gegenüber entziehen konnte.

Diese Augen richtete sie auf ihren Mann, der die seinen erst niederschlug, dann aber ihren Blick erwiderte.

Niemand sprach ein Wort.

Unverwandt sahen sich die beiden an, eine Geschichte, eine Debatte, ein Austausch von Plädoyers schienen in diesen Blicken zu liegen.

Nach einer Zeitspanne, die Marius schier endlos vorkommen wollte, räusperte sich Augustus und sagte knapp: »Also gut, es soll Folgendes geschehen: Gib mir die Namen der Verschwörer und nenne mir den Beweis, schaff das Manuskript Vergils herbei und du sollst bekommen, was du verlangt hast, ich gelobe es vor diesen Zeugen.« Plötzlich wurden seine Züge weich und er lächelte jenes warme und bezwingende Lächeln, das ihn beim Volk so beliebt machte.

»Ich danke dir, erhabener Caesar!«, sagte Marius, aber er

schaute dabei zu Livia, die ihm kaum merkbar zublinzelte. »Darf ich dich dann, nur der guten Ordnung wegen, bitten, die Auflistung zu unterzeichnen und mit deinem Siegel zu versehen?«

Horatius brach in Gelächter aus und bis auf Vergil stimmten alle ein. Auf einmal war die Atmosphäre wie verwandelt und man behandelte Marius, als ob er ein Gast wäre. Da die drei Sofas belegt waren, wurde für ihn ein Sessel herbeigeschafft; ein Sklave setzte, auf einen Wink des Maecenas, einen Teller mit harten Eiern und eingelegtem Gemüse vor ihn hin, ein zweiter bot ihm Wein aus einem kostbaren Silberkrug an.

Marius wollte schon dankbar annehmen, da kam ihm eine gewisse Amphore in den Sinn, eine Amphore aus dem Keller, in dem er unfreiwillig eine Nacht zugebracht hatte, und er beeilte sich, dankend abzulehnen: »Nur ein wenig Wasser, bitte. Ich muss einen klaren Kopf behalten.«

Als die Mahlzeit mit Rosinen, Nüssen und in Honig gebratenen Datteln ihren Abschluss gefunden hatte, richtete sich der Princeps auf und sagte, nun wieder mit kaum verhohlener Ungeduld: »Wir haben eine Abmachung getroffen. Erfülle jetzt dein Versprechen und gib Auskunft! Wer sind die Verschwörer?«

Marius wollte schon beginnen, da hielt ihn eine warnende Stimme in seinem Inneren zurück. Konnte er ihnen allen trauen? War nicht vielleicht einer unter ihnen, der auch das Zeichen in seiner Börse trug?

»Ich werde dir alles mitteilen, was ich weiß, erhabener Caesar«, sagte er deshalb, »aber nur unter vier Augen.«

Der Princeps überlegte kurz und nickte dann. »Einverstanden.«

Marius wurde ins Archiv geführt, wo er einen Moment lang warten musste. Neugierig sah er sich um. Aus diesem Raum also hatte Alexios das Manuskript gestohlen. Wieder einmal bewunderte er das Geschick und die Geistesgegenwart seines alten Freundes.

Seine Gedanken schweiften ab. Wie es wohl Marcellus ging? Sobald er seine Versprechen eingelöst hatte, musste er sich um ihn kümmern! Bei den Göttern, sie waren wirklich ein erstklassiges Triumvirat und hätten zusammen noch manchen Beutezug unternehmen können!

Fast hätte Marius bedauert, dass es damit vorbei sein sollte. Als er jedoch an das Mädchen mit der honigfarbenen Haut dachte, das neben ihm auf dem sonnenüberglänzten Hügel sitzen und auf das stattliche Gut hinuntersehen würde, das ihnen gehörte, war es mit dem Bedauern vorbei, und er malte sich das Leben aus, das vor ihm lag. Seine beiden Freunde würden natürlich mit ihm und Nioba kommen . . . und seine Familie?

Plötzlich war ihm wie einem, der mit geschlossenen Augen glaubt, dass man ihm eine süße Dattel zwischen die Lippen schiebt, und stattdessen auf ein Stück ranzigen Stockfisch beißt.

Seine Schwester würde natürlich bei ihrem Zukünftigen, dem glatzköpfigen Salbenhändler, bleiben und bis an ihr Lebensende Fettcremes zusammenrühren müssen. Aber seine Eltern – wenn sie mitwollten, würde er es ihnen kaum verwehren können. Er hörte schon die nörgelnde Stimme seines Vaters, sah jede seiner Handlungen überwacht und kritisiert . . .

Die Ankunft des Princeps erlöste ihn für den Moment von dieser peinigenden Vorstellung.

Augustus lehnte sich an das Regal mit den Schriftrollen und befahl: »Warte noch einen Moment!«

Als gleich darauf Livia den Raum betrat, sagte er knapp: »Das geht in Ordnung, sie weiß alles, was mich betrifft.«

Marius nickte; ihm war es nur recht, wenn die Frau dabei war, die seine Gönnerin zu sein schien. Aber er staunte über den Mann, der als herrisch und ichbezogen galt und doch seiner Ehefrau vollstes Vertrauen schenkte.

Als Livia auf einem Sessel Platz genommen hatte, begann er: »Zwei Männer sind die Köpfe der Verschwörung. Sie heißen Fannius Caepio . . .«

»Ich kenne ihn«, knurrte Augustus. »Ein schwerreicher Ritter, der den Hals nicht vollkriegen kann und seine Geldgier mit republikanischer Gesinnung verbrämt. Ich hätte ihn allerdings für zu schlau und zu feige gehalten, sich einem Komplott anzuschließen. Und der andere?«

»Der andere ist ein hoher Beamter, denn er trägt die Toga mit dem breiten Purpurstreifen. Sein Name ist Antonius Terentius.«

»Unmöglich!« Wie aus einem Mund schrien Livia und Augustus das Wort heraus.

»Antonius Terentius Varro Murena?«, hakte der Princeps nach.

Marius hob die Hände. »Das weiß ich nicht, ich habe nur die ersten beiden Namen gehört.«

Augustus schüttelte fassungslos den Kopf. »Es spielt auch keine Rolle; es gibt nur einen Antonius Terentius, der ein hohes Staatsamt bekleidet hat. Dank meines Einflusses ist er im letzten Jahr Konsul gewesen. Und das ist der Dank! Oh Zeiten, oh Sitten!«

Als ob du nicht hundertmal deine Freunde hintergangen

und übervorteilt hättest, dachte Marius und murmelte ein mitfühlendes »Unglaublich!«.

»Ja, auch ich kann es kaum glauben«, bestätigte Livia. »Er war dir doch immer so ergeben . . .«

»Ach ja? Und hat er nicht beim Prozess gegen den Statthalter von Makedonien indirekt Stellung gegen mich bezogen? Ich sage dir, er ist ein heuchlerischer, falscher und hinterhältiger . . .«

Der Princeps unterbrach sich und fragte brüsk: »Und dein Beweis?«

»Alle Verschwörer tragen ein Geldstück in der Börse, das dein Bild trägt. Mitten durch den Kopf ist ein Loch gebohrt.«

Livia schluckte. »Das ist ebenso brutal wie deutlich«, sagte sie. »Du solltest jetzt handeln.«

Statt einer Antwort stürmte Augustus hinaus.

»Wann soll das Attentat stattfinden?«, erkundigte sich Livia leise.

»Am 21. August.«

Die Frau des Princeps nickte traurig. »Am Festtag des Consus. Das passt. Niemand weiß so genau wie Antonius Terentius, dass wir diesen Tag stets bei Maecenas verbringen. Seine Schwester ist Maecenas' Frau.«

»Wird sie ihren Bruder warnen?«

Livia schüttelte den Kopf. »Sie weiß nichts. Und wenn sie etwas ahnte . . . Nein, auch dann nicht. Sie und Maecenas sind aufrichtige, treue Freunde des Caesars.«

»Hat ein Mann wie Caesar Augustus überhaupt richtige Freunde?« Marius war mit seiner Frage herausgeplatzt, ohne zu überlegen. »Ich meine, weil . . .«, mühsam suchte er nach den richtigen Worten.

»Du meinst, weil er es auf dem Weg nach oben mit den meisten verdorben hat?« Livia lächelte, ein wenig wehmütig, wie ihm schien.

»Du würdest es in der römischen Politik zu nichts bringen, junger Mann«, sagte sie scheinbar zusammenhanglos. »Du bist zu aufrichtig und – zu impulsiv. Beides kann man sich erst leisten, wenn man ganz oben auf der Leiter steht.«

Versonnen trommelte sie mit den Fingern auf der Lehne ihres Sessels. »Aber in anderer Hinsicht könntest du Erfolg haben – mit deinem Mut, deiner Geschicklichkeit und deinen . . .«, sie räusperte sich leicht, »mit deinen sonstigen, nicht unbedingt respektablen, aber nützlichen Fähigkeiten. Der Caesar braucht Leute wie dich. Du könntest Geheimagent werden, mit sehr gutem Einkommen und schon bald mit einem hohen militärischen Rang.«

Für den Princeps spionieren? Zu Macht und Einfluss gelangen? Geld im Überfluss haben? Auf einmal schien alles zum Greifen nah, was er sich erträumt hatte. Dennoch mochte er jetzt nicht Ja sagen, sosehr sein Verstand ihm dazu riet.

So fuhr er sich mit den Fingern durch den roten Schopf und meinte zögernd: »Ich werde es mir überlegen.«

Sie sah ihn mit ihren großen schimmernden Augen an. »Ich verstehe. Jedenfalls – was auch immer geschieht, der Caesar wird seine Zusagen einhalten. Dafür werde ich sorgen.«

Sie stand auf und legte ihm leicht die Hand auf den Arm.

»Beurteile ihn nicht nach unschönen Einzelheiten. Er ist ein großer Mann mit Weitblick und Visionen. Wer aber den Blick in die Ferne richtet, der zertritt gelegentlich das, was ihm vor die Füße gerät. Eines Tages wird man ihn an dem messen, was er für den römischen Staat getan hat. Und dann wird sein Ruhm nicht seinesgleichen haben.«

Sie hob die Hand zum Abschied. »Du solltest jetzt auch das zweite deiner Versprechen einlösen und das Manuskript zurückbringen. Nicht nur der arme Vergil, wir alle werden erleichtert sein, wenn es wohlbehalten wieder hier ist. Denn es ist wirklich einzigartig.«

Damit verschwand sie. Marius schaute ihr voller Bewunderung hinterher. Wahrscheinlich hatte sie recht und Augustus war ein großer Mann. Wenn aber Frauen dieselben gewichtigen Rollen spielen dürften wie Männer, dann würde sie ihren Gatten womöglich noch übertreffen. Und wer weiß, vielleicht war in Wirklichkeit sogar sie es, die die Geschicke Roms lenkte – klug, planvoll und so zurückhaltend, dass Augustus es nicht einmal bemerkte.

## 14.
## Die Befreiung

Marius fand Alexios in der Taverne, die sie als Treffpunkt ausgemacht hatten.

Der Alte seufzte erleichtert, als er seinen Schützling erblickte.

»Ist alles gut gegangen?«, rief er ihm entgegen. »Ich bin tausend Tode gestorben vor Angst!«

«Es war gar nicht allzu schwierig«, gab Marius triumphierend zurück, als er sich neben dem Alten auf die Bank fallen ließ und durstig dessen Becher an die Lippen setzte.

»Pfui Spinne, was für ein saures Zeug«, sagte er und schüttelte sich. »Aber immer noch besser als Maecenas' Falerner.« Grinsend erzählte er, wie er in dessen Keller erst seinen Durst nach Wein und dann den nach Rache gestillt und deshalb heute Abend den angebotenen Trunk abgelehnt hatte. »Du verstehst, mein Freund, das Risiko war mir zu groß, dass ich mein eigenes Wasser schlürfen müsste.«

Der Alte lachte schallend, sagte dann aber ernst: »Behalte das bloß für dich, sosehr es dich auch erheitert. Die Großen dieser Welt lieben es nicht, wenn man sie lächerlich macht. Aber jetzt sag mir schon, wie es gegangen ist!«

Als Marius seinen Bericht beendet hatte, sah ihn der Alte prüfend an.

»Und du glaubst, dass die Zusagen eingehalten werden?«

Marius stopfte sich ein Stück Ziegenkäse in den Mund und spülte mit Wein nach. »Dem Ersten Bürger traue ich nicht über den Weg«, sagte er. »Wenn du zwei Sechsen würfelst und er zwei Einsen, dann würde er kraft seiner Stellung schnell die Sechser zu Einsern und die Einser zu Sechsern erklären, damit er nicht verlieren muss. Aber auf Livias Wort – da würde ich jederzeit eine Million Sesterzen setzen, wenn ich sie hätte.«

Alexios lächelte versonnen. »Das sagt man ihr nach. Dass sie klug und vertrauenswürdig ist und dass sie großen Einfluss auf ihren Mann besitzt. Das lässt mich hoffen für dein barbarisches Volk, Marius.«

Für einen Augenblick war der Alte ganz weit weg, sein Geist streifte durch eine ferne Vergangenheit, über den Markt und durch die Säulenhallen des alten Athen, glaubte, die Worte der klugen Aspasia zu hören, auch einer Frau, die mit Herz und Verstand zum Besten aller Einfluss auf ihren Mann genommen hatte – auf Perikles, den athenischen Herrscher.

Dann schüttelte er den Kopf, wie um die inneren Bilder zu vertreiben, und fragte bedächtig: »Und Livias Angebot, Agent zu werden, willst du das annehmen?«

Marius antwortete mit einer Gegenfrage. »Würdest du es annehmen?«

»Das hat nichts zu sagen, mein Freund. Die Götter haben dich an eine Weggabelung gelangen lassen, nicht mich. Du musst entscheiden.«

Stumm sah Marius vor sich hin. »Für Augustus zu arbeiten«, meinte er schließlich, »das ist vielleicht angenehm, solange du ihn bei Laune hältst, alles tust, was er sagt, auch wenn du es für falsch hältst, und dabei trotzdem erfolgreich bist. Du musst einer sein, der glatt und geschmeidig ist, der auch den Spott mit dem Mantel der Ehrerbietung umkleidet, wie Horaz, und der, selbst wenn ihm das Blut schon in den Adern kocht, noch kühl und überlegt genug ist, um zu schweigen.

Das alles geht über meine Fähigkeiten hinaus, wie du weißt. Du kennst meinen Hitzkopf, Alexios; ich fürchte, trotz Livias Fürsprache würde ich das Wohlwollen des Princeps bald verloren haben. Und außerdem hat mir diese Stadt nie gefallen. Sie ist mir zu laut, zu voll, zu hinterhältig und sie stinkt mir zu sehr. Ich möchte zurück aufs Land, wo es still ist und die Luft nach Pinien duftet, ich möchte lieber im Verborgenen glücklich werden als in Rom um der Macht und des Ruhmes willen ständig von Missgunst und Feindschaft bedroht zu sein.

Nein, Alexios, ich werde kein Agent des Augustus werden, auch wenn es mir zuwider ist, Livia vielleicht zu enttäuschen.«

Der Alte nickte erleichtert. »Ich habe, ehrlich gesagt, gehofft, dass du zu dieser Entscheidung kommen würdest. Ich bin zu alt für dieses aufregende Leben.«

Er griff nach den Papyrusrollen, die neben ihm auf der Bank lagen. »Also los! Befreien wir Vergilius, den Ärmsten, von den Qualen der Ungewissheit!«

Am Palast des Maecenas angelangt, wurden sie sofort ins Speisezimmer geführt. Alle Anwesenden sahen ihnen erwartungsvoll entgegen, Vergilius sprang auf und breitete sehnsüchtig die Arme aus. »Wo? Wo ist es?«, schrie er. »Lasst es mich sehen!«

Marius beachtete ihn nicht, sondern überreichte die Manuskriptrollen dem Princeps. »Der zweite Teil meiner Zusage, erhabener Caesar, ist erfüllt«, sagte er bedeutungsvoll.

Augustus nickte. »Wie auch immer dir das möglich war.« Er warf einen scharfen Blick auf Alexios und gab die Rollen an den fiebernden Vergilius weiter. »Hier, mein Freund, prüfe, ob alles vorhanden ist, was du diesem Haus als kostbares Pfand deiner Kunst gelassen hattest!«

Der öffnete mit zitternden Fingern die erste, die zweite, die dritte Rolle, schien die Wörter auf dem Papyrus mit den Augen in sich hineinzusaugen und ließ sich dann mit einem schluchzenden Seufzer auf das Sofa fallen.

»Es ist alles da«, stammelte er, mühsam nach Fassung ringend, »das dritte, das vierte und das sechste Buch, nichts fehlt, den Göttern sei Dank! Oh wärest du, mein Werk, mir auf die Dauer entrissen geblieben, der Freitod wäre mein einziger Ausweg gewesen! Oh ihr Seiten, die ihr alles enthaltet, meinen Schweiß, mein Herzblut, die Kühnheit meiner Gedanken, meine Ehrfurcht vor den Unsterblichen . . .«

»Du hast sie ja wieder, deine Seiten«, beruhigte ihn Horatius mit dem gewohnten Spott in der Stimme, »trag uns lieber etwas daraus vor, anstatt hier vor dich hin zu jammern!«

Schlagartig endete das Wehklagen. Augustus' Augen glänzten, er klatschte erwartungsvoll in die Hände.

Da entrollte der Dichter ein Manuskript, suchte ein wenig darin herum und begann, nachdem er tief Luft geholt hatte, mit singender Stimme: »*Tu ne cede malis, sed contra audentior ito . . .*[*]«

Doch mehr vergönnten die Götter ihm und seinen gebannten Zuhörern nicht.

Ein Prätorianer stürmte ins Speisezimmer, schweißüberströmt, aus mehreren Wunden blutend.

»Antonius Terentius und Fannius Caepio!«, stieß er hervor. »Sie sind entkommen!«

Er wäre zusammengebrochen, hätte Marius ihn nicht aufgefangen und gestützt.

»Antonius Terentius?«, schrie Terentia, die Gattin des Maecenas, angstvoll, »was hat mein Bruder mit der Verschwörung zu tun?«

»Er ist ihr Kopf«, erwiderte der Princeps brutal und herrschte den Mann wutentbrannt an: »Wie konnte das passieren?«

»Sie waren weit in der Übermacht, Herr, außerdem waren jede Menge erprobter Kämpfer dabei. Offenbar hatten sie für heute eine Versammlung anberaumt, was wir nicht wissen konnten. So standen wir zu sechst anstatt Antonius und Fannius und bestenfalls noch ein paar Sklaven dreißig Feinden gegenüber. Und einen riesigen Hund haben sie außerdem noch auf uns gehetzt . . . Wir alle sind verwundet . . . Dass die meisten entkommen sind, konnten wir beim besten Willen nicht verhindern.«

»Sechs ausgebildete Elitekämpfer«, schrie Augustus mit zorniger Verachtung, »werden nicht mit einem Haufen verweichlichter republikanischer Fettwänste fertig und lassen ausgerechnet die Rädelsführer entwischen! Und das Zeichen? Habt ihr wenigstens das Zeichen gefunden?«

Der Leibwächter nickte müde. »Zwei von ihnen haben wir

gefangen genommen. Sie hatten es beide in ihrem Geldbeutel.«

Er griff in seinen Gürtel und zog etwas hervor, das im Schein der Kandelaber matt glänzte: eine Münze mit der Büste des Princeps. Der Kopf war durchbohrt.

Marius wurde von einer plötzlichen Unruhe ergriffen.

»Gestatte, dass ich deinem Sklaven eine Frage stelle«, wandte er sich an Augustus, der zustimmend nickte.

»Die Frau des Terentius, Claudia, ist sie mit ihrem Mann geflohen?«

»Ich . . . ich glaube nicht«, erwiderte der Mann zögernd. »Dazu ging alles viel zu schnell . . . aber warte, als die Verschwörer das Weite gesucht hatten und wir mit unseren Gefangenen das Haus verließen, stand eine Kutsche vor der Tür . . .«

Marius hatte genug gehört. Höchste Eile war geboten! »Vergib uns, erhabener Caesar, wenn wir uns jetzt entfernen . . .«

Augustus hatte für den Augenblick jedes Interesse an ihnen verloren. »Ja, geht nur.«

Er warf einen Blick auf Livia und fügte freundlicher hinzu: »Du hast deinen Teil erfüllt, Dieb von Rom. Komm in den nächsten Tagen zu mir, damit ich auch meinen erfüllen kann.«

Marius hob die Hand zum Gruß und rannte hinaus. Auf der Straße blieb er stehen und sah sich ungeduldig um. Wo war Alexios? Er trat von einem Bein aufs andere. Sie würden zu spät kommen!

Endlich kam er gemächlich aus dem Haus und nestelte an seiner Tunika.

»Musst du gerade jetzt pinkeln?«, fauchte Marius.

»Nichts«, erwiderte der Alte würdevoll, »geht mit einer vollen Blase. Aber wir sollten nicht hier herumstehen und debattieren – die Zeit drängt!«

Marius knurrte ein besonders obszönes Schimpfwort und stürmte los. Er dachte an das Mädchen mit der Honighaut und lief noch schneller, sodass ihm der Alte nicht mehr hinterherkam.

Der Weg war weit und seine Besorgnis wuchs mit jeder Minute. Wenn Claudia inzwischen fortgefahren war und ihre Zofe mitgenommen hatte? Er wusste nicht einmal, wohin. Ob sich Nioba dem Befehl ihrer Herrin widersetzen würde? Er glaubte es nicht. Zu tief war in jedem Sklaven die Angst vor den unerbittlichen Strafen verwurzelt, die auf Ungehorsam folgten.

Und Nioba war ein gebranntes Kind. Sie war schon einmal davongelaufen und hatte die Folgen tragen müssen. Noch einmal beschleunigte er seine Schritte und lief, so schnell es im Dunkeln ging.

Endlich erreichte er die schmale Straße, in der das Haus des Antonius Terentius lag. Fackeln und Laternen brannten vor dem Eingang, wie an einem hohen Festtag.

Den Göttern sei Dank, Claudia glaubte wohl, die Rache des Augustus nicht sofort fürchten zu müssen, und wollte auf die Rettung ihrer wertvollsten Besitztümer nicht verzichten: Die Kutsche stand noch vor der Tür.

Marius blieb stehen und wartete, bis sich sein Herzschlag verlangsamt hatte und sein Atem ruhiger ging. Jetzt konnte er warten, bis Alexios kam, und mit ihm in Ruhe überlegen, was zu tun war. Oder doch nicht?

Ein Sklave trat aus dem Haus; er schleppte eine schwere Truhe zum Wagen.

Marius handelte schnell. Er huschte heran, und als der Mann die Truhe durch den Seiteneinstieg in die Kutsche wuchtete, schlug er ihn von hinten nieder und stieß ihn in das Gefährt hinein.

Einer weniger, dachte er befriedigt, während er ihm hinterherkroch und ihn mit den seidenen Tüchern, die die Polster bedeckten, fesselte und knebelte.

»Wo bleibst du denn, Fortunatus?«, brüllte eine Männerstimme aus dem Inneren des Hauses. »Die Herrin ruft nach dir!«

Marius hielt sich ein Tuch vor den Mund und gab ein undeutliches »Sofort!« zurück.

Flüchtig dachte er daran, dass ein Sklave Claudias den Namen Fortunatus als blanken Hohn empfinden musste, und verbarg sich hinter dem Wagen.

Da knirschten Schritte auf dem Sand, lautes, rasselndes Atmen war zu hören.

Alexios! Marius blieb, wo er war, und rührte sich nicht.

»Fortunatus!« Wieder brüllte es von drinnen, ein Mann schob den Kopf aus der Tür, trat ins Freie und sah sich um.

»Suchst du deinen Freund?«, fragte Alexios, immer noch schwer atmend. »Es geht ihm nicht gut. Schau, da liegt er und krümmt sich vor Schmerzen.«

Er deutete nach rechts, der Mann wandte sich zur Seite.

Blitzschnell war Marius herangesprungen und setzte auch diesen Ahnungslosen außer Gefecht.

»Für so einen alten Kerl denkst du noch ganz schön schnell«, lobte er, während er Alexios half, den Bewusstlosen zu dem anderen in die Kutsche zu verfrachten.

»Schneller als mancher junge«, gab der Alte schmunzelnd zurück. »Und was machen wir jetzt?«

Marius zuckte die Achseln. »Ich habe keinen Plan und keine Waffe. Ich weiß nur, dass ich Nioba hier herausholen werde. Und dann habe ich noch eine kleine Rechnung zu begleichen. Ich hoffe nur, dass der Feigling, der mich überfallen und Marcellus niedergestochen hat, nicht mit seinem Herrn geflohen ist.«

»Keinen Plan und keine Waffe? Na, dann können wir ja nicht viel falsch machen.« Alexios schlich auf den Eingang zu.

In diesem Augenblick drang aus dem Inneren des Hauses ein gedämpftes, bösartiges Knurren nach draußen.

»Der Hund!«, flüsterte Marius verstört, »ich habe den verfluchten Köter vergessen!«

»Dann handelst du jetzt so, als ob er nicht da wäre«, sagte Alexios entschlossen. »Mach du dich auf die Suche nach Nioba, ich kümmere mich um den Hund!«

»Unmöglich! Das Monstrum wird dich zerfleischen!«

»Zerfleischen? Mich?« Der Alte schüttelte die dürren Arme. »Er kann mir höchstens die Knochen abnagen. Lass mich nur machen!«

Er ging voraus, Marius folgte ihm, alle Sinne angespannt.

Der Stuhl des Türhüters war leer, Vorraum und Innenhof waren von zahlreichen Laternen erleuchtet. Überall sah man noch die Spuren des Kampfes: hastig abgestreifte Togen, die Teile eines zerbrochenen Dolchs, ein umgestürztes Kühlgefäß, um das in großen Pfützen das Wasser stand.

»Geh nach hinten in den Säulenhof«, raunte Alexios. »Wenn Claudia noch packt, ist sie in ihrem Schlafzimmer – und Nioba bei ihr.«

Marius nickte und glitt lautlos ins Innere des Hauses. Alexios schickte ihm ein leises »Sei vorsichtig!« hinterher, da setzte das Knurren wieder ein, lauter und bösartiger, und verwandelte sich in wütendes Bellen.

Gerade noch hatte Alexios Zeit, nach einer Toga zu greifen, sie mit schnellen, schleudernden Bewegungen ein paar Mal um seinen linken Arm zu schlingen, da war die Bestie heran, geifernd vor Wut und Angriffslust.

Und kein Duft nach läufiger Hündin, um die Raserei in zärtliches Beschnüffeln zu verwandeln!

Schützend hielt Alexios den bewehrten Arm vor den Leib und stemmte sich dem Untier entgegen. Die gewaltigen Kiefer schlossen sich um seinen Arm und verbissen sich in den Stoff. Alexios spürte, wie die Zähne durch die dürftige Hülle drangen, während der Hund mit unglaublicher Kraft an ihm zog und zerrte.

Aus dem Inneren des Hauses kreischte und schrillte eine Frauenstimme; er hörte es und hörte es doch nicht, denn sein Inneres war von einem einzigen Gedanken erfüllt: Tu etwas, und zwar schnell, sonst reißt dich die Bestie in Stücke! Mit solcher Gewalt zerrte das Tier an ihm und drehte sich dabei so schnell im Kreis, dass er Mühe hatte, sich auf den Beinen zu halten.

Deshalb dauerte es eine Weile, bis es ihm gelang, einen länglichen, verhüllten Gegenstand aus der Tunika zu ziehen. Er packte ihn mit der Rechten am schmaleren Ende, holte weit aus und schmetterte ihn mit aller Kraft, die ihm noch verblieben war, über den mächtigen Oberkiefer, einmal und noch ein zweites Mal. Jaulend vor Schmerz ließ der Hund von ihm ab und ergriff die Flucht.

Da sollte einer sagen, dass unrechtes Gut keinen Segen bringt, dachte der Alte, ich danke dir, Göttin der Liebe, für deinen Schutz!

Er ließ den Gegenstand wieder in seine Tunika gleiten und wickelte dann stöhnend die Toga von seinem linken Arm. Überall hatten die Zähne blutige Spuren hinterlassen oder waren gar tief ins Fleisch gedrungen. Er versuchte, den Arm zu bewegen; es schmerzte zwar fürchterlich, aber es ging. Er tauchte einen Zipfel der Toga in eine Wasserpfütze und wischte sich das Blut ab.

»Alles halb so schlimm«, brummte er. »Dann wollen wir mal sehen, ob der Junge mit der tollwütigen Hündin so gut fertiggeworden ist wie der Alte mit dem bissigen Hund.«

Marius eilte durch die Säulenhalle auf den Schlaftrakt zu, in den Ohren das wütende Bellen des Hundes. Alexios ist ihm niemals gewachsen, dachte er. Ich muss umkehren, sonst ist er verloren! Gerade wollte er auf den Fersen kehrtmachen, da trat Claudia aus ihrem Zimmer, gerade noch konnte er sich hinter einer Säule verbergen, und kreischte: »Warum bellt der Köter? Was ist hier los? Fortunatus! Symmachos!! For-tu-na-tus!!! Ich lasse euch auspeitschen, ich lasse euch kreuzigen, ihr verdammtes Pack! Kommt endlich, ich will weg hier!«

Sie stampfte mit wütenden Schritten ins Zimmer zurück und Marius hörte sie weitertoben. Ihre misstönende Stimme wurde durch den schweren Seidenvorhang kaum gedämpft, so laut und schrill war sie.

»Und du, du Schlampe? Du hirnloser Bastard, du Missgeburt eines verwachsenen Karthagers und einer Sumpfkröte? Wie lange willst du noch brauchen, um diese paar Kleider und Mäntel zusammenzulegen? Warte, ich zeige es dir, du dämliche Kuh!«

Marius hörte klatschende Geräusche und einen gedämpften Schrei. Da rannte er in weiten Sätzen vorwärts, riss den Vorhang beiseite und war mit einem Sprung mitten im Raum.

Er packte Claudia, die mit dem Rücken zu ihm stand, die Hand zu einem weiteren Schlag ins Gesicht ihrer Zofe erhoben, bei den Schultern und drehte sie mit einem einzigen heftigen Schwung zu sich herum.

Furcht flackerte in ihren Augen auf, als sie ihn sah, außer sich vor Zorn, sie hob ihre Hände, um ihm das Gesicht zu zerkratzen, aber da schlug er ihr die Faust unter das Kinn, so nachdrücklich, als ob es das Kinn eines wehrhaften Gladiators und nicht ein zartes Frauenkinn wäre.

Claudia verdrehte die Augen und sank in sich zusammen; Marius fing sie auf und warf sie aufs Bett, als wäre sie ein Kissen.

Dann drehte er sich um und breitete die Arme aus. »Nioba!«, sagte er und genoss einen Augenblick vollkommenen Glücks. »Komm mit, du bist frei. Augustus selbst hat mir sein Wort gegeben.«

Instinktiv wusste er, dass etwas nicht stimmte. Niobas braune Augen, eben noch strahlend vor Freude, sahen an ihm vorbei und weiteten sich; ihre Lippen öffneten sich zu einem stummen Schrei.

Er warf sich herum, doch um einen winzigen Moment zu spät. Eine Schlinge flog über seinen Kopf und legte sich um seinen Hals.

»Diesmal hab ich dich!«

Der dunkelhaarige, breitschultrige Mann lächelte böse und zog die Schlinge fester. Würgend und nach Luft ringend spannte Marius die Halsmuskeln. Er wusste, dass es um sein Leben ging, und sprang seinen Gegner an. Er hatte nicht mehr viel Zeit, die Luft wurde ihm knapp. Verzweifelt schlug er zu, mit der Rechten, mit Knien und Füßen, während er mit der Linken nach der Schlinge griff und versuchte, sie zu lösen. Der andere stöhnte vor Schmerz, als ihn die harten Schläge trafen, doch er ließ nicht locker. Marius merkte, wie das Gesicht des Gegners vor seinen Augen verschwamm, in seinen Ohren dröhnte es. Er durfte nicht aufgeben ... nicht aufgeben ... noch einmal nahm er alle Kraft zusammen, achtete nicht auf das quälende Verlangen nach Luft und setzte die Hände an zu einem tödlichen Griff, den Marcellus ihn gelehrt hatte.

Da ließ der Druck nach.

Marius fasste nach der Schlinge und lockerte sie, er saugte gierig Luft in seine schmerzenden Lungen, bis sein Blick sich klärte.

Dann erst nahm er wahr, was geschehen war. Sein Gegner lag bewegungslos am Boden, um sich die Trümmer einer tönernen Amphore, deren abgebrochene Griffe Nioba noch in den hoch erhobenen Händen hielt.

Er begriff nicht gleich und krächzte, während er sich schwankend mühte, auf den Beinen zu bleiben: »Was ... was ist passiert?«

»Ich dachte, ich helfe dir ein bisschen«, sagte Nioba schüchtern, ließ die Griffe achtlos fallen und nahm ihn behutsam in die Arme.

Er presste sein Gesicht an ihres und spürte das bronzene Halsband. »Morgen noch werden wir es entfernen lassen«, flüsterte er heiser, »obwohl ich eben ganz froh gewesen wäre, ich hätte eines gehabt.«

Ein paar Augenblicke standen sie eng aneinandergeschmiegt und vergaßen die Welt um sich herum, bis eine fröhliche Stimme mit unverkennbar griechischem Akzent sagte: »Ich sehe, ihr habt alle Schwierigkeiten auch ohne mich bewältigt. Wirklich erstaunlich!«

Marius fuhr herum. »Alexios! Was ist mit dem Hund?«

Mit schmerzlichem Lächeln hob Alexios den malträtierten Arm. »Das letzte Fleisch, was der Köter bekommen hat. Für lange Zeit muss er sich mit Suppe und Brei begnügen!«

Er grüßte Nioba mit großer Geste und bewunderndem Blick. »Für dich«, sagte er, »würde ich das ewige Feuer aus dem Tempel der Vesta* stehlen!«

Dann wandte er sich wieder an Marius. »Sag mir, mein Freund, was wir jetzt mit diesen beiden Scheusalen machen. Lassen wir sie einfach hier liegen?«

Marius wollte schon bejahen, da fiel ihm etwas ein und er lachte, so laut es ihm sein wunder Hals erlaubte. »Ich weiß was Besseres.«

»Was denn?«, erkundigte sich Nioba neugierig.

Marius sagte es ihr.

Erst wollte sie protestieren, aber dann dachte sie an die Jahre voller Demütigungen, und sie nickte. »Eine gute Idee.«

»Und du, Alexios, was meinst du?«

»Ich bin ein verschlagener und boshafter alter Grieche«, sagte Alexios. »Mir kannst du mit einer solchen Gemeinheit immer eine Freude machen.«

»Dann los!«, befahl Marius.

Wenig später bewegte sich ein seltsamer Zug durch das nächtliche Rom.

Vorneweg hinkten mühsam ein Mann und eine Frau, deren Knöchel aneinandergebunden und deren Handgelenke auf dem Rücken gefesselt waren. Sie sprachen kein Wort, aber das nervöse Spiel ihrer Finger, ihre zusammengekniffenen Lippen und der Ausdruck ihrer Gesichter verrieten Wut und Besorgnis zugleich.

Ein alter Mann und eine schöne junge Frau führten die beiden an einem Strick, der um ihren Hals gelegt war.

Ein junger Mann, der sich etwas seitwärts hielt, ließ die Gefangenen keinen Augenblick aus den Augen.

Die nächtliche Wanderung dauerte eine ganze Weile, denn sie führte am Palatin vorbei, auf der Via Sacra entlang bis zum Forum.

Dort, wo am Tag Tausende von Menschen lärmten, Neuigkeiten austauschten, klatschten und politisierten, war es jetzt dunkel und still. Nur die Laternen, die der alte Mann und die junge Frau mit sich führten, und die am Himmel flimmernden Sterne spendeten ein wenig Licht.

Vor dem Tempel des Saturn[*] stand die Rostra, die mächtige Rednertribüne, die für Gerichtsverhandlungen und politische Kundgebungen genutzt wurde und auf deren Brüstung die eisernen Rammschnäbel erbeuteter Schiffe steckten.

Auf diese Rostra steuerten die nächtlichen Wanderer zu. Die beiden Gefangenen mussten hinaufsteigen und sich dann nebeneinander so über den vorderen Teil der Brüstung legen, dass ihre Arme auf der einen und ihre Beine auf der anderen Seite in der Luft baumelten. Ihre Hinterteile zeigten dorthin, wo am Tag das Publikum stand, um den Reden der wichtigsten Männer des Staates zu lauschen.

Sie sträubten sich heftig, weil sie Unheil ahnten, doch einige schmerzhafte Griffe des jungen Mannes bewiesen ihnen rasch, dass Widerstand zwecklos war.

Hände und Füße wurden ihnen zusammengeschnürt, die Fesseln zusätzlich an zwei eiserne Schiffsschnäbel geknüpft. Jetzt lagen die beiden über der Brüstung wie die Satteltaschen auf dem Rücken eines Maultiers.

Der junge Mann prüfte die Festigkeit der Knoten und nickte befriedigt. Nicht einen Fingerbreit konnten die Gefangenen sich rühren.

»Wer will die Ehre haben?«, fragte er.

»Ich lasse der Jugend den Vortritt«, erwiderte der Alte. »In meinen Jahren hat man ohnehin beim Zuschauen das größte Vergnügen.«

Der junge Mann sah zu der jungen Frau. »Dann solltest du dich um die Dame kümmern«, schlug er vor. »Denn erstens kenne ich sie schon und zweitens sollten hier in der Öffentlichkeit Anstand und Moral gewahrt bleiben.«

Sie traten vor die Tribüne und machten den Gefesselten mit einem scharfen Messer einen langen Schnitt in die Rückseite der Tunika. Die Gefangenen zeterten und stießen finstere Drohungen aus, aber es nützte ihnen nichts. Die Schneiden glitten weiter durch den Stoff und trennten ein großes Stück davon ab.

Dann tauchten der junge Mann und die junge Frau ihre Zeigefinger in ein Gläschen mit Augenbrauenschwärze, das der Alte bereithielt, und malten.

Anschließend machten sich die drei still und zufrieden davon.

Am nächsten Morgen konnten die Römer dort, wo sonst lange Reden gehalten wurden, noch einmal das Zeichen des berüchtigten Diebes lesen, das ihnen schwarz auf weiß von drei blanken Gesäßbacken entgegenleuchtete: MFR. Auf der vierten aber war ein schwungvolles N angefügt.

Und ganz Rom rätselte, was denn das nun wieder zu bedeuten hätte.

## 15.
# Aufbruch nach Süden

Im milden Schein der Septembersonne rollten zwei Gefährte auf der Via Appia nach Süden, ein Karren und eine Kutsche. Vor beide waren je zwei wohlgenährte Maultiere gespannt.

Der Karren, über und über vollgepackt mit Möbeln, Werkzeugen, Hausrat, Decken und Truhen, wurde von zwei äußerst kräftigen Sklaven begleitet, die mit Knüppeln bewaffnet waren und die üblichen Strauchdiebe schon durch ihren Anblick in die Flucht schlagen konnten.

Auf dem Kutschbock des Reisewagens saß ein junger Mann mit braunen, kunstvoll gekräuselten Locken, in eine schneeweiße Tunika aus feinem, leichtem Stoff gehüllt, neben sich eine Toga, ebenfalls von bester Qualität.

Niemand hätte vermutet, dass dieser elegante römische Bürger eigentlich einen roten Haarschopf hatte und noch vor Kurzem der berüchtigtste Dieb dieser an Dieben wahrlich nicht armen Stadt gewesen war.

Die eine Sitzbank im Inneren der Kutsche war ganz von einem klein gewachsenen Burschen eingenommen, der darauf mehr lag als saß. Wenn die Kutsche über eine größere Unebenheit polterte, verzog sich sein Gesicht zu einer schmerzhaften Grimasse. Er war blass und wirkte ein wenig schlapp, wie einer, der lange krank oder verwundet war.

Dennoch waren die Muskeln, die sich unter seiner Tunika abzeichneten, mehr als eindrucksvoll. Nichts anderes konnte man von seinem Appetit sagen, denn er griff immer wieder in eine Schüssel mit Hackfleischbällchen und kaute praktisch pausenlos.

Die Sitzbank ihm gegenüber teilten sich eine junge, außerordentlich hübsche Frau mit dunklen Locken, die in anmutigen Schwüngen ihr honigfarbenes Gesicht umgaben, und ein hagerer alter Mann, der meist die Augen geschlossen hielt und vor sich hin träumte.

Der junge Mann auf dem Kutschbock schaute gelegentlich nach hinten in das Innere des Gefährts. Dann traf sich sein Blick mit dem der jungen Frau und beide strahlten, wie es nur jung Verliebte tun, die sich noch vor Sehnsucht nacheinander verzehren, wenn sie sich schon in den Armen liegen.

Der Alte, der während eines müden Blinzelns einen solchen Blick auffing, unterdrückte ein wehmütiges Lächeln.

So alt er war, die Erinnerung an diesen Zustand der Seligkeit war ihm noch so gegenwärtig, als ob er ihn erst gestern selbst verspürt hätte.

Mögen euch Venus und Amor eure Liebe erhalten, dachte er, auch dann noch, wenn ihr alt und runzelig seid wie ich, wenn die Sehnsucht, die in die Zukunft gerichtet ist, durch eine ersetzt wird, die sich aus der Vergangenheit speist!

Er schloss die Augen wieder und überließ sich seinen Gedanken; sie kreisten um eine Frau im fernen Alexandria, die inzwischen grau war wie er selbst, wenn sie überhaupt noch lebte.

Der junge Kutscher wurde nicht von wehmütigen Erinnerungen geplagt. Er war zum ersten Mal seit geraumer Zeit vollkommen glücklich. Genussvoll rief er sich noch einmal die letzten Wochen in Erinnerung, die Wochen, seitdem er zum letzten Mal der Dieb von Rom gewesen war.

Seit damals, als er die liebenswürdige Claudia und ihren Leibwächter gleichsam als bemalte Säulen zu seinem Ruhm auf dem Forum zurückgelassen hatte, war ihm alles nach Wunsch gegangen.

Augustus hatte – vielleicht auf sanftes Drängen Livias – Wort gehalten und alle Forderungen bis ins Kleinste erfüllt. Und so befanden sich im Reisegepäck drei wichtige Urkunden.

Die erste besagte, dass ein gewisser Marius Procilius Rufus der Jüngere für seine sämtlichen Einbrüche, begangen in der Stadt Rom, keine Strafe zu befürchten habe, weil sie der Aufdeckung einer Verschwörung gegen den Princeps Imperator Caesar Augustus gedient hätten und damit im Interesse des Staates verübt worden seien.

Die zweite bekräftigte die Freilassung der Sklavin Nioba, vollzogen in Gegenwart eines römischen Beamten.

Bei der Erinnerung an Claudia, die frühere Herrin Niobas, verspürte der ehemalige Dieb von Rom fast ein wenig Mitleid.

Wie üblich in der Wahl seiner Mittel wenig wählerisch, hatte Augustus ihr drohen lassen, sie der Mitverschwörung anzuklagen, wenn sie Nioba nicht freigäbe. Obendrein war sie durch ihren nun schon zum zweiten Mal beschrifteten Hintern zum Gespött der ganzen Stadt geworden.

So hatte sie bereitwilligst nachgegeben und mitsamt ihrem Leibwächter Rom den Rücken gekehrt. Wie es hieß, hielt sie sich in einem Landgut am Meer auf, das ihrer Familie gehörte.

Und ihr Mann? Nachdenklich beobachtete Marius eine fette Fliege, die surrend den Schwanz eines der Maultiere umkreiste.

Niemals hatte er mit Antonius Terentius ein Wort oder einen Blick gewechselt, ein einziges Mal hatte er ihn für wenige Augenblicke gesehen. Und doch war Marius es, der ihm zum Verderben geworden war.

Antonius Terentius war tot, genau wie sein Mitverschwörer Fannius Caepio. Beide waren auf der Flucht gefasst und ohne viel Federlesens hingerichtet worden, nachdem man sie bereits in Abwesenheit zum Tod verurteilt hatte.

Das alles war durch den Willen der Götter geschehen – aber hatte er, Marius, damit auch Schuld auf sich geladen?

Allerdings – hätte er die Verschwörung nicht aufgedeckt, wäre jetzt wahrscheinlich der Princeps tot und in Rom herrschte blutiger Aufruhr.

Für einen Moment hatte Marius das unbehagliche Gefühl, ein Werkzeug gewesen zu sein.

Er verdrängte die Erinnerung an die unglücklichen Aufrührer und dachte an die dritte Urkunde, die wohlverwahrt in einer bronzebeschlagenen Truhe lag. Sie machte ihn zum Eigentümer eines Landguts südlich von Signia in Latium. Es war genau jenes Gut, zu dem auch der ehemalige Hof seines Vaters gehörte, sodass er ihn jetzt sozusagen mit Zins und Zinseszins zurückbekommen hatte.

Der Dichter, um dessentwillen Maecenas sie damals hatte vertreiben lassen, war entschädigt worden. Auf Kosten welcher hochverschuldeten Bauern, darüber wollte Marius jetzt nicht nachdenken, auch nicht darüber, dass ihn jetzt womöglich ein armer Hund ebenso verfluchte, wie er damals den Schützling des Maecenas verflucht hatte ...

An Nioba wollte er denken, an seine Freunde und sich, an ihre gemeinsame Zukunft, um die er sich keine Sorgen machen musste.

Denn zu der Truhe mit den Urkunden gab es noch eine zweite, die bis zum Rand mit Gold- und Silberstücken gefüllt war, Geld, das zum Teil aus der Schatulle des Ersten Bürgers, zum Teil aus seinen eigenen Einbrüchen stammte.

Marius grinste. Was sie wohl sagen würden, all die reichen Römer, die er geschröpft hatte, wenn sie wüssten, dass der Dieb von Rom auf ihre Kosten und mit Zustimmung des Princeps künftig ein behagliches Leben führen konnte?

Er griff in die Zügel und ließ die Maultiere langsamer laufen. Gleich würden sie die Via Appia verlassen und nach Süden abzweigen.

Einem plötzlichen Impuls folgend, beugte er sich weit zur Seite und blickte zurück, am schmalen, schnurgeraden Band der Straße entlang, bis es sich am fernen Horizont in Dunst und Staub verlor.

Dahinter lag sie, die große Stadt, vollgestopft mit Tempeln, Häusern und Menschen, voller Gefahren und voller Verlockungen, voll üppigem Reichtum und bitterer Armut.

Er hatte sie gehasst, diese Stadt, ihren Dreck und Gestank, ihre Erbarmungslosigkeit gegenüber den Schwachen und den Verlierern.

Er hasste sie nicht mehr, dazu hatte sie ihm zu viel gegeben. Aber lieben würde er sie nie. Wieder huschte ein Grinsen über sein Gesicht: ganz im Gegensatz zu Marius Procilius dem Älteren.

Als er ihn nämlich pflichtschuldigst gefragt hatte, ob er mit Gordiana nicht mit ihm in die Heimat zurückkehren wolle, hatte er fast empört abgelehnt: »Unser Platz ist jetzt hier.«

Nun ja, aus seiner Sicht war das gar nicht so falsch. Statt von morgens bis abends zu schuften, musste er nur noch den Gastwirt spielen, die Hauptarbeit erledigte seine Frau mit den beiden Sklaven, die er sich inzwischen zugelegt hatte, und war noch glücklich dabei. Marius hatte ihn mit einer zusätzlichen Geldsumme versehen und Augustus hatte die Mitgift für Procilia bezahlt, die mit ihrem dicken Glatzkopf im jungen Eheglück schwelgte.

So konnte er ohne finanzielle Sorgen den prinzipientreuen römischen Bürger spielen. Und wenn gelegentlich das Ziehen in den Lenden über die Prinzipien siegte – für einen Besuch des Hauses gegenüber der Badeanstalt war auch genug Geld da.

Die Abzweigung war erreicht. Marius winkte den Sklaven, den Karren anzuhalten, und rief nach hinten: »Pause!«

Wenig später hockten sie auf zusammenklappbaren Sesseln und ließen sich Wein und Speisen schmecken, die ihnen die Sklaven auftischten.

»Also ich weiß nicht«, sagte der kleine Gladiator kauend und zeigte mit einer angenagten Entenkeule auf den Schopf seines Freundes, »diese alberne Frisur steht dir überhaupt nicht, wenn du mich fragst. Du siehst aus wie so ein gesalbter, parfümierter Lustknabe!«

»In die Gefahr kommst du nicht«, gab Marius spöttisch zurück. »Für gesalbt und parfümiert wird dich garantiert niemand halten. Trotzdem hast du recht, mir gefallen die Locken ja selbst nicht sonderlich. Aber verstehst du, als ich bettelarm nach Rom kam, da habe ich so einen lackierten Affen gesehen und mir geschworen: Zu so einem Kopfputz bringe ich es auch einmal. Ich musste es einfach machen. Es war ein Symbol für mich.«

Bei dem Wort Symbol erhob sich Alexios unvermittelt und holte aus dem Wagen einen länglichen verhüllten Gegenstand hervor.

»Ich habe«, sagte er und stellte sich vor die junge Frau, die neben Marius saß, »ein Geschenk für dich, Nioba.«

Er zog die Stoffhülle herunter; eine herrlich gearbeitete Venus*-Statuette, drei Spannen hoch und aus purem Gold, kam zum Vorschein. Er legte sie Nioba behutsam in den Schoß.

»So, wie sie mich vor einem bissigen Köter beschützt hat, möge sie ab heute dich beschützen.« Er kniff ein Auge zu und deutete auf Marius: »Wenn nötig, auch gegen einen bissigen Ehemann.«

Nioba sah entzückt auf das kleine Kunstwerk. »Wie schön sie ist«, sagte sie bewundernd.

»Nicht halb so schön wie du«, entgegnete Marius, erhob sich ebenfalls und ging zum Wagen, wo er etwas unter der Toga auf dem Bock hervorholte.

Er verbarg es hinter dem Rücken, bis er vor Nioba stand, dann nahm er die Hände nach vorne. Ein Collier funkelte in ihnen, aus riesigen, grün schimmernden Smaragden in zarter Goldfassung.

»Für meine Venus«, sagte Marius und legte es ihr um den Hals, wo es den verblassenden Streifen auf ihrer Haut bedeckte, den das Sklavenband hinterlassen hatte.

Nioba sah ihn an. Ihre Augen schimmerten feucht vor

Rührung, aber in ihrer Stimme war auch ein wenig Spott, als sie sagte: »Ich danke dir, Liebster. Für das Collier und dafür, dass man es jederzeit öffnen kann.«

Marcellus Massilius Ficula, der kleine Gladiator, sprang auf. »Jetzt haben dir alle etwas geschenkt, da kann ich nicht mit leeren Händen dastehen.«

Er packte einen der Sklaven mit seinen Pranken, hob den Verdutzten mühelos über den Kopf und legte ihn sanft zu Niobas Füßen nieder wie ein Jagdhund den apportierten Hasen.

»Mein Geschenk«, sagte er stolz. »Ich bin gesund und kann dir mit voller Kraft dienen.«

Nioba breitete die Arme aus und lächelte ihr Lächeln, das eine ganze Legion zu Liebes- und Treueschwüren veranlassen konnte.

»Ich danke euch allen. Ihr seid wahrhaftig ein Triumvirat ohnegleichen.«

Später, als sie wieder startbereit waren, kletterte Alexios zu Marius auf den Bock.

»Atrium im Haus des Maecenas?«, fragte Marius grinsend. Der Alte nickte und gab ebenso grinsend zurück: »Claudias Schlafzimmer?«

»Du sagst es.«

Eine Weile genossen sie das Gefühl des vertrauten Nebeneinanders, dann meinte der Alte versonnen: »Einmal ein Dieb, immer ein Dieb.«

»Oh nein«, fuhr Marius auf, »das ist vorbei!«

»Mag sein, mag nicht sein«, murmelte Alexios und musterte seinen jungen Freund mit der Weisheit dessen, der das Leben und die Menschen kennt.

Er schnalzte mit der Zunge und die Kutsche rollte weiter nach Süden, dorthin, wo auf den Hügeln die Pinien duften und die fernen Sonnenuntergänge das Land unendlich weit erscheinen lassen.

# Worterklärungen

**Aedil** gewählter römischer Beamter, der die Aufsicht über Straßen, Märkte und öffentliche Gebäude ausübte, für die Getreideversorgung und die Organisation der öffentlichen Spiele zuständig war

**Aesculap** römischer Gott der Heilkunde

**Amor** römischer Gott der Liebe

**Amphitheater** Theater im Osten Roms; ab 29 v. Chr. Schauplatz der Gladiatorenkämpfe und der Tierhetzen

**Amphore** tönernes Gefäß zum Aufbewahren von Öl, Wein oder anderen Lebensmitteln

**Aphrodite** griechische Göttin der Liebe

**As** römische Kupfer- oder Bronzemünze, vierter Teil eines → Sesterz

**Atrium** Empfangshalle des römischen Hauses, nach oben offener Lichthof

**Augustus** ehrwürdig, erhaben, als Beiname »Erhabener«

**Aureus** Goldmünze im Wert von 25 → Denaren

**Aventin** einer der sieben Hügel Roms

**Basilica Aemilia** große Markthalle auf dem → Forum

**Caestus** mit Bronzedornen verstärkter Riemenhandschuh

**Capitol** einer der sieben Hügel Roms, religiöses Zentrum der Stadt

**Cerberus** riesiger Hund, der der Sage nach den Eingang zur Unterwelt bewacht

**Circus Maximus** Rennbahn für Wagenrennen; auf den Rängen hatten zur Zeit des »Diebes von Rom« ungefähr 150 000 Menschen Platz; auch Schauplatz von Gladiatorenkämpfen

**Cloaca Maxima** unterirdischer Abwasserhauptkanal unter dem → Forum

**Consus** römischer Schutzgott des geernteten Getreides

**Denar** römische (Silber-)Münze, Wert vier → Sesterze

**Deposittäfelchen** Quittung für einen bei einem Bankier eingezahlten Betrag

**Esquilin** einer der sieben Hügel Roms

**Falerner** teurer Wein aus Kampanien, südlich von Rom

**Ficula** von lat. fica, Feige, kleine Feige, als Schimpfwort auch kleines Arschloch

**Fortuna** römische Göttin des Glücks, des Schicksals

**Forum** zentraler Platz, öffentlicher Versammlungsort, Mittelpunkt des politischen Lebens in Rom

**Freigelassener** Sklave, der von seinem Herrn unter Zeugen bzw. in Anwesenheit eines Beamten freigelassen wurde, (eingeschränktes) römisches Bürgerrecht bekam und seinem bisherigen Herrn als → Klient verpflichtet blieb

**Garum** sehr häufig verwendete Würzsoße aus vergorenen Fischen

**Gladiator** Berufskämpfer mit verschiedenen Waffen, als Schimpfwort auch Bandit

**Gladiatorenmeister** Trainer, Betreiber einer Kampfschule

**Gracchus** Tiberius Sempronius Gracchus und Caius Sempronius Gracchus waren römische Reformpolitiker des 2. Jahrhunderts v. Chr., die sich für die Rechte der → Plebejer einsetzten

**Hermes** griechischer Gott der Kaufleute und der Diebe

**Hesiod** griechischer Dichter um 700 v. Chr.

**Iden** je nach Monat der 13. oder 15. Tag; an den Iden des März 44 v. Chr. wurde C. Julius Caesar ermordet

**Imperator Caesar Augustus** Anrede für den römischen → Princeps, der eigentlich Caius Octavius hieß; bedeutet etwa erhabener Herrscher (Nachkomme des göttlichen) Caesar

**Insula** mehrstöckiges römisches Mietshaus

**Ianus** römischer Gott des Eingangs, mit zwei Gesichtern dargestellt

**Iu(p)piter** oberster Gott der römischen Staatsreligion

**Kanneluren** senkrechte Hohlkehlen in Säulen

**König** lat. rex, Titel des Herrschers in der Frühzeit Roms; wegen der Willkürherrschaft der Könige war die Bezeichnung in der Zeit der römischen Republik verpönt, Alleinherrscher wurden abgelehnt; erst Augustus schaffte es dank seiner raffinierten Politik, als solcher allgemein anerkannt zu werden

**Klient** Anhänger eines → Patrons, der ihm ggf. auch seine Stimme für ein politisches Amt gab

**Latium** Landschaft südlich von Rom

**Lukanische Würstchen** stark gewürzte, geräucherte Würstchen aus Schweinefleisch, mit Pinienkernen

**Marius fur Romae** Marius, der Dieb von Rom

**Marsfeld** große Freifläche am Tiber im Nordwesten Roms, als Sport- und Exerzierplatz sowie für Volksversammlungen genutzt

**Massalia** (Massilia) griech. (röm.) Name für Marseille

**Matrone** römische Ehefrau gesetzten Alters

**Merkur** römische Bezeichnung für → Hermes

**Modius** Hohlmaß, knapp neun Liter

**Mulsum** beliebter Aperitif aus trockenem Weißwein mit etwas Honig

**Ostia** Hafenstadt an der Tibermündung, vor den Toren Roms

**Palatin** einer der sieben Hügel Roms

**Papyrus** Beschreibstoff aus dem Mark der Stängel der Papyrusstaude

**Patron** römischer Bürger von Einfluss, der seine → Klienten vor Gericht vertrat, ihnen kleine Geschenke machte oder sie sonst wie unterstützte

**Peculium** Ersparnisse eines Sklaven, mit denen er sich u. U. freikaufen kann

**Plebejer** einfacher römischer Bürger bzw. Angehöriger der Unterschicht

**Pluto** römischer Gott der Unterwelt

**Pompeiustheater** Theater am Rand des → Marsfelds

**Porta Fontinalis** römisches Stadttor an der → Via Flaminia

**Prätorianer** Angehöriger der Schutztruppe des Augustus, militärisch ausgebildeter Leibwächter; bis zur Zeit des Augustus war es Soldaten verboten, sich in der Stadt aufzuhalten, das Waffentragen in der Innenstadt war offiziell untersagt

**Princeps** der »Erste Bürger«, auch Fürst oder Herrscher, Augustus wählte diesen Titel, um das Wort → König (rex) zu vermeiden

**Prokonsul** ehemaliger Konsul

**Pugio** zweischneidiger Dolch

**Puls** (roher oder gekochter) Brei aus Mehl bzw. Schrot und Wasser; wurde, je nach Wohlstand und Anlass, mit Milch, Honig, Rosinen, Speck u. a. Zutaten angereichert

**Quadrans** kleine Münze, vierter Teil eines → As

**Quaestor** gewählter römischer Beamter, tätig in der Finanzverwaltung

**Retiarius** Gladiator, der mit Netz und Dreizack bewaffnet war

**Saturn** römischer Gott der Zeit

**Senator** Angehöriger des Senats, der obersten römischen Behörde; ursprünglich waren nur Angehörige der vornehmsten Familien, später auch Beamte nach ihrer Dienstzeit Senatoren; zur Zeit des Augustus wurden neue Senatoren von ihm ernannt

**Sesterz** Messingmünze im Wert von vier → As, vierter Teil eines → Denars

**Sica** einschneidiger Dolch, galt als unehrenhafte Waffe

**Stadion** auch in Rom noch gebräuchliches griech. Längenmaß, ca. 190 m

**Stola** weite, lange → Tunika vornehmer Damen

**Subura** berüchtigter Stadtteil nordöstlich des → Forums

**Taverne** Laden, Bude, Kneipe

**Toga** Obergewand des römischen Bürgers, das aus einem halbkreisförmigen Tuch bestand und in genau vorgeschriebener Faltung um den Leib gelegt wurde

**Triumvirat** (eigentlich moderne) Bezeichnung für das Bündnis dreier einflussreicher Männer, mit der sie ihre Macht stärken und sich gleichzeitig gegenseitig in Schach halten wollten; Augustus war an der Begründung eines solchen (des zweiten) Triumvirats beteiligt

**Tu ne cede malis, sed contra audentior ito** weich dem Unheil nicht aus, nein, mutiger, geh ihm entgegen! Vers aus dem 6. Buch der Aeneis des Vergil

**Tunika** weißes Woll- oder Leinenhemd, wichtigstes Kleidungsstück der Römer, bei den Männern knie-, bei den Frauen knöchellang

**Venus** römischer Name der → Aphrodite

**Vesta** Göttin des Herdfeuers und des häuslichen Friedens; Schutzgöttin Roms

**Via Appia** Straße zwischen Brindisi (Brundisium) und Rom

**Via Flaminia** Straße von Rom nach Rimini (Ariminum)

**Via Sacra** innerstädtische Verkehrsachse zwischen → Forum und → Capitol

**Vitelliustäfelchen** Liebesbrief, auf ein Wachstäfelchen geschrieben

**Vulcanus** römischer Gott des Feuers und der Schmiedekunst

# Historische Personen

**Caius Octavius, genannt Augustus (* 63 v. Chr., † 14 n. Chr.),** bedeutender römischer Politiker, dem es mit raffinierten politischen Schachzügen gelang, an die Stelle der römischen Republik eine Alleinherrschaft zu setzen, ohne auf allzu viel Widerstand zu stoßen. Man nennt diese Herrschaftsform den Prinzipat. Er nahm den Namen seines Adoptivvaters Caesar an (daraus wurde später der Titel »Kaiser«) und erhielt vom römischen Senat für seine Leistungen den Beinamen Augustus, der »Erhabene«. Während er sich in den ersten Jahrzehnten seiner politischen Karriere oft als grausam und skrupellos erwies, zeigte er sich später als besonnener und weit blickender Herrscher.

**Livia Drusilla (* 58 v. Chr., † 29 n. Chr.)** war in zweiter Ehe mit Augustus verheiratet. Sie war außerordentlich klug, gebildet und energisch; ihr Mann gab viel auf ihre Ratschläge, sodass sie wahrscheinlich ziemlich großen Einfluss auf seine politischen Entscheidungen hatte.

**Gaius Cilnius Maecenas (* um 70 v. Chr., † 8 v. Chr.),** einflussreicher Freund und Ratgeber des Augustus, war ein bedeutender Förderer der Künste, insbesondere der Dichtkunst. Zu seinen Schützlingen zählten unter anderem Horaz und Vergil.

**Fannius Caepio** war im Jahr 22 v. Chr. an einer Verschwörung gegen Augustus beteiligt und floh nach deren Aufdeckung nach Neapel, wo er von einem Sklaven verraten und anschließend getötet wurde.

**Antonius Terentius Varro Murena** war im Jahr 23 v. Chr. zusammen mit Augustus Konsul und verschwor sich im folgenden Jahr gegen ihn; obwohl sich Maecenas, der mit Terentius' Schwester verheiratet war, für ihn einsetzte, wurde er in Abwesenheit zum Tod verurteilt, später auf der Flucht gefasst und hingerichtet.

**Quintus Horatius Flaccus (Horaz, * 65 v. Chr., † 8 v. Chr.),** Sohn eines Freigelassenen, wurde zunächst Offizier im römischen Heer, später Schreiber in Rom. Horaz war ein bedeutender römischer Satiriker, Lyriker und Literaturkritiker; er gehörte zum Kreis der von Maecenas geförderten Dichter und erhielt von ihm ein Landgut zum Geschenk.

**Publius Vergilius Maro (Vergil, * 70 v. Chr., † 19 v. Chr.)** kam aus einfachsten Verhältnissen, bildete sich aber sehr gründlich aus, vor allem in Rhetorik und Philosophie. Er war ein vielseitiger Dichter, dessen berühmtestes Werk, die Aeneis (ein Epos in 12 Büchern), in der Tradition Homers steht. Vergil, der auch zum Dichterkreis des Maecenas gehörte, war eng mit Augustus befreundet und hat ihm in der Aeneis mehrfach ein Denkmal gesetzt.